聯合文叢 700

五柳待訪錄

陶淵明別傳

◉林秀赫／著

【目錄】

傳説他裹了頭巾
拄了手杖，越過一片野林
不知去到哪一個鄰家
有人撥開長草跨越桑麻
聽到狗吠雞鳴，看到榆槐桃李
卻找不到他虛掩的那扇門

——節錄自陳義芝〈尋淵明〉

【卷首】

歸去來兮

衣沾不足惜　但使願無違

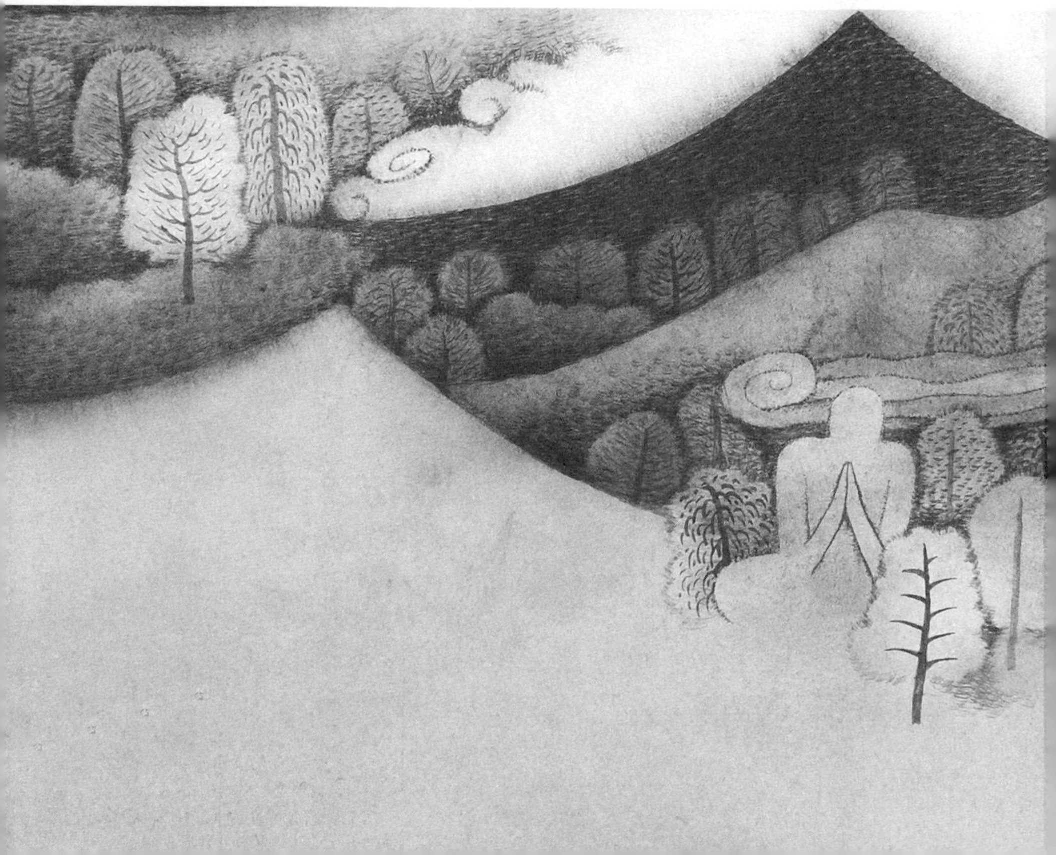

「聽說元亮隱居了?」

東風吹落官府前槐樹上的細枝，滿面白鬚的老者向旁人問及彭澤縣的近況。

「陶縣令前往武昌奔喪，已辭官多日。」

「奔喪?」老者語調略揚。

「喪者是其胞妹程氏。屬下聽聞陶縣令與程氏情誼甚深，三年前陶母孟氏離世，唯有程氏能解其憂。」

「如今喪期已過，為何未見復仕?」老者問。

「這……」老者身邊的人彼此對望，似乎沒有一個能接得上話。

「不過是藉口罷了。」老者儼然。

義熙二年，陶家位於南村的院落，春日午後衡門開敞，由外往內望，可見幾棵粗壯的老樟樹下，有些新的樹苗參差在幾叢野山茶間，圍繞院子。而竹籬上纏繞幾縷枯褐的植物，像是被午間烈陽給炙灼過的菟絲，又好似被上個冬季給風乾的青蘿。在此之中，斷斷續續有些許的劈柴聲與汲水聲自院內左側傳出。這些瑣碎的聲音乍聽之下有些雜亂，但若仔細留意，也不難發現其中的節奏，這般韻律與四周隱隱的蟲鳴聲交織得恰如其分，別有一番不俗的趣味。
可惜今日這份靜謐，為二輛疾馳而至的馬蹄踏破。稍後馬車行速趨緩，馬伕緊握轡繩，赫然將兩匹奔馳數里而來的黑馬止住。未待車子停妥，一名甫弱冠的黃衣少年由車篷探出來，看了看四周，發現陶家門前無任何童僕看守，只好折回車內，吩咐一位十歲小童沿著陶家院內小徑去通報，督郵大人到訪了。
「大人，這陶家真夠寒傖，竟與一般野夫住所無異。」少年站在陶家門前的泥道上，對篷內一名老者說話。
「陶家乃開國公之後，家底豐實豈是爾輩所能想像？」車中傳來一位長輩的聲音。
「晚輩明白。」
「還沒來人嗎？」又過了一會兒，老者微微掀起車帳一角，向車篷外的少年問道。
「是。已差人通報了，仍不見有人接應。」少年越想越不服氣，嗤道：「數月前督郵至彭澤縣視察，陶縣令不接待就算了。還說什麼『豈能為五斗米折腰向鄉里小兒』，沒幾日，我就聽說他辭官了。」沾名與老者應答的少年名周寬之，為新縣令的親族。
「單憑這句，便知其不僅瞧不起我們五斗米道，還罵督郵大人您是鄉里小……」周寬之不敢再說。
「果然荒涼。」老者不聽少年閒言，逕自探頭，這才見陶家門前草木稀落，確實是副鄉下野居的模樣。中央雖有戶大宅，可遠觀已顯得破舊不堪。原以為陶淵明是名將之後，自恃家產富饒而辭官，料他在地方應當頗有名氣，作為開國公陶侃的後裔，也算出身不凡，才敢如此任意妄為。

「大概謀求更高的官職去了吧。」督郵心想。淵明那日口出妄言，他非但不生氣，反而以為陶家人能在官場掙到縣令一職，背後必然有什麼強而有力的靠山，自然不把他這督郵放在眼裡。

今日特意來訪，就是盤算著與陶淵明重新打好關係，期待日後能在官場上獲得更多好處。他獲得好處，對他的家族、對他管轄下的百姓都是好處。但現在他初見陶家此景，委實震撼不小。

這時跟在長者馬車後方的另一輛馬車，似乎也失去耐心，小吏回報陶宅無人是否折返？

老者倒沉得住氣，泰然答覆：「暫且下車吧，我們這一路顛簸，與其繼續坐困車篷，還不如下車到這門前的樹蔭乘涼。」他讓少年扶他下馬，站在衡門前一棵大柳樹旁，一再打量眼前這座陳舊的院落。柳樹旁還有一棵柳樹，再看過去，總共五棵高大健壯的柳樹生長在陶宅邊。雜草有的都高過他的肩頭了，不禁越來越好奇，究竟有什麼理由能讓陶淵明潦倒至此，又堅持罷官而去？

待督郵下車，另兩名官人也從後方馬車裡鑽出來。二人跟在督郵身後環顧四周，左側那位五官看來眉細耳尖，是縣府裡的主簿田逵，右側的那位，才過中年，卻是和督郵一樣滿頭白髮的新任縣令馮興之。而站在田逵與馮興之間的，便是江州督郵周雍之了。

周雍之是一名身形消瘦矮小的老者，雖年近花甲，但仍耳目聰敏，雙眼閃爍著精光。他原生於一個沒有位階的富農之家，靠自身的交際手腕而平步青雲，單論其出身，能於晚年晉升到督郵這樣的官職，已實屬難得了。而跟在他身邊的那名甫弱冠的少年，則是其從弟當中最得意的孩子周寬之，自成年以來，便一直跟在周雍之身邊，等待進入官場的機會。

只見田逵以刺耳的聲音，搧著扇子說：「看來陶縣令也不過是位故作清高的貧士罷了。」

「今日至此，才體會昔日傳言元亮家貧，確是實情！」馮興之看著陶宅的矮牆外頭，皆為荒煙蔓草的郊野，不禁鄙夷道。

四人立於門前許久，仍未見陶家來人。

陽光時強時弱，偶有烏雲遮過，時間也已至未時。馮興之率先失去耐性開口道：「常說這名門之後，無一不是矯揉造作之輩，估計陶縣令欲藉妹喪離職，好以退為進。我等真是失算了。」

少年周寬之聽了，也忍不住嘆道：「今日大人們親臨此地，陶家卻不遣童僕迎接，比前次視察還過份！」

主簿田逵更是諷刺：「這可不是嘛，好的不學，專學那些隱士怠慢客人。借居在這破宅子，還以為自己是諸葛孔明不成。」

「不過故弄玄虛罷了，莫非要咱們三顧茅廬迎他出來？」馮興之不以為然。

三人一個鼻孔出氣，編派陶淵明的不是。唯獨督郵不說半句話，逕自繞著院前的幾棵柳樹沉思，不疾不徐在陶家門前散步。又過半响，陶宅仍未見一人，督郵才說出自己的臆測：

「在我看來，元亮並不住這兒。此處鄉間野地，僅是他虛設的一處草廬，儼然是博得隱士之名的手段。」

田主簿即附和：「大人說得有理！那日他也只是個小參軍，竟然膽敢藉酒裝瘋，跟劉大將軍討個縣令的職缺。看來，現在又對縣令一職無法滿足了，才會想出什麼隱居。這不正是放長線，待大魚上鉤嗎？」

「就是個沽名釣譽之輩。」

「奇怪，我讓人打探到的消息，應該不會有假，陶前縣令辭歸之後，確實是居住於此啊。」田主簿不解。

「那咱們今日在這守著，拆穿他假隱南山之事。」周寬之說道。

「錯了，待會他人只要以遊山賦歸之姿，回到舊宅中見客，又是天衣無縫了。」新任的彭澤縣令馮興之想得比周寬之深。

「不愧是馮大人，馮大人果然高明！」田主簿說。

「蹲低了就想跳高，不過是為求虛名的蛤蟆伎倆。」督郵身旁的弱冠少年周寬之說道，他向來對世家大族尤其反感。

「再說這會就算主人不在家，也該有僕人看著吧！」田主簿粗聲粗氣道。

馮興之聽了田主簿的話，笑道：「既然主人不在，童僕又豈敢擅作主張，迎我等入內。必然是由後門通風報信去了。」

田逵與馮興之、周寬之三人，見督郵一言不發，只是坐在大石頭上觀察一旁的柳樹，以為督郵也對陶淵明的行徑感到厭惡，繼續有一句沒一句地諷刺淵明，期望這麼做可以切合督郵的心意。

「該不會是，當年開國公種的吧。」督郵喃喃道。

就在眾人越來越口無遮攔的時候，終於有名自稱是陶家三子的少年，身著粗布衣裳，緊隨周寬之方才遣入陶家的小童，一起前來門口。

他先向督郵一行人簡單行禮，再領訪客進到屋內。

陶份是陶淵明的三子，因為身形瘦弱，平日多跟在陶淵明身後，是陶家五個孩子中跟陶淵明最親近的，但他不僅較其他兄弟膽小，還有嚴重的口吃。若是事先知道督郵一行人將來訪，陶淵明的妻子翟氏是絕不會留陶份在家，還讓他獨自出來接待客人。

只是今日事出突然，陶淵明向來對於應對進退的細節也不用心，當他一聽童僕說督郵來訪，就讓陶份先去帶客人進屋內歇息。

督郵一行人進入這幢方宅，仍未見到陶淵明。

廳堂雖大，卻連組像樣的家具也沒有，破舊的席子錯落在地上。

「還不快去轎子上，幫大人拿張墊席過來。」周寬之側身命令小童。

隨行在馮興之身旁的田逵，立刻開口詢問陶份：

「莫非陶縣令另有住所？」

「請諸位…大…大…大人先休息，我爹很…很…快出來。」

「喔？」馮興之哼了一聲，追問道：「什麼事讓陶大人這麼忙啊，不都隱居賦閒了嗎？可還有什麼俗事糾纏，連督郵大人想見他一面，都得三催四請地等上半天！」。

「方…方…方才…父…在後院劈…劈柴，此刻正…正在房內著…著衣，馬馬…馬馬上…就到。」陶份急著回田主簿話，越是緊張，口吃得越厲害。

「這陶家上下除了你，難道沒有其他人了？」督郵身邊的周寬之，微慍地對陶份說。

督郵將陶份的狼狽看在眼裡，卻也不出聲制止。

「回⋯回大人，家母與二位哥⋯哥⋯因近⋯近日農事繁忙，素⋯素日不在家中，唯有⋯陶陶陶份在後⋯後院打柴汲水。陶⋯陶陶份不擅言辭，請請⋯各位大⋯人別見⋯見怪⋯。」陶份自知口齒不如常人清楚，面色羞赧。

「那麼是陶家的後輩，都不擅言詞，還是只有你這樣？」周寬之不懷好意問道。

陶份沒有回答，或像是沒聽見周寬之問話，他不再出聲，只是安安靜靜地站到一旁，眾人亦各就其位等待。

督郵在廳內唯一的席子上坐了一會兒，仍不見陶淵明出現，便起身在室內轉了一圈。他見牆角有個酒甕裝滿卷軸，這些紙卷雖泛黃粗糙，卻被收納得極好。又見陶份傻楞楞地站在一旁，沒有阻止他的意思，就隨意撿起其中一支打開。

春水滿四澤，夏雲多奇峰。

「上頭詩句，莫非陶淵明所作？」一旁周寬之驚訝讀道。

「非也，是顧長康的〈神情詩〉，但顧詩全篇不佳，獨此警句，只能說陶縣令頗善摘句啊。」田逵上前說道。

督郵不發一語，放回此卷後又撿了一卷，只見卷首題有「歸園田居」四字。督郵不問陶份，逕自將這支卷軸拿到廳堂中央的木桌上展開。攤平全卷後，發現上頭有數首蘸著焦墨寫成的五言詩。墨漬的顆粒粗大、行文乾澀，顯然是自行調配製墨。再看酒甕插著的幾支毛筆都已禿得像刷子，使陶淵明的字，看起來更為古樸蒼勁。開篇寫道：

少無適俗韻，性本愛丘山。
誤落塵網中，一去三十年。
羈鳥戀舊林，池魚思故淵。
開荒南野際，守拙歸園田。
方宅十餘畝，草屋八九間。
榆柳蔭後簷，桃李羅堂前。
曖曖遠人村，依依墟里煙。
狗吠深巷中，雞鳴桑樹巔。
戶庭無塵雜，虛室有餘閑。
久在樊籠裏，復得返自然。

督郵看完後，轉身問道：「此詩為元亮何時所作？」

陶份還不及開口，眾人就見到一位身形魁梧結實，高約八尺的大漢走入廳堂。他的體格與膚色，不但有別於一般世家大族後裔的文弱模樣，一頭過肩散髮，以及從耳鬢一直延伸到嘴角周圍的鬍鬚，既顯狂放又有些懾人，身穿一件開襟大褐衣，看起來就像是一位典型的武士。

初次見到陶淵明的督郵周雍之，不禁暗忖，真不愧為將門之後，如此健壯的體魄，多少是承襲其曾祖吧！不由得憶起兒時在道旁嬉戲，眾人爭見晉軍行伍，孩童的他推擠到前排，只見馬背上身著金甲的大將軍陶侃，如此威風凜凜，統率強兵，不可一世。但從陶宅屋頂漏進的陽光，很快又將周雍之拉回現實。

而剛跨進廳堂的陶淵明，見眾人侷促在自家中簡陋的正廳之內，幾名官員和多名隨從不知該站該踞，彷彿在他的宅子找不到一處容身之所。他向帽子最高、官服最繁複華美的長者周雍之說道：

「各位大人久候了，不知今日何故前來？」

「沒什麼要緊事，不過是想來找你聊聊罷了。」督郵說話的同時，指示一旁的陶份將此卷〈歸園田居〉收好。

「各位不如與我，先到前院的石桌那兒坐下，其餘再慢慢說。」

「我看吶，也只能如此了。」馮興之不以為然地說道。

「諸位大人莫怪，寒舍一向空曠。元亮隱居窮巷，原本即有意謝絕訪客，廳中頂多就是兩三張與酒友相與枕藉的席子。若要讓各位一起就坐，想來也只有前院一處下棋的石桌椅了。」

「那就有勞陶縣令帶路吧。」督郵不似馮興之的態度，他站在眾人前方，面無慍色地開口請陶淵明領大家到前院去。

陶淵明帶大家出了廳堂，坐到院中的石砌桌椅。兩旁的雜草，因逢春夏之際，溫暖多雨，生長得格外茂盛。群草蔓生雜蕪，高者掩至腰部，矮者覆蓋兩膝，教人難以入座，更擔心蛇類會從腳邊竄過。新任的彭澤縣令馮興之早就受不了，雖然礙於督郵的面子不敢吭聲，但臉上的表情卻越發難看，就連田逵與周寬之看了也不斷搖頭。

只見陶淵明與督郵周雍之，兩人從容不迫地先將草撥開，再將草踏壓在地上，若無其事坐下。

緊跟在督郵與陶淵明之後的隨從，很快清除石桌椅旁的雜草，讓馮興之等官人上座。陶份也提一壺茶過來，為在座各位倒茶。

「此地人煙罕至，平日除了要上南邊石虎嶺的村民，幾無閒人經過。平時見面的也不出十戶人家，未料大人來訪。如有怠慢，實屬無心。」陶淵明道。

「我等突然來訪，自然不怪你。」督郵道。

「不知大人前來，所為何事？」

「元亮，喪妹已逾半年，如今可都安排妥當？」

「謝謝督郵大人關心，家中一切皆安然如往了。」

「那麼，你何時要復職？」督郵單刀直入。

馮興之聽見督郵的話，臉上的神情更陡然一變。

陶淵明聽了，淡然而笑說道：「多謝督郵大人關心，淵明既辭官，又何來復職的想法。」

「我知道。況且新縣令亦上任多時了。」督郵有點遺憾，再看向陶淵明道：「不過今日我來，就是想把事說清楚。敢問是縣令一職的位階，還是奉祿，不能令你滿意？」

「大人多慮了，淵明生性愚魯，無法適任官職，請大人見諒。」

「彭澤縣令這個職位，難道不是你向建威將軍求來的？」

「可說是，也可說不是。」

陶淵明之所以這樣回答，源自義熙元年，他曾做了一件引起同僚側目的事情。

去年七月的那一天，本為江州刺史的建威將軍劉敬宣，因兗州刺史劉毅不滿他先於眾將之前受封，礙於桓玄餘黨未平，為了不使統領劉裕難做人，劉敬宣自請辭去江州刺史一職。就在一場由建威將軍劉敬宣主持的惜別宴飲上，陶淵明趁自己和眾人酒酣之際，舉杯引吭道：

「聊欲弦歌，以為三徑之資，可乎？」

在座的建威將軍聽聞後，亦舉杯扣桌嘆息道：「陶參軍既有此志，也不好勉強留我帳下，自當如你所願。」

「下官謝過將軍。」淵明使著酒力笑道。

陶淵明原為鎮軍將軍劉裕幕府之參軍。之後，因劉裕須坐鎮京師，而桓玄逃竄江州尋陽一帶，欲佔江陵抗劉。身在京師的陶淵明，擔心尋陽遭遇戰禍危及家人，特向劉裕請調至劉敬宣幕下，想隨建威將軍到江州前線。況且身為尋陽人，熟悉當地，也有助於對抗桓玄一黨，因此劉敬宣一直將陶參軍視為座上賓，並無視為部屬之意。然而這些內情，並不為外人知道。

席散之後，在坐的一名武官不明白陶淵明的意思，回府途中，招來一名門客問道：「方才陶參軍所言，『聊欲弦歌，以為三徑之資』到底是什麼意思？可是談兵馬佈局之事？」

「陶參軍所言，是指昔日孔夫子的弟子言偃治理武城，因能力好，加上懂得用禮樂教化百姓，所以游刃有餘，被譽為南方夫子呀！」
「莫非陶參軍向主上邀功？」
掩袖撫鬚的門客搖頭道：「言偃不但將縣城治理得有條有理，還有閒暇的時間彈琴奏樂，與民同歡。在我看來，陶參軍是想辭去參軍一職了。」
「辭去參軍？那麼，之後呢？」
「他想當縣令！」撫鬚門客像是窺見什麼玄機，得意地說：「所謂『三徑之資』是隱士蔣詡於宅前，自闢三條小徑，專與品格清高的雅士往來。想來不過是暗示建威將軍，自己家中需擴建房舍，卻苦無錢財。」
「你越說，我聽得越糊塗。」這名武官聽不慣典故解說：「你只管告訴我，陶參軍整句話究竟是什麼意思？」
「簡言之！就是向大將軍表明自己對參軍這種武職，已經無所眷戀，倒是十分嚮往從事治理縣城之類的文職。陶參軍自認能如言偃一般，輕鬆治理縣城，並藉此湊足一筆錢糧，為家人添置房舍。」
「真是如此嗎？」
「小人絕不敢胡言。」撫鬚門客恭恭敬敬地回答。
「大丈夫不求建功立業，竟想求個清官坐領乾薪，往後陶淵明再也非我檀韶的兄弟了！」氣得竦劍上前，對著撫鬢門客怒眉張目。

無論檀韶的想法如何，陶淵明藉酒宴向劉將軍求官之事，很快就在軍中流傳開來。當然事情也不難傳到周督郵耳裡，現在他正對陶淵明提起這件事情，直言不諱問道：

「那日我與建威將軍府中的兵曹提起你，才知道縣令這官職，是你向劉大將軍求來的。怎麼如今說不做就不做了，難道彭澤令的奉祿還不足予你修繕這棟房子？」眾人都望向陶家的大宅院。

「大人言重了。淵明遭逢喪妹之痛，感悟人世無常罷了。」

「世間本來就變化無常，與你辭不辭官，又有何關連？」

「淵明自知個性剛強，不懂權變，尤其對官場的是是非非，往往駑鈍而不知輕重，自然不是有能力為官的人。」

「不是聊欲弦歌，游刃有餘嗎？」督郵道。

「縣令一職，今非昔比。治理一座城，尚可勝任，但送往迎來實非在下所長。」陶淵明雖聽出督郵的挖苦之意，仍答得不卑不亢。

督郵沒有接話，而旁人與陶淵明性情迥異，自然也無法理解陶淵明的志向，更怪罪他的言談過於輕佻猖狂。

天光流轉，日已西斜。前院草木繁盛，越近黃昏，蚊蚋越是聚集。新任彭澤縣令馮興之與田主簿，見督郵未有歸意，一邊揮手驅趕蚊蟲，一邊開口暗示：「四周飛蟲多得惱人，看來天色越來越晚了。」

「從這裡回到縣城，需多久時間？」督郵問田主簿。

「差不多一個時辰，現在離開，或許可在天黑前抵達。」

督郵不回應田逵，倒是問了陶淵明：「今夜可否讓老夫留宿？」

陶淵明還沒同意，就見田逵被嚇壞了，直張著口，不敢相信自己會聽見這句話。另二位，馮興之與周寬之，臉上雖未顯露異樣，但是心中也對督郵的決定感到詫異。

尤其馮興之這一路過來，跟在督郵周雍之身邊也有半個月了。就算巴結得不比其他縣令勤快，也把能做的、該做的都做了。督郵到訪的第一日，他就在城外三里處折腰恭迎，基本禮數半點都沒少，不過就是為了求得一個好的評價，期盼未來官途更順利些。連日隨伺在督郵身邊，不但要看督郵臉色，就連督郵姪兒周寬之，也一副高高在上的模樣。這些事情他全都忍下了，只要是督郵想做的事、想去的地方，他無一不交代下人去辦得妥妥貼貼。總地來說，也算是給督郵留個不錯的印象，自認對周督郵的脾氣拿捏得十分熟悉了。可今日萬萬沒想到，督郵竟萌生留宿陶家這棟破宅的想法。

而田主簿見馮興之與周寬之，兩位比他更有份量的人皆未加以阻止，心中雖不妥當，倒也不敢輕舉妄動。這時，只見陶淵明道：

「淵明家中人口繁多，房間窄小，恐容不下諸位大人留宿。」

「是啊，是啊！我們人多隨從也多，今日突然上門叨擾陶縣令，已經過意不去了，如今又怎好意思再給陶縣令添麻煩呢？就算心裡有多大願意留我們一宿，這宅子實在也是容不下了。」田主簿急著想讓督郵轉念。

督郵知道田逵說的話不無道理，揮袖說：「就我一個人留下。」

「我陶氏不過是尋常人家，蓬門蓽戶，簡陋不堪。大人不如趁現在天色尚早，返回尋陽城裡好好歇息。」陶淵明雖平淡地說，但這個時候，連他也不太懂督郵的意思了。

「難道連我一人的房間也挪不出來。」督郵微慍。

「一人倒無妨。」陶淵明毫不扭捏地答應。

馮興之與周寬之本來見督郵想留宿陶家，就已經不可置信了，如今更見督郵的態度如此堅持，執意一個人過夜，也從吃驚轉變為狐疑，不知道督郵心裡究竟盤算什麼，卻又不方便直接當著陶淵明的面問清楚。

只見底下三人對視，彼此互使一個眼色。最後極有默契地由馮興之開口：「小人不好讓陶大人為難，更不能壞了督郵大人的雅興。今日請恕我等先行告退，明日再派人由鎮上過來，接大人回縣城。」馮興之說。

「甚好。」督郵靦然一笑。

「馮某在此先向兩位大人告辭了。」

馮與之等人先是拱手作揖，再由周寬之領著隨從離開，田逵離開時望了望四周，還是不懂督郵為何要在這地方過夜。

一行人毫不拖延，速速乘車離開了陶家的宅院。

眾人離開後，督郵與陶淵明繼續在柳樹下聊著，此時四下無人，督郵將話題繞回辭官之事。

「你是出生於柴桑，所以才想回來柴桑對吧。」

「是。」

「我知道。人老了都想回到故鄉，但是，你還這麼年輕。」督郵直視淵明，再道：「元亮，你將屆不惑之年，不惑之年就要回鄉了嗎？」

「隱居匡廬，是淵明一生志向。」

「既然家中人口繁多，難道不需要你當官的俸祿？」

「大人有所不知。淵明八歲喪父，家中自然沒有官俸，但家母還是將我撫養長大。只要生活勤儉，安貧樂道，照樣能過日子。」

「你不為官，之後你的孩子要由誰引薦出來當官？」

「後輩各有自己的志向與才能，若勉強以庇蔭得到官職，不但不是好事，還是為禍的開始。」

「建威將軍可知你辭去縣令？」督郵說完看了淵明一眼，見他置若罔聞，只是一再為彼此的酒杯添滿澄黃的濁酒。

「大概知道了。」陶淵明喝了一口道。

督郵將酒杯拿在手中，仔細看杯口上一圈夕照的波光。過了幾秒，繼續問陶淵明：「房舍之事，又當如何？」

「修繕房舍，可以暫緩，但人生的理想卻是一刻也不可違的。」

「如果出仕不是理想，還有什麼理想可言？」

「如今歸來，不過是嚮往田野自然。」

「普天之下，蟲魚鳥獸之間，何者不為食物爭奪？不為食物而庸庸碌碌？」

「躬耕自食，與萬物一起共生於天地之間。」

「就憑你也懂得躬耕土地？」

「我外順於天地，內求於本心，有何不能？」

「聽你說得倒容易。」督郵舉起酒杯，將杯中物一飲而盡。

一陣陣微風吹來，有片柳葉掉落督郵杯中，督郵慣性地招手，卻發現身邊一個隨侍的奴僕也沒有了。陶淵明見狀起身扶他，督郵不讓他麻煩，自己站起來走動。夕陽下，酒具兀自擺在石桌上，兩人身影也拉長進了草叢裡。

「今日我來，怎連一個陶家的奴僕也沒有見到。」

「辭官之後，日常起居多自理。大部份的家僕，都遣散到其他親族當差。我與妻子及六名兒女，為了方便耕作，遷至南村這間老宅居住。」

「聽說你辭官後，開始耕讀？」

「歸來以後，確實是向鄰近的田父學習種作。」

「都種些什麼？」

「也沒種什麼特別的，都是些穀糧罷了。」

「種多久了，今年可有收穫？」

「大人若有興趣，不妨隨元亮至院外的田地巡視。」

「好。」

落日前，淵明帶督郵到自家附近的田地。兩人走在泥濘而狹窄的田埂上，才發現督郵的步伐與自己有些不同。

「元亮，難道你連田埂也不會走嗎？」督郵用力踏著田埂說道：「還有，這田埂太不紮實了，你得在上頭種些矮草，讓它堅固。一來好走，二來水田才能保水啊。」

「啊？」

經過這麼督郵一說，陶淵明才想到田埂的重要。原本他一直以為田埂只是方便在田裡行走的便道罷了。他也注意到，照理而言瘦弱矮小的督郵，兩步還不及自己的一步寬，但卻能臉不紅氣不喘地繞過自己走在前頭。倒是自己一路走來搖搖晃晃，好不危險，空有練武底子，卻始終無法讓自己能在田埂上穩健移動，彷彿一個不小心，就會倒栽跌進水田。

「是因為我身長的緣故嗎？」陶淵明心想。

「元亮，你是否常灌溉？」督郵問。

周雍之見陶淵明不回話，回頭一看，卻見陶淵明遠遠落後，便停下腳步喊道：「走田埂的時候，不可直著身子走，要斜著腳掌，先讓雙腳側向同一邊，然後些微地側身前進，如此方能走得又快又穩。」

陶淵明聽了督郵的話，再看督郵站姿，也學督郵的方式走了一小段，確實能穩住身體快速橫移，但卻讓他感覺渾身不對勁。便自言自語道：

「這田埂明明是直的，我為何不能昂首闊步，非得這樣側著身子，像猴子一樣曲著膝蓋，橫著前進？」

於是他走回自己原來的樣子，像個武人般，邁開大步直直前行，雖然速度比不上督郵，走起來也東搖西晃，但是心中卻滿是愉悅與舒坦。

「哈哈，馬跑得比人還快，但馬可不會跑在田埂上。」督郵見陶淵明未遵循他的走法，也不以為意，笑道：「人啊，就是能屈能伸，才能做什麼像什麼。你想走得快一點，就再自己變通吧。」看來也沒有要矯正他的意思，倒是停下來看著田中種植的作物。

水田的左半邊，作物的葉片較狹長，色澤深綠；另一半邊，莖稈較瘦長，葉子的顏色卻較另一種作物淺。於是督郵向陶淵明問道：

「田地之中，為何一半為秫，一半為秔？」

陶淵明對督郵能分辨田裡的作物感到詫異，他回答：「我欲種秫好釀酒，無奈妻子不肯，幾經商量後，只得一半種秫。」

「將作物種成這樣，實在不成體統。」督郵蹲低身體，他越是細看這些作物，越是嘆息。

「大人何出此言？」陶淵明也彎下腰。

「你種田的方法，錯了三處。」

「淵明不明白？」

「農家不會種成這樣。」望著雜亂無章的田畝，心思細膩的督郵，慢慢從這些歪七扭八的秧苗，察覺陶淵明確實與一般沽名釣譽之徒有很大的不同：「難怪元亮會寫出〈歸園田居〉這樣的詩。」他想。久在樊籠裏，復得返自然，有那麼一陣子這也是他周雍之的夢想。

「都是我與妻子親手插的秧苗，自知種得不好。」陶淵明搖頭道。

「你們這些世家大族，怎做得慣田裡粗活。我自幼生長於農戶，兒時的所有時間都在務農。只是活做得再勤，卻也常常有一頓沒一頓的。」督郵心想，就當作天底下多一人種田也好：「我就告訴你，怎麼耕種吧。」

陶淵明聽了，精神為之一振。他好不容易在田埂上站直了身子，隨即向督郵點頭，不由得又失去重心，但大聲說道：

「能得大人指點，淵明感激不盡！」

督郵看他高大的身軀，已經擋住了夕陽。這一日眼看又將過去了。

「育苗就像育養孩子，只要順應四時的變化，細心呵護，時間到了，自然就會生長、成熟，成為它們應有的樣子。現在春夏之交，插秧的時候，有很多事情你要注意。常到田裡走動，可以擾動水，讓水上下流動，也因為常踩踏，能減少雜草生長。」督郵說著說著，竟然脫去外袍與皮靴，捲起衣袖，雙手雙腳伸入水田之中。他一邊動手將秧苗調整位置，一邊告訴陶淵明道：

「元亮，首先你種的秫米與秔稻，千萬不能共植於一塊田地。秫米有秫米的需要，秔稻有秔稻的需要，兩者生長的時間不同，耐旱耐水的程度也不同。」

督郵拿起飄在水田上的木盆抱在胸前，是陶淵明前日插秧遺留下的。他將順手拔起來的雜草，放到木盆上，說道：

「再來，你將秫米跟秔稻排列得如此整齊也是不對的，要給兩種穀物成長的空間。其中秫米較秔稻短小，故秫與秫之間，僅需一掌寬，而秔稻較秫米高大，故在秔與秔之間，要留兩到三掌的距離。如此一來才能任其生長。若是讓秫秔之間的距離太近，不只會彼此爭奪陽光，就連根部也會相互糾纏。反之，若種植秫秔的距離過寬，則秫秔成熟之後，瘦弱的莖桿，無法單獨支撐起結實纍纍的稻穗，便會在田中倒成一片，泡水腐爛。如此一來，就算離成熟只剩幾天，也會因此而前功盡棄，無法收成。」

陶淵明跟在督郵旁，一邊看督郵動作，一邊認真地將這些話牢記在心。督郵也同時調整陶淵明插秧的動作：「雙腳不是蹲馬步，要更靈活，還有，手像放棋子一樣。」兩人一步步踩在水田的泥濘當中並肩而行。

「不僅如此，你所植的秫米是早稻，而秔稻是晚稻。現在你同時栽種，反而讓兩種稻作，不能順應四時的變化好好生長。就秫米而言，宜早播早收，如今你趁春分之際與秔稻一起種下，等到秋日霜降時再收割，秫米不耐霜害，早已錯過收穫的好時機了。反之秔稻宜晚播晚收，若收割於霜降之前，則未經秋寒考驗，炊食不易鬆軟。」這時督郵停下腳步，站直身子嚴厲了起來：「就因為你的隨意混種，讓整塊田，變得生熟參差，難以收割。這般種作，如何養家活口！」督郵泛黃的眼白，臉上的縐摺，曬出斑的皮膚，讓陶淵明覺得，這一刻的督郵比他更像一位農人，他像是完全有資格質疑他一樣。

「淵明受教了。」

現下只能盡快以身體的勞動，來彌補當初播種時的失策。雖然不過是重新挑出不同的幼苗分區栽種，但一直維持同個姿勢，且每個動作都在督郵的眼皮下被檢視，不免讓陶淵明神經緊繃起來。

「腰還要再放低一點。」督郵看了身旁彎下腰重新插秧、步履吃重的陶淵明，也不免大聲笑道：「當初你不願為五斗米折腰，隱居來到田裡，卻為這些秧苗折腰了。這不是一樣的嗎？」

「我覺得不相同。」陶淵明嚴正道。

「元亮，到現在你還是不肯為我折腰嗎？」

「不願意。」

「你那篇〈歸去來辭〉，底下的人也拿給我看過了。寫得極好，看來我將得到千古罵名了。」督郵仲直腰桿笑道：「老夫確實是鄉里小兒，年輕時盡靠一些機靈，才爬到督郵這個位置。以我的出身，官也不可能再升了。只是我這一路走來並不後悔。今天來，其實就是想告訴你這句話。」

「是為了生計，不得不出來當官嗎？」陶淵明問。

「可說是，也可說不是。」督郵笑道。

夕陽已成遠山淡影，鷺鷥也都回巢了。周雍之與陶淵明兩人相談甚愜，一面走在田埂上，一面暢談農務，不知不覺也繞了田園一大圈，最終還是趕在天黑之前，回到了宅院晚膳。

翌日清早，天剛亮，彭澤縣令派來迎接督郵的人馬，就已在門前恭候了。督郵周雍之的姪子周寬之，也在這群隨侍當中，他一臉狐疑地站在陶家的衡門前，像是有許多疑惑欲向伯父詢問。督郵知道已不便久留，離開前對陶淵明說：

「你在官場上，不願為五斗米折腰，但田裡的農人，每一位都得為五斗米折腰。」

他心想還是明說了當吧：「此刻天下正需有能者出來任官，遠比這些田疇更需要你。」

「多謝大人厚愛。元亮自知難以應付眾人之事，還是待在野外，較有用處。」

「元亮，你太小看朝廷的作用了。沒有朝廷，沒人當官，大江南北如何互通有無？飢荒、洪澇的時候，誰來調度別處的糧倉救助？」督郵嘆了一口氣道：「別把自然想得太美好。自然，有時比官場還險惡。」

陶淵明沉默不語。

「真沒想到，就連本座親自到訪，也請不動你陶元亮？」

「大人一路順行。」陶淵明送督郵上車，心中也有些感觸，但此時此刻無論是誰開口，皆多言無益。

待督郵上車坐妥，駕車的馬伕即吆喝幾聲，對馬兒抽了個鞭子，於是督郵的座車緩緩地啟程。

陶淵明望著督郵離去的馬車，對著東方初升的朝日歌唱道：

翩翩三青鳥，毛色奇可憐。
朝為王母使，暮歸三危山。
我欲因此鳥，具向王母言：
在世無所須，惟酒與長年。

【卷一】

桃花源記

往跡寖復湮　來徑遂蕪廢

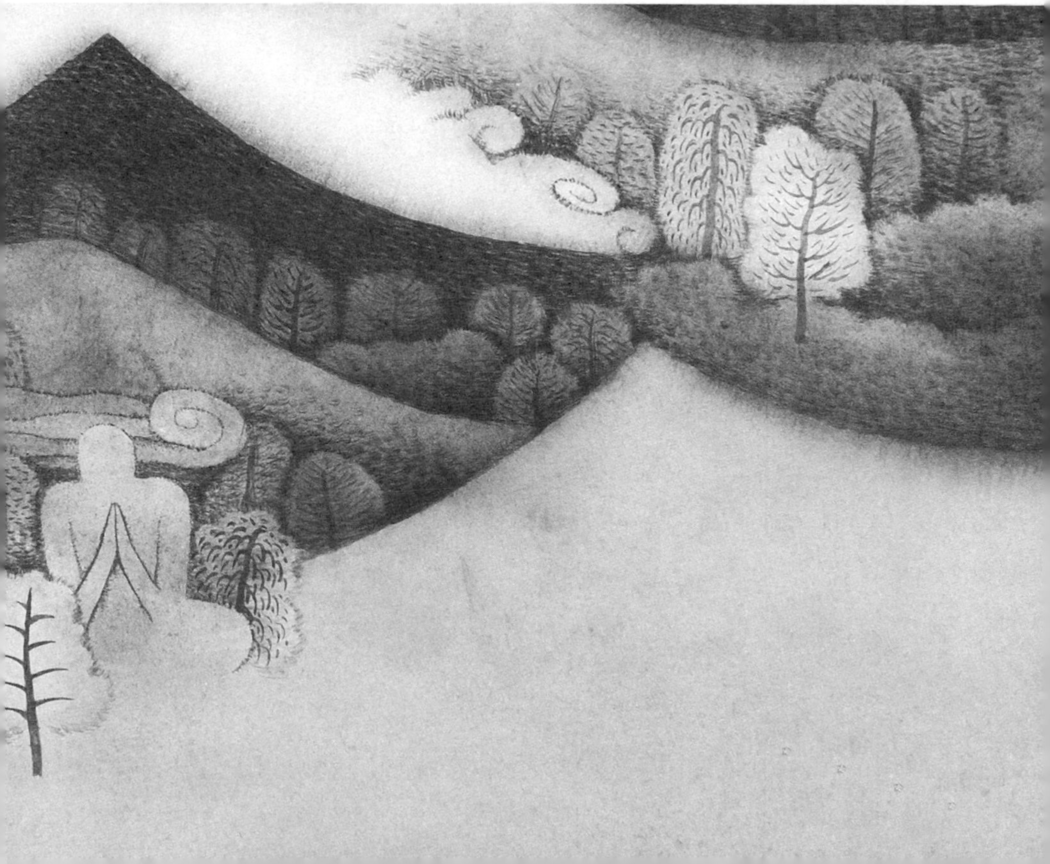

回到陶淵明二十四歲那年春天，在一個蟲鳥未喧的清晨，陶家大門傳出一陣陣叩門聲響。一名頭戴斗笠、肩披蓑衣的漁人，背著魚簍站在大門前，鐵製的門環敲在柔軟的苔蘚上，任憑他怎麼使勁，都敲不出清脆響亮的聲音。

於是漁人盯著門板上的叩環，不免嘀咕，這戶人家不知多久沒來訪客了，兩扇木門竟被苔蘚堆積成青漆的模樣。許久，濃霧之中，一位綁著雙髻的小童終於開門出來探看，問明漁人來意之後，將他引入宅內。

大霧逐漸散去，晨光映在簷間，陶家大大小小開始為一日的生活而忙碌。陶淵明正走出房門準備至外邊巡田，卻見自家小童領來一名陌生男子。

小童一見主子，即喊道：「陶大人，有人要見您。」

陶淵明見了漁人，確定彼此從未認識，不解地問道：「先生不知如何稱呼？至我陶家又有何事？」

漁人回答：「小人姓黃名道真，家住在仙人渡。昨日獨自在小舟上捕魚，不料愈行愈遠，經過一夜江上濃霧迷茫，天一亮離開小舟來到岸邊，想向附近居民詢問回家的路，沿著岸邊的桃花，走著走著就來到這個地方。又見這附近，僅有先生一戶人家，便冒昧求見。」

「你可是要回『仙人渡』去？」陶淵明小聲地重複了一次。他看漁人提的魚簍，裡頭的魚還滴著水，想是對方剛上岸不久。

「是，小人就是想請問大人，回家之路該如何走？」漁人恭敬道。

「仙人渡啊！」陶淵明思考一會兒，搖頭嘆道：「哎，我從未聽聞這個地方。」

「這？小人確實家住仙人渡啊。」漁人喃喃自語。

陶淵明觀察漁人言行，除了漁具外，身上的衣著，還有說話的口音，確實就是個外地人。加上言談之中，思家的心情懇切，讓人相信他並非妄語。

「你家鄉除了仙人渡，附近還有其他地名嗎？」

「我從沒到過別處，一時也想不起其他村名。」漁人略顯慌張。

「原來如此。」陶淵明先是點頭，卻又搔頭問：「陶家世居柴桑，從未聽聞過附近有仙人渡，是否當在別的州郡？」

「小的家住武陵，武陵的仙人渡。」

「武陵郡不是在荊州嗎？這裡是江州尋陽郡，怎可能一夜至此？」陶淵明方才還覺得眼前這位漁人說話誠懇呢，再道：「你昨日乘舟至此，可知走了多遠的路？」

「小的估計應有七里許，但決不超過十里路。」

「確定只有十里？」

「也許真的忘記走多遠了。肯定是兩岸的樹林遮蔽了日光，加上大霧給迷昏了方向。」漁人苦惱道：「這究竟該如何是好？」

「既然沿著溪流一路過來，若能循此溪，就有回去的機會了。」陶淵明雙手抱胸，這時候的他尚未踏入仕途，而是與母親孟氏、妻子東郭氏在家，過著耕讀的生活。長子陶儼亦尚未出生。

漁人此時也發現陶淵明腳上並未穿鞋，對方與自己年紀相仿，一身莊稼漢打扮，卻不粗獷，反顯得氣宇軒昂，加上住在這間大宅院裡，雖有些破舊，但總的來說不會是一般人物。心裡慢慢覺得，這裡絕非一個尋常地方。

「大人所言甚有道理，小的既是沿著溪流而來，自當能沿溪流而返。」漁人萬分感激。

「黃兄弟可有要事，需即刻返家？」

「小的家中自有妻子照應，不急、不急。」漁人回答。

「既至此地，不如由我帶路，四處問些鄰人為你打聽。」陶淵明邀請道。

「小人感激不盡。」漁人喜不自勝。陶淵明的母親孟氏見兒子與漁人聊得暢快，獨自帶了幾名家僕趁天色尚未全亮，趕到附近的稻田做些雜事。陶淵明與漁人暢談至一個段落，才回頭遣小童去找老夫人，差人告訴母親，自己帶一位漁人去問路，便偕同此客不知去向。

在這個繁花盛開的季節，夾道的野花茂密生長，大自然的豐饒從這個時節便可以看出來。走在鄉間的阡陌小路，漁人不時地發出驚嘆：

「這裡的土地平坦又開闊，房舍都蓋得整整齊齊，每家也都養著雞犬，這雞犬的聲音，在我們漁村是不太聽得到的。還有這邊人的穿著，我也從未見過，頭巾的綁法也不盡相同。這裡的景象，跟我們漁村真是全然不同啊！」

陶淵明看漁夫對村子的一切都感到新奇，心裡也覺得有趣。他帶著武陵人，至附近的幾戶鄰家喫酒。

兩人到一戶李姓的農家拜訪，在門口見到一位八旬老翁駝著背在餵雞。老翁耳背，好不容易聽完陶淵明的話，叫來屋內幾個姪孫去請另兩位住在李翁家附近的盧二伯與張三叔。

盧張二人，都是年事已高的田舍翁，幾位老人家素來就愛聚酒聊天。今早聽李家小姪說，有位遠道而來的漁人在李家喫酒，便什麼也不顧了，放下田裡的工作，各自提著酒壺趕至李家共飲。

漁人到訪之事，沒多久就在鄰里傳開，幾戶農家的老翁，全趕熱鬧似地，陸續聚集到李宅。

一個時辰後，平日與陶淵明友好的趙叔、鍾伯、朱老漢也都到齊了。

其中趙叔雖然是裡頭最年輕的一位，剛過花甲之年卻已滿頭白髮，曾經一口整齊的牙齒，如今也只剩右側下排的兩根黃牙。與他並肩而坐的是鍾伯，鍾伯家住得稍遠，世代務農，卻生得一副書卷氣，一身白裡透紅的肌膚，臉部的五官樣貌也與趙叔、李翁、朱老漢有很大的差異。他顴骨極寬，額大如鐘，又因頂上全無毛髮，所以有個大家沒有的習慣，無論做什麼事說什麼話，三不五時就要往頭頂摸一摸。如果教他憋住不摸頭，他就會渾身不自在，什麼事情也做不了了。

再者，還有一位是附近最年長的田父，名為朱大樹的朱老漢初生時身體孱弱，他的母親為他擔心，責怪自己將他的命格生得不好，便把他取名為大樹，希望能像朱家門前的大樹一樣，長久穩健地活在世上。未料多年後，朱老漢竟成為全村最長壽的老者。雖然他總記不得自己的年紀，但是就連七十九歲的李翁，都還記得自己打小喚他「大樹兄」長大。由此可知，朱家老漢的年紀必定長於八十。

鄰人聚集庭院，年紀最大的朱老漢啞著嗓音問：

「黃小兄弟，老夫見你一身打扮，似乎不是我們南村這的人呀。我們村的人很少出去，能否告訴我們，你們那邊的事情啊？」

漁人告訴大家，自己來自武陵，一個戰亂頻仍的地方，每位刺史上任都會宣達政令，告知許多忠孝節義之事，看似育民教化，實際則是要百姓能效忠於己。武陵有四通八達的水路，想一統天下者，莫不想先取得此地。所以武陵地區的居民，即使多以捕魚為生，沒讀過什麼詩書，但是對秦代、漢代，乃至於之後各個朝代的更迭興替，無一不知。在一個常常淪為戰場的地方，每個人對於時下誰擁兵自重、誰最有權勢，更是不得不摸清楚。

反而，柴桑這邊的居民，朱老漢、李翁、趙叔、盧二伯、張三叔等，每個人生來就只務農。正因為一輩子都在田裡忙碌，平時也不會聊些別的，但道今歲桑麻長得如何、稻穀何時播種、何時收割，談笑間盡是一些田園野趣，對朝廷之事一概不知。漁人問了他們這些歷史，也都似懂非懂，除了對秦代始皇帝之事比較耳熟，其他什麼漢室、魏室、晉室的天下，他們全都不甚清楚，彷彿這些世間的紛紛擾擾都與此地無關。漁人見之，心中非常羨慕。

「所以你們都不知道現在是晉室太元十六年了嗎？」漁人見眾人醉得迷茫，又轉頭問陶淵明：「陶大人，難道連你也不知道嗎？」

一旁的陶淵明揮手搖頭，只是跟著鄰人傻笑。

眾人抱著酒甕豪飲同歡，對待漁人有如親舊故友。這些鄰里平時就很少去柴桑鎮上，有的甚至連尋陽城的模樣也不知曉。然而大家對這地方以外的事情，卻有濃厚的興趣，在得知李翁家中來了一位外地的漁人後，莫不扶老攜幼趕來見識見識。每多一個時辰，集合的人就越多。

平時大伙兒農閒時聚在一起，淨是聊些莊稼田穫，可如今新來的這位漁人，尋常漁家的生活想必就跟大夥不同，越看漁人對他越發好奇，身上的漁具，也早被盧二伯與張三叔拿在手上仔細端詳了。

其中跟在趙叔身邊的垂髫小兒，一語道破了大家的心思。他看見李翁身邊坐了一位陌生人，就指著這位面生的叔叔問道：「他就是漁人嗎？」

一旁的朱老漢見這孩兒對遠來的客人沒大沒小，輕輕斥責道：「是遠方來的客人，快好好地稱呼人家。」

而趙家這名小孩兒聽了之後，改口說道：「客人叔叔，我聽說你會捕魚，每天都得捕魚是不是？」

「是啊，怎著？」漁人對小童呵呵笑道。

「你真了不得，我們家每年只有過年能吃上一條魚呢！」

「真是這樣嗎？」漁人驚訝地問道。

「那你是不是天天吃魚啊？」小童又道。

「是啊！」漁人回答。

「真好，那我長大也要當漁人。」

這時鍾伯也先不好意思摸著自己的頭頂，再跟著趙家孩兒一樣，好奇地向這位客人探問漁家的事情。而李翁、朱老漢等人見了鍾伯開口，也就顧不得喝酒，你一言我一語地問起漁人，這漁家的生活究竟是怎麼一回事。

漁人拗不過眾人的請求，只好從家鄉的地理環境說起：「在我來的地方，是一處叫仙人渡的船口，附近有兩個臨溪水的漁村，一是木瀆村，一是江瀆村。兩村分別位於九南山山腳下的東南面與東北面，一村位於山之陰，一村位於山之陽。又九南山的山頂有一處湧泉，流至山下則為一條寬大的三仙河，此水先流經木瀆村，撞到一處巨石崗後，才轉個彎流至江瀆村。」

大家見他的開頭，十足是說書人的架勢，聽得專注了起來。漁人看大家定睛聽得仔細，便繼續道：「照理而言，兩村同流過一條溪水，應是禍福與共才對。但是數十年下來，上游的木瀆村盛產魚蝦，下游的江瀆村卻魚獲不豐。」漁人說完，嘆一口氣又道：「各位長輩可知道其中的緣故？」

「魚蝦都叫木瀆村撈光了，江瀆村自然無魚無蝦了！」李翁馬上回答。

「就是啊，魚蝦都叫木瀆村民給抓了！」另幾位也這樣回答。

「江瀆村在河水的下游，自然會較木瀆村吃虧。」下巴頦兒已是白鬚的朱老漢，一副理所當然的樣子說道。

「對對，就是老朱說的，河水先經木瀆村，再到江瀆村，這江瀆村的魚，自然就只有撈木瀆村剩下的。」李翁接著朱老漢後頭說道。

「起初，兩村村民也作如此想，所以江瀆村人多仇視木瀆村人。」漁人說道。田父們聽了，莫不點頭。其中一位還舉了例子道：

「這道理就像我們村子遇上荒年，挖溝渠引溪水，越是近河邊的，得的水越多。溝渠裡的水，流到最後一畝田，都只剩涓涓細流了。」

「就是啊，這灌溉的水與河中的魚，不是一樣道理嗎！」柴桑的眾人們爭相表達意見。漁人則不疾不徐，繼續說道：

「於是二村村民不再互通嫁娶，彼此甚至在無痕的水面上拉起一條巨繩，並約定以此繩為木瀆村與江瀆村的界線，往後捕魚的時候，無論是哪一村的人都不得在河面上越界。

忘了這樣的情形持續多久，直到某年，連月大雨，山洪爆發，許多住在岸邊的木瀆村民都家毀人亡，被洪水衝至下游。江瀆村民見了不忍，紛紛將木瀆村民救起，此後兩村才恢復來往。木瀆村民感恩之餘，便讓江瀆村民泛舟過界，到木瀆村的這段河水來捕魚。

往後，江瀆村人雖爭相至木瀆村捕魚，但奇怪的是這些江瀆村人到了木瀆村，漁獲量還是與從前一樣少，一點也沒有增多。而木瀆村人自己，也沒有因為江瀆村人加入捕撈，而減少了魚蝦的產量。」

「想來是釣餌不同所致？」鍾伯回答。

「用餌的差異其實不大。」漁人搖頭。

「再不然，便是木瀆村有什麼的捕魚秘方了……」眾人議論紛紛，有人大聲道：「一村習慣邊行船邊撒網，一村習慣固定地點撒網！」有人聽了又道：「木瀆村懂得合作，圍成大漁網，江瀆村各撈各。」「不不不，我看是木瀆漁民身強體壯，抓魚時較有力量！」李翁也跟眾人起鬨。如此一來，大伙兒你一言我一語地吵成一團。

漁人見在座的長輩各執己見僵持不下，便道：「其實這也沒什麼，不過是兩村村民不同的捕魚習慣所致。」

「所以我就說一村有秘方，一村則什麼都不懂！」朱老漢朗聲道。

「老朱，你先別得意的，且聽黃小兄弟怎麼說。」李翁喝了一口酒，拍拍朱老漢的肩頭。

待眾人安靜下來，只見漁人說道：「木瀆人與江瀆人有兩個捕魚習慣不同。木瀆村之所以能捕到較多的魚，是由於木瀆村民只抓大魚，喜用網格較寬的魚簍和漁網，每張漁網的格子都有三四指的寬度。而江瀆村捕魚時，大魚小魚不拘，偏好用細密的魚簍和漁網，每個網格不足一指寬。如此一來，比如木瀆村的魚簍下水捕撈，溪水能輕易穿過魚簍，沒有回堵的水流，而在水中的大魚，就會順著水勢流入魚簍之中。反之，江瀆村民捕魚時，欲兼得大魚小魚的結果，反而使河水無法於魚簍中流動，別說是大魚，就連小魚也不會自動游入魚簍中，而被回堵的水流擋在外頭，如此一來，漁獲自然就少。」

「捕魚小子，你不是說還有另一個緣由？」李翁率先問道。

「確實還有一個原因，那便是江瀆人捕魚下網的地方不對！江瀆人越是捕不著魚，越是喜歡在溪水中央下網，以為河水深闊的地方魚兒最多。反之木瀆人則喜歡靠近岸邊下網，隨意捕撈些巡游至岸邊的魚群，正是因為近岸水淺，魚多游得不深，易為木瀆人所捕獲。」

「都不是什麼大不了的訣竅，江瀆村人怎麼會想不通呢？」李翁又問。

「這是因江瀆人一向都將漁獲少怪罪在木瀆人頭上，認為河水中的魚，早在上游給木瀆人捉光了，所以一直沒有留意其他的原因。」

「唉，江瀆村人真是的！」眾人嘆道。

「那叔叔你是江瀆村人，還是木瀆村人呢？」趙家的垂髫小兒問。

「當然是木瀆村人啊。」漁夫道。

大家聊著聊著，白天的時間竟也不覺地過去了。陶淵明見天色漸暗，便詢問漁人是否願意留宿陶家。

漁人喜不自勝地答應了。他隨陶淵明回家，陶母也特地設酒備肉，以賓客之禮款待漁人。晚膳之後，再一起到月下乘涼。

「原來這邊的月亮也是一樣的啊。」武陵人想，柴桑這邊的農人真有趣，竟會對他這樣一個平凡的漁夫感到驚奇。一直到睡前他都還不斷問陶淵明，這柴桑到底是怎樣的一個地方。

「其實這兒的生活，也沒什麼好跟外人說的。」陶淵明想了想道。

隔日漁人與陶淵明家的童僕一起在院中篩穀糧，見陶家所用的竹篩，皆以刨竹編織而成，邊框多朽斷了，岔開的竹條也因此常割傷手指。

「這樣子製作的竹器不耐用，讓我教你們一個好方法。」

為了感謝陶家人，漁人不知打哪兒取來一些粗壯的竹子。他將竹子的外皮洗淨，叮嚀陶家子女在刨竹時，一定要保留竹皮，天然的竹皮正是最好的防護膜，可省得上漆。此外他將刨好的竹條，浸在一種取自江邊蘆葦榨成的汁液中，讓往後以此竹條製成的竹器，更有彈性，並有防腐防霉的效果。而陶家人得了漁人的教導，很快學會製作竹器的新方法。連陶淵明見了也覺得相當鮮奇，便請教漁人是從哪學會這項技藝。

漁人則不好意思地說：「這是我們仙人渡，多年來的做法。因為漁家的用具經常要浸水，便很看重防霉、防腐的功用。」

附近幾名與他喫過酒的老人家，得知他會製作防潮的竹器後，也爭相邀請他至家中作客，要家中晚輩向他學習製作竹器的方法。

除此之外，朱老漢是一位很愛唱歌的耆舊，他唱了一輩子的農村曲謠，每次幾杯黃湯下肚，就自然地引吭高歌。只是唱來唱去總是那幾首曲子。而這陣子武陵人到訪，便與他介紹了幾首漁歌。本來大家以為孩童唱歌學得快，不料年屆八旬的朱老漢學起漁歌來，竟不遜於一群圍繞在漁人身邊的孩子。

一連多日，漁人在村民們的盛情邀約下，白天拜訪鄰里各戶，晚上夜宿陶家，就這樣度過了許多愉快的日子。只可惜漁人與陶淵明一家大小相處得再愉快，終究還是有辭別的一天。

七日之後，漁人牽掛武陵的家小，想回自己的村子去。

陶淵明得知漁人的歸意，帶他至近郊的康王谷，此處景色宜人，溪水終年不斷，兩岸植滿桃樹。

「這裡便是我當初來的那條溪流！」漁人似乎認得什麼高興地叫道。

此時正逢桃花盛開的時節，兩人舉目所見，盡是一片緋紅燦爛的落英。陶淵明與漁人沿著溪岸步行數里，見到岸邊及水面上，無處不是飛落的新鮮花瓣。兩人逆著溪水走到一巨石疊障之處，見石頭後方便是高約十六七尺的谷帘泉瀑布。而瀑布下方，正是漁人當初駕來的小舟，還完好地拴在那兒。

至此，漁人也勸陶淵明留步。於是陶淵明目送漁人往下攀爬，抵達瀑布潭心，只見他撐起長篙，踏上一段新的路途。

辭別陶淵明後，漁人獨自溯行，熟練地沿著水道前進，向遠處一道平緩開闊的水域行去，青灰色的背影逐漸淡抹，掩沒在一片桃花盛景之中。

一年後的春三月，有一人自稱為南陽隱者，獨自到柴桑一帶打聽有關「桃花源」的消息。鄰人將他指引至陶淵明的住處，他敲著陶家的木門。

這次，又是陶家的一名小童出來應門。

小童照舊將這位南陽隱士帶至宅中，使其見上陶淵明一面。隱者一見到陶淵明便說道：「在下南陽劉子驥，敢問先生名姓？」

「在下陶淵明。」

「子驥可否與先生，以兄弟相稱？」

「無妨。」陶淵明笑道。

「今日冒昧來此，是有一事想請教陶兄。」

「劉兄弟請說。」

「子驥自小欽慕神仙，亦好遊名山大澤。一日路經武陵，聽聞一名漁人自述，數月前因為捕魚而誤入一處仙境。仙境之中，屋舍儼然，亦多良田、美池、桑竹之屬，境內阡陌交通，雞犬相聞，猶如一座人間樂園。當地太守得知消息後，派人繪下這名漁人所說的路徑，再依他回程時做的標記派人前往，可惜數次沿溪搜尋，皆無功而返。如今我按圖索驥，來到了這裡，連月來遍尋這附近的山丘原野，怎知同樣找不得那座世外桃源。」

「真有此事？」

「確實如此。子驥昨日從鄰里口中得知，陶兄世代久居此地，又是柴桑一帶著名的大學問家，為此特意登門打擾。不知陶兄是否也曾聽聞過，附近有這麼一個桃花仙境？」

「劉兄弟可否為我詳敘漁人所說的路徑？」

劉子驥便把漁人的描述，一五一十告訴了陶淵明。

「你不覺得他描述的地方和這裡很像嗎？柴桑鄰近九江，渠道縱橫水源充沛，尤其適合桃花生長。自古以來，亦有不少人稱此處為桃花之鄉。」陶淵明猶疑許久後，這般回答劉子驥。

「陶兄說笑了。子驥所尋之處，不僅僅是個種滿桃花的地方而已，更重要的是與世隔絕，是常人所不能尋至的秘境！據說那裡的景物幽靜而美好，那裡的居民也非一般俗世的鄉民，他們是一群上古遺民，既不知秦朝之後的漢朝，更不知道魏晉的紛亂，只是恬淡地居住在仙境一般的田園中，過著悠然寧靜的生活。」劉子驥露出一副欣然嚮往的神情，向陶淵明娓娓道來自己對桃花源的想像。

「只知道這一帶確實種了許多桃花，但不曉得是否為劉兄弟要找的地方。」陶淵明聽完劉子驥所言，露出別有深意的微笑。

遺憾的是，劉子驥非但沒有察覺，還毫不猶豫地反駁：

「此處自然不是。」

陶淵明也不與他爭辯。

劉子驥見他不語，再追問：「陶兄可曾聽聞附近還有何處更為隱蔽，或是在哪片山腳底下有什麼遠離喧囂的秘境？」

「劉兄弟方才不說是土地平曠之處，既有良田美池，又怎會處於山林之間呢？」

陶淵明不解地問道。

「子驥以為桃花源的入口不一定在溪畔。」

「劉兄弟的意思是？」

「既然我已耗費多時，尋遍這一帶的溪流，都未能找到入口，那麼也許桃花源的入口是在山麓之間。」

「劉兄弟所言不無道理。」陶淵明點頭回應，但見對方面白無血色，體弱發汗，又偶爾咳嗽，於是問道：「劉兄弟是否身體微恙？」

「服用寒食丹藥，此為常有的現象。待藥效發散，即可。」

就在這個時候，鄰人差家裡的小童送來了一籃自家種的枇杷。陶淵明藉此機會問劉子驥道：「劉兄弟可曾拜訪過南山一帶的耆老？」

「未曾有機會。」

「不如隨我四處看看。」陶淵明邀請道。

「有陶兄帶路，子驥自然感激不盡。」劉子驥雖一口答應，但心中卻懷疑南山腳下是否真會有什麼隱於鄉間的高人，會比陶淵明知道更多有關於桃花秘境的消息。始終覺得陶淵明只是在隱瞞，不願意告訴他罷了。

過了一會兒，陶淵明領家中的一名小童，抱著一甕酒，便帶劉子驥往鄰家去。

李翁見陶淵明攜酒來訪，十分高興，連忙差遣小孫子，按往常一般到鄰人家中找來一群閒居在家的老者。四處邀請之下，召集了趙叔、鍾伯、朱老漢等人，大家都是老鄰居了，彼此之間沒有任何拘束，喝了幾口酒後，就開始無所禁忌地暢談，而各家的小童姪孫，也都在一旁奔跑追逐著。席間盡是一片喧譁的笑鬧聲，唯有劉子驥一人，與眾人格格不入。他心中有諸多掛礙，所以不敢多喝酒，只是一直等待時機，想探問在座的各位老者是否知道桃花源的所在。

他既怕眾人不知道桃花源，又怕眾人將桃花源視為秘密，即使知道也不願意告訴他這位外來者。於是他對諸位長輩恭敬之餘，也一直想著該如何旁敲側擊，言語之中不自覺地顯露出些許不安和緊張。

大家聊了一段時間，都曉得劉子驥的來意，長輩們仔細想了想，沒有任何印象，全搖頭表示自己未曾聽聞過什麼桃花源。當時剛播種完，大夥便又回到原先的農忙話題上。其中李翁幾杯美酒下肚後，開始呵笑不止，也不知道他笑什麼，孩童們也跟著大笑。朱老漢對著眾人唱起他一年前，自武陵人那學來的漁歌。另外，眾人繼續討論著今年的莊稼，各自為今年要種哪些穀物，每塊地可多種些什麼而開心不已。

「看今年氣候，五月桃子收成恐怕大又圓啊。」鍾伯樂得摩頂笑道。

劉子驥就這樣，憨心地與這些田舍翁嘻嘻鬧鬧地度過了一整天。

當晚亥時，劉子驥待在陶家為他準備的客房裡就寢。隨身的小僕袁栢與根碩問道：「主公今日可有打聽到什麼消息？」

「什麼也沒有問到，不過是和一群沒有讀過書的下里巴人喫酒。」

「何以消磨一整天？」袁栢不解。

「聽那些村夫討論莊稼播種的事，很是粗鄙。其間彈唱的歌曲，也盡是一些江邊漁戶傳唱的俗調。同這些人飲酒，毫無風雅之致可言。而且他們不過沾了幾杯，就橫豎亂倒，或呵笑，或是酣睡，或箕踞而罵，就是一般村夫野人，也未必這麼沒規矩。當然也可能是我今日見到的人，都是一些年事已高的老翁，腦子多半也已經不清楚了吧。我與這些人對話，不粗鄙不能言，不粗茶淡飯不能食，實在是苦了我矣。」劉子驥隱忍了一天，再也瞞不住心底的感覺，向貼身的兩位小僕抱怨：「何時我才能嚐到那仙境的芳醪呢？」

「陶先生也太不是了，怎麼帶主公去見這樣的人？」根碩問。

「我看這陶淵明在鄉里博得的美譽，也只是徒有虛名罷了。」劉子驥道。

「那為何又會如此受柴桑人們推崇呢？」袁栢問。

「柴桑不過是個小地方，村民多粗俗無知，只要稍微讀過一點詩書，就得以稱譽鄉里，被奉為大學問家了吧。」

「竟有此事！」小僕皆詫異。

「若有真才實學，斷不會與這些村夫野人們攪和，在這些人眼裡，別説是知道桃花源的去處了，我看他們就連想像都無法想像，世界上有這樣的一個秘境存在。那是一個隱蹤五百年的世界，在那裡沒有人間日曆，四季自成一年……」此刻劉子驥已昏昏欲睡了，帶領僕從，繼續著他的夢。

劉子驥得不到答案，翌日一早便離開了。當他作揖向陶淵明告辭的時候，陶淵明好奇問他：「有關桃花源的去處，可有收穫？」

「未有之。」儘管劉子驥心中有諸多不滿，但他只是面無表情地回答。

送走劉子驥的那日午後，陶淵明品酌了當季的春釀，備齊紙墨，趁酒興寫下了一篇〈桃花源記〉，擱在桃花邊上：

晉太元中，武陵人捕魚為業。緣溪行，忘路之遠近。忽逢桃花林，夾岸數百步，中無雜樹，芳草鮮美，落英繽紛。漁人甚異之，復前行，欲窮其林。林盡水源，便得一山，山有小口，彷彿若有光。便捨船從口入。初極狹，才通人。復行數十步，豁然開朗。土地平曠，屋舍儼然，有良田、美池、桑竹之屬。阡陌交通，雞犬相聞。其中往來種作，男女衣著，悉如外人。黃髮垂髫，並怡然自樂。見漁人乃大驚，問所從來，具答之。便要還家，設酒殺雞作食。村中聞有此人，咸來問訊。自云：「先世避秦時亂，率妻子邑人來此絕境，不復出焉，遂與外人間隔。」問今是何世，乃不知有漢，無論魏晉。此人一一為具言所聞，皆歎惋。餘人各復延至其家，皆出酒食。停數日，辭去。此中人語云：「不足為外人道也。」

既出，得其船，便扶向路，處處誌之。及郡下，詣太守說如此。太守即遣人隨其往，尋向所誌，遂迷不復得路。

南陽劉子驥，高尚士也，聞之，欣然規往。未果，尋病終。後遂無問津者。

【卷二】雪夜歸舟

向來相送人　各自還其家

深夜的雪紛飛。隱居山陰的王徽之醒來，撐開窗牖賞著風雪小酌。四野望去，白雪皎然，徬徨之中，他吟詠起左思的〈招隱詩〉：

杖策招隱士，荒塗橫古今。
巖穴無結構，丘中有鳴琴。
白雲停陰岡，丹葩曜陽林。
石泉漱瓊瑤，纖鱗或浮沉。
非必絲與竹，山水有清音。
何事待嘯歌？灌木自悲吟。
秋菊兼餱糧，幽蘭間重襟。
躊躇足力煩，聊欲投吾簪。

吟畢，王徽之忽然想念好友戴安道。

當時戴安道人在剡縣，兩人雖同在會稽郡，卻相隔一段不小的距離。不過他即刻出門，冒著風雪搭乘小舟前去，經過一晚才抵達戴家門口。這個時候，他身上用來擋雪的蓑衣箬笠，都已積了厚厚的一層白雪。

然而正欲敲門的時候，王徽之卻轉身回去了。

許多年後。陶家的小童於清晨打開大門，只見漫天大雪，田園成了一片銀白色的世界。童子左右張望，卻不見敲門的人影。他想，或許是雪球撞擊門板的聲音，誤讓人以為有訪客到來。此時是義熙四年的正月，半年之後，一場莫名大火將這棟陶家院落毫不留情地焚燬。

如同鬼死作聻一般，以往在這棟大宅發生過的事，先死去成了回憶，才在這次真正化為灰燼。事物的改變，逼迫每個人展開新的起點。

一切要回到陶淵明初次任官的江州祭酒說起。

東晉有一位十分有名的才女，謝道韞。她出生的時候，恰逢王謝兩家文治武功最輝煌的時期，父親謝奕與桓溫交情深篤，於桓溫之後繼任安西將軍掌握極大的軍權。此外她的叔父是晉朝最有權勢與能力的宰相謝安，她的親弟謝玄更是在淝水之戰中以八千員北府兵，大敗苻堅八十萬大軍的名將。這樣身世顯赫且富才學的女性，在她中年時，遇上了初入仕途的陶淵明。

太元二十年初夏，陶淵明陪伴年邁的母親回到孟家省親，那時與他年紀相仿的孟家兄弟早已全部踏入仕途，眾人之中唯有陶淵明還過著居家耕讀的生活。一名自幼與孟氏交好的張氏，聽聞孟氏回娘家省親，便從遠地趕來與孟氏敍舊，因而得知孟氏的兒子陶淵明，眼看要三十了，卻從未任官。張氏回到家中，向自己的丈夫偃兆說了這件事情。

偃兆聽聞後，將陶淵明這位年輕人招來問對，發現他人品正直又學養豐富。才知道原來他父親陶敏早逝，因而自小與官場中人疏離，在無人脈引薦的情況下，已結婚生子多年，卻未能謀得一官半職。於是偃兆找了一個機會將他推薦給刺史大人，終於獲得一個祭酒的職位。從而開啟他往後十年的仕宦之路，首先遇到的長官，便是這位江州刺史王凝之，也就是謝道韞的丈夫。

王凝之是位略通書法，卻毫無才幹的庸官。然而這樣的人，卻出生在一個非凡的家庭。他的父親王羲之與么弟王獻之，以書法名聞天下，而其夫人謝道韞，不但是謝家最有才華的女子，亦為當代名滿江南的才女。只可惜王凝之信奉五斗米道極為虔誠，為了信仰消耗巨資，不但荒廢公務正事，更時常挪用朝廷頒行政令、教化百姓的公款。

為此，王凝之與新任江州祭酒的陶淵明，發生了多次激烈爭辯。透過僚屬們口耳相傳，陶祭酒對夫君王凝之的拮抗，多少也為謝道韞所聞。其中最多的訊息，來自一位隨她嫁入王家的近身婢女謝香。

謝香跟在謝道韞身邊多年，深知小姐嫁給王凝之的來由。

當年叔父謝安因為欣賞謝道韞詠雪的典雅清新，便對她的婚配格外重視。那時謝道韞的父親隨桓溫東征西討，長年不在家中，交由謝安代為安排女兒的終身大事。而謝安在門第、才學和品行的多番考量下，看中了琅邪王氏的子弟。

那年上巳節隔日，謝安在府中有意無意地，問起韞兒道：「昨兒個曲水觴之會，在坐子弟當中，妳可有青睞的？」

謝道韞正在習字，下筆忽然停駐，微微低頷道：

「蓬首散髮，衣帶不繫者，可留意。」

「那是王徽之啊，他確實有其父當年東床快婿的神采。甚好，甚好。」

原本謝安以為兩家的婚事就這麼底定了。然而就在媒妁之前，謝安聽聞了王徽之雪夜訪友「乘興而來，興盡而返」的佳話，卻讓他猶豫起來。

「像這樣任性妄為的人，不招來妒訕就罷了，於夫婦之間又能否從一而終？」

最後年方十五的謝道韞，嫁給了相較於王徽之成熟穩重許多的王家二公子王凝之。但嫁到王家的謝道韞，對自己的夫婿極其不滿意。

那時候謝安並不知道他們夫婦間的嫌隙，直到某日謝道韞歸寧，謝安還自信滿滿地問她：「韞兒對夫君王郎，可歡喜？」

怎知謝道韞竟回答：「叔父安排的這門親事，韞兒很不服氣。」

「王凝之是王羲之的兒子，向來風評極好，妳有何不服？」

謝道韞這時才冷冷說道：「韞兒以前在謝家，我的父執輩裡，有謝尚、謝據兩位才德兼具的賢者；而我的從兄弟裡，則有謝璞、謝朗、謝玄、謝川這四位青年才俊，又怎會知道在這天地之中，竟然還有王凝之這種人才啊。」

「放肆！婦人怎可如此薄忿自己的夫君！」謝安氣得將手中團扇大手一揮。

「韞兒不是薄忿，不過是直抒胸臆！」謝道韞急忙跪下。

「難怪世人都說妳是『林下風氣』，這分明是明褒暗貶，妳看妳，學這什麼竹林七賢的拗脾氣！」謝安拿團扇指著姪女，雖口上這麼斥責她，但並非沒注意到她委屈於這場自己安排的婚事，所以也不自覺地嘆了一口氣，收回團扇，復示意起身，不再多說就離開了。

於是謝道韞與王凝之感情不睦，在謝家人盡皆知。她看王凝之盡日與道士往來，焚香煉丹，祈求通達天界，自己卻拿夫婿一點辦法也沒有。最後，她便什麼也不管了，獨自抑鬱寡歡地過生活，轉眼間兒女亦已長大成人。

直到一日，謝道韞聽女僕謝香說，最近王凝之的下屬當中，有一人屢屢與王凝之起衝突，即便知道王凝之篤信五斗米道，仍敢在其面前對五斗米道嗤之以鼻，非但不入教，還將那些在官府上作威作福的道長通通趕走。

謝道韞聽聞後很感興趣，在謝香打探下，得知此人為陶淵明，年紀還未滿而立之年，算是謝道韞的子侄輩。又此人雖為開國公陶侃之後，卻也沒有什麼家世背景可倚仗，並非驕縱自恃，才敢如此得罪王凝之。

「此人亦能詩，有不少詩作在同僚之中流傳。」謝香告知夫人。

「不妨為我取來。」

在謝香打探下，逐漸收集到幾首陶詩，每次一拿到作品，謝香就儘快交到刺史夫人手上。那時陶淵明的妻子東郭氏，剛產下長子陶儼。身為人父的喜悅和責任，以及對兒子未來的期許，陶淵明都寫在一首〈命子〉詩當中。

悠悠我祖，爰自陶唐。邈為虞賓，歷世重光。御龍勤夏，豕韋翼商。穆穆司徒，厥族以昌。

紛紛戰國，漠漠衰周，鳳隱於林，幽人在丘。逸虯遶雲，奔鯨駭流。天集有漢，眷余愍侯。

「詩一開頭，就令子女追述祖德，規制類似潘岳的〈家風詩〉，甚好。不過上溯到陶唐，就有些太過了。這天下人誰又不是陶唐的後裔呢？」

「夫人說笑了。」

「不過話說回來，此詩看似平淡，實則幽長連綿。是怎樣初為人父的年輕人，才能寫出這種情韻兼備的作品。」謝道韞反覆唸了幾遍，再繼續往下讀：

於赫愍候，運當攀龍。撫劍風邁，顯茲武功。書誓山河，啟土開封。亹亹丞相，允迪前蹤。

渾渾長源，鬱鬱洪柯。羣川載導，眾條載羅。時有語默，運因隆窊，在我中晉，業融長沙。

桓桓長沙，伊勳伊德。天子疇我，專征南國。功遂辭歸，臨寵不忒。孰謂斯心，而近可得。

肅矣我祖，慎終如始。直方二臺，惠和千里。於穆仁考，淡焉虛止。寄跡風雲，冥茲慍喜。

謝道韞讀詩至此，對身邊的謝香道：「此詩氣勢磅礴不俗，不愧為開國公陶侃之後，積極進取，好一位陶祭酒，多久沒見到這樣豪氣干雲的詩了？香兒，妳自幼跟在我身邊，也讀過不少詩書，妳能看出這年輕人的志氣嗎？」

只見謝香靠近仔細讀著詩，謝道韞十分有韻律地點著頭，連帶地嘴邊又唸了幾遍。謝香則站在謝道韞身後，笑而不答。過了些時候，謝道韞說道：「篇末數章，從期盼孩兒出生的心情寫起，到認真為孩兒命名，最後父親對兒子耳提面命，諄諄教誨，與其說〈命子〉不如說是〈訓子〉。父母都是望子成龍的，陶淵明亦是。」

嗟余寡陋，瞻望弗及。顧慚華鬢，負影隻立。三千之罪，無後為急。我誠念哉，呱聞爾泣。

卜云嘉日，占亦良時。名汝曰儼，字汝求思。溫恭朝夕，念茲在茲。尚想孔伋，庶其企而。

厲夜生子，遽而求火。凡百有心，奚特於我？既見其生，實欲其可。人亦有言，斯情無假。

日居月諸，漸免於孩。福不虛至，禍亦易來。夙興夜寐，願爾斯才。爾之不才，亦已焉哉。

最終謝道韞讀了又讀，心中愈是澎拜。盡日對陶淵明的文筆讚不絕口，認為要將對先祖的追思與對子女的期許，融合在一篇文章當中，是需要多深的情感與多高的才思，方能達到。她不禁數度讚嘆：

「沒想到王郎手下，竟還有這樣的人才！」

此後，這位江左第一才女謝道韞，一直想見陶淵明這位後輩一面。

不久，江州刺史王凝之為慶祝長孫滿月，在王府舉辦了一場酒宴。州郡部屬，無不到場祝賀，而謝道韞趁眾人酣醉之際，招來旁邊一名隨侍，問他在座當中何人是陶祭酒？

循著下人所指的方向，只見一位脫下官帽，披頭散髮，僅用條麻繩稍微綁住頭髮的年輕人。那人五官深邃，閑靜少言坐在眾人之中，席間還露出一雙大腳丫子。眉宇間有股英氣，和所謂的文人氣質實在相差甚遠，與其說是文官，不如說更像是卸去鎧甲的武人，令人印象深刻。謝道韞半信半疑，然而眼前這個人，卻讓她想起昔年在上巳節見到的王徽之，一樣是不修邊幅，衣著邋遢隨意，對宴會顯露不耐煩的神情。只是此時，王徽之已經過世七年餘了。

宴席即將結束前，她再找了另一名侍者來問，何人是陶祭酒？但依然指向同個位子的同一名男子。謝道韞再次定眼瞧他，突然見他起身，其身形亦較旁人高出一尺，堅實魁梧的體格，將有稜有角的面孔，襯托出些許英雄之氣。

謝道韞不禁對一旁的謝香道：「看來此人真的是陶祭酒，不愧為將門之後，只是其腹中文采，不知承襲自何處？」

「夫人可還記得兒時，謝大人與桓將軍共事那段時間，經常帶一位風度翩翩的孟參軍回府共飲。」謝香回答道。

「可是指孟嘉？」

「正是孟嘉大人。據我所知陶祭酒的母親是孟嘉的四女，亦是名知書達禮的才女。」謝香將自己所知之事，轉訴謝道韞。

「難怪此人詩中，既有武人激昂的風骨，又有一股溫潤清新的韻味。這股氣質，確實只能在孟參軍這樣姿儀文雅的士族身上，才看得到啊。」謝道韞知曉陶淵明為孟嘉外孫之後，對陶淵明的好感又增添了幾分。

前年冬，在王凝之的支助下，大和尚慧遠請來毗曇宗的高僧僧伽提婆來到尋陽的南山精舍口譯佛經，由比丘道慈在旁筆記，陸續集合了中外僧徒包括上座竺法根、支僧純等八十八人一同參與譯經。今秋佛典已成，為此王凝之再次提撥公款作盛大法會之用，意在傳告天下，視為他個人的重要功業。

王凝之這些行為，陶淵明多次進言規勸，力陳宗教鋪張之害，讓王凝之心中很不是滋味。有回他便招來陶淵明勸說道：「當初我聽偃兆說，你們陶家歷代篤信五斗米道，才破格拉拔你做本官的祭酒。實際上你卻不然，你不信教！雖然出乎我的意料，但你既然已經在我手下做事，豈有和我相違拗的道理！我只是要你信奉天師，就像你親族一樣受信罷了，這點又有何為難？」

然而陶淵明不但一口回絕，還對王凝之道：「王大人深信五斗米道，又虔誠信仰佛教。天師若有知，必然不會庇佑你；佛祖若有靈，也必然不會度化你。」

王凝之聽了陶淵明的話後，反而大笑：「你的看法不過是庸人之見，奉仙道長已為我解惑了。我入五斗米道，所修煉的是今生今世的善德，而我與佛祖結緣，累積的是來生來世的福報。汝輩胸襟不夠，不然又怎麼會被這種庸俗的小問題給困擾呢！」

「王大人既然如此崇尚神佛，又何必假他人之手修煉來世今生，不如自己也出家為道為僧，不要盡是佔著官職，荼毒轄區內的百姓。」

「說這話就不怕我免了你官職！」王凝之怒道。

「尸位素餐的職位，上不能匡君，下無以益百姓，沒什麼好留戀的。」

「哼，我乃學佛學道之人，心胸寬大，斷不與小人計較。你也不過是上天派來我跟前，對我的試煉，我又怎會入你圈套之中。你且退下，別再阻礙我做事了。」王凝之說完，便揮袖趕走陶淵明。

為此，陶淵明生平首次萌生辭官之意，但是剛步入盛年的他對於官場還是抱有期待，因而也就忍了過去。只是心裡終究還是有些疙瘩，不得不將感觸記下，為此寫了數首雜詩。

這次夫君與陶祭酒的爭執，也傳到了謝道韞耳裡，她心想若非自己的丈夫愚昧至此，否則又怎會埋沒這樣的人才。此外，她同樣覺得自己，也正是遇上了這庸弱的王凝之，才無法有一段美滿的婚姻。於是她又想起當年家叔謝安為自己選婿的事，想著想著，就覺得自己絕不能讓女兒重蹈覆轍。即使女兒早已過了及笄之年，但也用不著心急，更不能拘於門戶的高低。

就在為女兒探媒之際，謝道韞得知陶淵明的髮妻東郭氏因病逝世的消息。她雖然也為陶淵明難過，但心中不由得冒出這樣的一個念頭。她找來謝香問道：

「如今陶祭酒之妻容華早逝，若將咱的理兒嫁與陶祭酒，可好？」

「萬萬不行。陶家現在家道中落，與謝家天壤之別。」謝香一反往常笑而不答的習慣，直接搖頭反對。

「只要他有才能，要重新光耀開國公的門戶，並非不可能。」謝道韞說著說著，又想起陶淵明那日於宴會上雄姿英發的模樣，心底越是覺得此人不過一時不得志，但其詩所言的態度十分積極，只要抱持這樣的心念，假以時日必有大用。

「過去王修齡貧困東山，開國公之子陶範遣送一船米救急，但王修齡卻不肯取，更恥與陶範為伍，反而說自己就算乞食，也要向夫人的大伯謝尚乞食才對，當年這件事，夫人都忘了嗎！」

「陶氏雖為寒門，但王謝家兒豈能持門戶之見，無視其祖上功業？」

「夫人，如今這陶淵明不過是小小的祭酒，連九品官都不是，陶家早已式微，何來功業，神理小姐嫁過去肯定是要吃苦的。」謝香語氣急促，已有僭越，說到急切處更向夫人跪下，顯見她心中的擔憂。

「這倒未必，咱若嫌他位低權輕，就讓王郎給他提拔到適合的官職便是。」

「他和咱家大人素來不合，大人又豈肯提拔他。」

「王郎至少還會聽我一語。」

謝香見夫人執意如此，也就不再多說了。

幾日後，謝道韞把將么女王神理嫁與陶淵明的想法告訴了王凝之，卻得王凝之如此回答：

「絕對使不得，陶淵明那人渾身上下沒有一點好處。」

「人家滿腹才學，只是王郎你沒看見罷了。」她不滿道。

王凝之見妻子如此譏諷自己，不由得認真的板起臉道：

「妳可知道我王家是何等門第！在我們王家，即使是早死的獻弟，他遺留的孤女神愛，都可以嫁作太子妃了。而我王凝之是什麼人？我堂堂一個江州刺史，為何要屈就自己的女兒，去嫁給那個名不見經傳的傢伙！」

謝道韞聽到這裡，還想再說兩句話。

而王凝之見她一副還不死心的樣子，便手指她的臉，一指抹去脂粉，把話說得更難聽：「妳這就是所謂的庸婦之見，沒有比這更離譜的了。」

往後謝道韞再也不向丈夫提這件事，不出一個月的時間，王凝之便將么女王神理許配給了門當戶對的劉姓將軍。與此同時，陶淵明也以喪妻為由，向王凝之辭官，回到故里守喪。而謝道韞是多日後見了一首陶淵明的新作，才得知他辭官的事情。儘管陶淵明自始自終完全不認識自己的長官大人謝道韞，但是他所寫的詩，卻帶給這位女性長輩，極大的撫慰與惋惜。

謝道韞每每讀到他的詩句，就會有所感慨。就像這時，她手握著陶淵明近期的一首雜詩，反覆吟誦，只道詩中：

榮華難久居，盛衰不可量。

昔為三春蕖，今作秋蓮房。
嚴霜結野草，枯悴未遽央。
日月有環周，我去不再陽。
眷眷往昔時，憶此斷人腸。

當謝道韞初見「眷眷往昔時，憶此斷人腸」這句，就一字不差地記下，莫名地為這首詩感傷，觸動極深，只是當時尚不明白自己為何如此。畢竟她仍處於王謝家族的盛世，嚴格說來，生命到目前為止，未曾遭逢過什麼殘忍或絕對不可忍受之事。只是往後隨著晉室的衰微，王謝二族的命運，也有了翻天覆地的變化。

隆安三年，天下局勢紛亂。當時朝廷政權極不穩定，各地擁護五斗米道的叛軍，趁勢崛起。而就在劉裕剛就任北府軍將領之時，南方的孫恩與盧循已然結成一股龐大的新勢力，二人率領五斗米道的部眾，攻破長江下游各個州郡，氣勢銳不可擋。那時王凝之已由江州刺史轉任會稽內史，為了不讓鋒頭正健的孫恩攻入會稽城中，王凝之的部屬們，無不日以繼夜研擬守城的對策。唯有王凝之本人，潛心閉門祈禱，並招來一群僧道，整日焚香默坐。

在孫恩攻城的前三日，王凝之突然撤走佈屬在城牆四周的軍隊，宣稱自己已經請來大批的天兵天將，協助我方鎮守城牆。

這是王凝之任官以來，第一次面對戰事。眼看孫恩大軍即將來襲，他非但神色自若，還從容不迫地要下屬與會稽城內的百姓不要慌張。因此孫恩的軍隊，在攻打長江下游各個城鎮時，就屬會稽最有把握。

只是在大軍破城的那日，王凝之的夫人謝道韞再也忍受不了自己的丈夫，當她見到城門被撞開的那一刻，心中只有一個念頭，那便是與其坐以待斃，不如與敵人決一生死！

於是謝道韞將外孫劉濤綁於胸前，再穿著幾件基本的護甲，手提大刀，領著婢女謝香與王家數百名隨從，衝入孫恩所領的陣營中，揮刀殺敵。可惜謝道韞畢竟是一介女流，所領的隨從也是從未受過軍事訓練的烏合之眾，不出一刻，一干人等就為孫恩給活抓了。

當孫恩得知此位烈女正是王凝之的妻子謝道韞後，感佩她的英勇，於清算之際，將王凝之及其族人全部斬首，唯獨赦免謝道韞以及她一直背負在懷中的孺子。篤信五斗米道的王凝之就這樣命喪於另一位五斗米道的信徒手中。之後儘管孫恩之亂再次為晉室弭平，孫恩亦兵敗投海，然而謝道韞的家人，她每一個死在孫恩手下的兒女們，都是再也回不來了。爾後她選擇會稽一處幽靜的別墅，在那裡代女兒王神理，撫育外孫劉濤長大，本來打算就這樣終老一生。

經過這麼多年，她仍會讀陶淵明的詩，透過文字謝道韞得知陶淵明這十多來的宦旅生涯，同樣不如意。歷經家破人亡之後，她不免感慨，一個再怎麼有才華的人，也無法保衛好自己的家人。回想世間萬物，多少是虛空、徒有其表的東西。

原本看輕丈夫信仰的她，歷經巨變之後，反而皈依佛門，定居會稽，閉門謝客，回絕一切送往迎來之事。倒是近日有子侄輩的謝璞要前往尋陽擔任江州刺史何無忌的參軍，謝道韞得到消息後打算隨之同行，她聽聞尋陽一段的江口，沿途的道路平直寬敞，是進入廬山的好地方。已屆耳順之年，白髮婆娑的謝道韞一心想入山理佛，不顧自己年事已高，踏上了朝聖之旅。

在姪兒謝璞的護送下，謝道韞乘船一路搖晃至尋陽。

廬山山勢拔地而起，船隊才至尋陽江口，遠遠即見巨峰挺立於雲霧繚繞之中。謝道韞與謝璞別過，帶著為數不多的隨從，由尋陽江口登岸，乘車往西南方向的廬山。恰巧柴桑鎮與廬山同在尋陽江口的西南方，於是謝道韞一行人在鎮上稍歇。秋高氣爽正逢菊花綻放的節令，柴桑一帶隨處可見夾道盛開的野菊，謝道韞尤愛這番淡泊而悠遠的氣氛，決定在鎮上留宿數日，再行山路上到廬山。

就在她停留的這段期間，從鎮民口中，得知了所謂的「尋陽三隱」。

原來陶淵明自離開官場後，便一直隱居家鄉，與周續之、劉遺民被當地人並稱為尋陽三大隱士。而前些日子，陶家不知為何遭遇了一場無名大火，燒毀整棟宅院，幸虧陶家主僕無人傷亡，只是無家可歸亦得面對，一家二十餘口人，只得暫居在彭蠡湖的舟船上，生活實在難過。

謝道韞得知後，便在隨從陪伴下前往彭蠡湖拜訪。

秋天的湖水澄澈透亮，湖面上蕩漾著一股舒適而飄渺的涼意。陶家客居的舟船繫在彭蠡湖畔，隨著微風，在水面上折出一圈又一圈的漣漪。謝道韞站在岸邊，見這些漣漪或大或小，反射著晨間的朝陽，波光豔瀲之下，給予人一種愜意美好的感受。她的內心起了一股幽微的變化，突然不想打擾陶家這份平靜，想要悄悄地離開。可惜還來不及吩咐下去，下人們就已經喚來陶家人。

一名打扮樸實的村婦從船艙裡出來，她對謝道韞說，自己的丈夫還在田裡，但是很快就會回來。她四顧眾人說道：

「敝人翟氏，今日有幸見到夫人。無奈家中剛遇火劫，匆忙之間，沒有救出多少東西。今日迎來各位，卻連一杯茶酒也無法招待，委實於心有愧。只能讓幾個孩子先去找些酒水，怠慢各位大人了。」

謝道韞隨翟氏進船艙後，一邊聽翟氏說話，一邊端詳她的面孔。

她早知陶淵明於東郭氏死後，有繼室翟氏。如今眼前的翟氏雖無姿色，卻務實質樸，想起過去自己曾想將女兒許配到陶家，心中頓時難過起來，畢竟事已至此，女兒如今也不過是荒丘上的一抔黃土。她聽翟氏說完，安慰道：「老婦來，自然不是為了喫茶，這點小事妳別放在心上。我已差人去辦酒食。」

果然不費多少功夫，謝氏的隨從已不知打哪兒來的備妥一行人的伙食，甚至把陶家的份量也做足了。而赤裸著半身，蓬頭垢面的陶淵明，一回到船岸渡口，就見到豐盛的酒菜沿著湖岸邊擺了滿地。

其實自陶淵明隱居後，不少過往的同僚都來找過他。只是今日見到謝道韞，著實出乎他的意料。他甚至不知道眼前這位白髮老婦是誰。直到翟氏說明了，才恍然大悟。

他左肩荷著鋤頭，右肩扛著一擔田裡的蔬果，手中還握了幾把沿途摘得的野菜，一見到刺史夫人的排場後，也只是撓撓頭，笑道：「淵明失禮了，王夫人近來可好？」

「豈會好過。數年前孫恩作亂，使我王氏家破人亡，我想你不會不知道。」

「淵明已有所聞。」

「過去王郎盲目崇道禮佛，你也是最清楚的。那時他聽不進你的建言，落得這樣下場。只可惜我王氏族人，因他的昏庸，連帶陪葬了性命。你當年若對他有恨，也算還你一方清白，是能舒坦許多了。」

「王夫人言重了。世人如得其情，則哀矜而勿喜。」

「如今你能這樣與我說話，實屬難得，我知道你是有修為的人。」

「夫人所言，淵明愧不敢當。」

謝道韞看著陶淵明，心中無限感慨。她指著自己備好的飯菜，邀陶淵明一起入座。又兩人入座的同時，圍在一旁的孩子，較小的幾個，早已垂涎三尺直瞪著席間的食物。她見了好笑，就命令大家一同入座，陶淵明見自家孩子，在客人面前這般嘴饞，倒也一笑置之。

「謝謝王夫人。」孩子齊聲道。

謝道韞看著他們一家，心中也覺得溫暖。此時湖邊一陣清風徐來，捲了些許山林草木的香氣，讓謝道韞整個人，頓時神清氣爽，心境迴然一變。難怪陶淵明要隱居起來，她想。自從王家經歷那番慘案，她已經好久的時間，都沒有這麼真心的感到愉快了。

眾等用完餐後，謝道韞攜上幾名童僕，邀陶淵明一起泛舟湖上。

時至夕陽，她徜徉在這寧靜的湖光山色中，一時也不開口說話。後來想到了一件事：

「陶祭酒近日可有新詩賦成？」

「淵明不當祭酒多年，不過新詩倒是有一首。」說完便從囊袋裡拿出一卷軸。謝道韞見陶淵明個性豪爽，也就當面打開卷軸，只見詩名是〈戊申歲六月中遇火〉。她亦已知陶家祝融，但還未開口提過這件事。只見上頭寫到：

草廬寄窮巷，甘以辭華軒。
正夏長風急，林室頓燒燔。
一宅無遺宇，舫舟蔭門前。
迢迢新秋夕，亭亭月將圓。
果菜始復生，驚鳥尚未還。
中宵竚遙念，一盼周九天。
總髮抱孤念，奄出四十年。

「好個『果菜始復生，驚鳥尚未還。』此句鮮活極佳。看來陶祭酒元氣尚在，火宅之事，就不必為你操心了。不過這詩似乎只寫出了一半，其餘料想還在陶祭酒的腹中吧。」

「果然瞞不住王夫人，經夫人一說，淵明突然通曉，稍後完成。」陶淵明立即在舟中提筆寫下這首詩的後半段：

形迹憑化往，靈府長獨閑。
貞剛自有質，玉石乃非堅。
仰想東戶時，餘糧宿中田。
鼓腹無所思，朝起暮歸眠。
既已不遇茲，且遂灌我園。

當場看著陶淵明提筆詩就的謝道韞，想到這十年來，陶淵明潛心耕讀，如今詩中不僅粗茶淡飯，亦有蔬味果香，平易近人的程度，更勝當年。然而在田園的平淡語之外，剛健雄硬的姿態，亦在同一首詩中駕馭自如。她知道陶家與孟家，一則擅武，一則擅文，但這終究還不能解釋陶淵明的詩才。她知道就詩才而言，先人的影響並不是那麼大，主要端看個人的才性，所謂「雖在父兄，不能以移子弟」。然而到底是為什麼，陶淵明能寫出這樣的詩？

就在她仔細品讀這首詩的同時，陶淵明已經喝起酒來，見船上有數罈好酒，心中很是暢快，加上宅第燒毀後已經好一段日子無酒，當下如獲至寶，不顧形象的直欲把自己灌醉。

「也許是酒，才讓他能夠平衡這兩造的自己！」她領會後，開口道：「過去就聽聞陶祭酒雅好杜康，今日才算是見識到了。」

過一會陶淵明好不容易放下酒罈，方說道：「王夫人遠至寒舍，所為何事？」

「你寒舍已無，我亦不為何事。」謝道韞見陶淵明已微醺，接著道：「本該直上廬山禮佛，但在柴桑鎮休憩的時候，從別人口中，得知你住在這兒。想到你當年勸諫王郎的事，就想來見你。」

「都事過境遷了。」陶淵明酣笑，說話的同時，也聞到自己脖子上帶有野草根的腥味，是早晨除草沾上的。他的身軀隨著船身小幅搖晃幾下，才對謝道韞說：「多年未得如此好酒，實在是難以言狀。淵明若待會不勝酒力，請夫人恕元亮不送。」

「那麼船隻靠岸與否？」

「不必靠岸。」

「不靠岸我又如何下船？」

「那您還是靠岸吧。」

謝道韞看著陶淵明又傻又癡的模樣，似瘋似顛，一點也沒有文士的風采，心中不免嘀咕。眼見他就要大醉了，不禁脫口：「快別喝了，陪老婦聊聊！親從凋亡之後，就只有聽你說話，能開我胸臆。」

「是的……」陶淵明回答地有些含糊。

「可有什麼話想對我說？」謝道韞見他已經昏沉。

「祝夫人平安永壽！」陶淵明醉倒說。

謝道韞聽了心頭一暖，心想這等懇切又充滿才華的人才，無論天賦品格，都不該在此埋沒，便自道：

「如今你年事已長，面容不復當年剛毅，不過眉間的英氣仍在。除了方才席上的酒水，老婦另備十二罈黃酒，往後可讓你安心喝上一陣子了。只是我還是想告訴你少飲一些，現下這亂世，未必不會出現什麼英雄，往後若有明主即位，也盼有你這樣的人，出來照護百姓。即使不得仕宦，也莫失了志氣，勿忘開國公與孟氏一門，皆是高風亮節的。」

她見陶淵明不語，抬頭望向匡廬又道：

「蒼鷹在天空盤旋，浮雲終依戀青山。陶祭酒，你想繼續隱居嗎？即使你想，也怕是不容易了。」謝道韞看向湖面：「我這一路到尋陽，了解河流要彎曲，其腹地才會廣闊。獨善其身，拘泥田園的人，根本不值得尊敬啊。」

再道：「你要知道，自己是為天下人耕讀。為天下人，開闢田園。」

只見陶淵明也不知道是醉了，還是睡了，口中低喃，仰著身子大字躺在船上，在晴空的彭蠡湖下，隨著輕舟搖晃。

「夫人慢走。」陶淵明突然由口中冒出一句話。

謝道韞見他還能答話，也就安心不少。她看船夫已將船身靠岸，正想辭行，但見岸上幾個陶家的孩子，正快樂地追逐，而翟氏也正面帶笑顏等待他們上岸。一家大小即使歷經火劫，借宿舫舟渡日，卻沒有一人自覺愁苦。

她不明白這樣的一家，為何還能有這樣歡樂的一面。她想到自己失去的一切，竟有些許淒涼。他不信陶淵明真的如此樂天，開口問道：

「宅院燒掉之後，你可失去了什麼沒有？可還想出來當官？可曾為愛妻愛子，為他們的生活著想過？可曾想過你過世的妻子嗎！」謝道韞接連幾個問題，逼問醉倒船上的陶淵明，又像是在逼問自己。

「都不曾起過這樣的念頭！」淵明大聲說道。

「真的嗎，陶淵明。」她亦自信地笑道：「對了，我做閨女的時候，哪都不能去，年紀越大，反而越自由了。」

翌日，謝道韞登上廬山的過程中，見到遠方石壁上成群的松樹，心有所感地寫下：

遙望山上松，隆冬不能凋。
願想遊不憩，瞻彼萬仞條。
騰躍未能升，頓足俟王喬。
時哉不我與，大運所飄遙。

數日後，謝道韞在廬山上巧遇尋陽三隱之一的周續之。對方自稱與陶淵明平時交情極好，從他口中得知陶家遇火時，陶淵明並非無動於衷。據說那日他不是搶救財物與穀倉，反而只想搶救故妻東郭氏留下的遺物。無奈火勢猛烈，東郭氏的東西早在起火的那一刻，大部份都燒光了，只救出一把琴。

「那日我亦在場救火，只見元亮當晚不停撩撥大火燒剩的殘燼，悲戚喊道：『妳的東西，如今全都沒了。』令在場者聽了莫不辛酸啊。」

「東郭氏不都已經過世有十餘年了嗎？」

「是啊。之後幾天，元亮像是發狂了一樣，還寫了一首悼念東郭氏的長賦。」

謝道韞聽聞此事，十分好奇，要周續之務必抄得此賦。

「我向元亮的兒子詢問。」周續之如此答應。

直到謝道韞行旅返回會稽，才輾轉拿到周續之寄來的信，信中附有陶淵明的〈閑情賦〉：

悲晨曦之易夕，感人生之長勤。
同一盡於百年，何歡寡而愁殷。
褰朱幃而正坐，泛清瑟以自欣。
送纖指之餘好，攘皓袖之繽紛。
瞬美目以流眄，含言笑而不分。

謝道韞初讀此賦，僅讀了前半段，便忍不住一再流淚。然而讀到了「十願十悲」一段，雖然破啼為笑，但生活中各式各樣的滋味卻彷彿在不斷發酵，像一罈永遠無法打開的酒，沉到心裡：

願在衣而為領，承華首之餘芳；悲羅襟之宵離，怨秋夜之未央。
願在裳而為帶，束窈窕之纖身；嗟溫涼之異氣，或脫故而服新。
願在髮而為澤，刷玄鬢於頹肩；悲佳人之屢沐，從白水而枯煎。
願在眉而為黛，隨瞻視以閑揚；悲脂粉之尚鮮，或取毀於華妝。

願在莞而為席，安弱體於三秋；悲文茵之代御，方經年而見求。
願在絲而為履，附素足以周旋；悲行止之有節，空委棄於床前。
願在晝而為影，常依形而西東；悲高樹之多蔭，慨有時而不同。
願在夜而為燭，照玉容於兩楹；悲扶桑之舒光，奄滅景而藏明。
願在竹而為扇，含淒風於柔握；悲白露之晨零，顧襟袖以緬邈。
願在木而為桐，作膝上之鳴琴；悲樂極而哀來，終推我而輟音。

掩卷後，她對謝香說道：「這小子竟然想成為亡妻身上衣帶，束起她纖細的腰身；還有願成為她的草鞋，貼著她的腳到處行走。成為燭光，成為影子，成為席子，成為扇子，成為胭脂，成為一株可以製成鳴琴的梧桐，好為她演奏。」

她的眼力亦不行了，拿到月光下看了看，繼續說道：「堂堂一個大男人，竟願意成為女人身上的衣物。將來肯定會招來『白璧微瑕』的批評吧，不過又何妨呢？他的這些想望，都只是暫時的。妻子隨時可以捨棄這些東西，而陶淵明正是為此而感傷呢。」

她能明白陶淵明的心情，以及他為什麼會寫這篇賦。這些妻子身上的器物，一件件全都在大火中燒毀了，哭之也好，笑之也好，到底只剩下用文字來記錄，讓墨色的字，繼續以影子的影子，存在於這個世上。

「以前總感嘆世間男子薄情。謝家也好，王家也罷，哪個男人一生不娶上三妻四妾？今日讀了此詩，才知道世間竟然也有深情至此的男子。」

「小姐，大人在問妳話呢。那日在坐子弟妳可有青睞的？」謝香問道。

「我嘛……」

她想，自己從未入過那個人的眼，好比是在一個大雪紛飛的夜裡，他來到她的門前，卻什麼也沒說地就又轉身回去了。即使嫁到王家後，見到他的機會也少之又少。慢慢地，她自己也忘了曾經喜歡過這個人的事。

只是有時候，會和雪聯想在一起。

往後，謝道韞每讀一次〈閒情賦〉，就會再對謝香說一次：「人生若得這樣的伴侶，那麼死也沒有什麼遺憾的了。」

「奇怪，香兒，我怎麼覺得妳都沒有老呢？」

「小姐才是永遠年輕的才女。」謝香笑道。

「香兒啊，妳嘴巴還是那麼甜。每回夢裡，妳我都是那時的樣子呢。」

翌年初雪，謝氏即病故於會稽的別墅中。

【卷三】

盧循之亂

掩淚泛東逝　順流追時遷

元興三年，擔任劉裕參軍的陶淵明，隨同鎮軍將軍劉裕進攻當時屯兵於建康北郊覆舟山的桓玄。出陣前，劉裕下令眾將士們把飯吃飽，吃得越飽越好。眾人當下不明白劉裕的意思，待用餐完畢，劉裕下令軍隊將所有的糧食倒入長江，告訴眾人道：「討伐逆賊桓玄，興復晉室，決戰就在此刻，不是生，就是死，只有打贏，我們才有米糧，才有活路！」

當夜劉裕聽從幕僚陶淵明之計，先使羸弱的隊伍登上覆舟山東麓，刻意大張旗幟佯作疑兵，並分數道於山谷中，同樣刻意張旗，讓敵軍以為我方的軍隊布滿山谷。果然桓玄的偵候回報：

「劉裕軍隊四塞，整座山到處都是，不知道還有多少！」

桓玄因此憂心恐懼，派遣更多精銳的軍隊前去東麓。劉裕和劉毅立刻突擊駐紮在另一端東陵的桓謙及何澹之的部隊。桓謙陣中部將多北府兵，他們向來畏懼過去的長官劉裕，因此鬥志萎靡。加上劉裕身先士卒，將士們皆將此役視為殊死之戰，無不以一當百，呼聲震動天地。

陶淵明於陣中亦奮力殺敵，那時東北風不斷急切吹來，人與人彼此砍殺的速度、血的溫度，竟和風的速度與溫度一樣。很快地陶淵明想到可以利用這風，燒向桓謙的軍隊，即派詹天勉、郭造之等人縱火焚燒鄰近屋宇，瞬間烈焰沖天，鼓譟之聲震動整個京師，桓謙不敵火勢，兵潰四散。
「元亮你看，桓謙扛旗敗走！我軍贏了！我軍贏了！」詹天勉、郭造之兩人興奮地大喊。然而當陶淵明聽見隊友高呼勝利，回頭時只見城中兵燹宛如百尺高的巨靈，在戰場上行屍走肉般逡巡。
每每他都會想起那晚充滿著旺盛生命力的大火。

七年後。
義熙六年的春天，當年桓玄的殘軍敗將，由盧循再度聚集起來，自南方的廣州起事，揮鞭北上，席捲整個江左。這支由盧循帶領的軍隊，在與晉軍交戰後，取得了豐碩的戰果。盧循與副將徐道覆兵分二路進擊，在豫章，江州刺史何無忌持節戰死，短短一個月的時間，又在長江與彭蠡湖交接的桑落洲，打敗引領數萬大軍前來聲討的晉室大將劉毅。這些當年和劉裕一同起事，擊倒桓玄的大將，竟皆被年輕的盧循所擊敗。
為此，盧循的聲勢更加銳不可擋，許多鄰近的散兵游騎都前來投靠，一時之間盧循的人望也達到前所未見的高度。正因為劍指建康，所以當盧循奪下當時的交通要衝江州，來到尋陽時，心境上起了很不一樣的變化。為了擄獲尋陽民心，特意偽裝自己的軍隊，沿途表現出極有軍紀的模樣。旗幟整齊，行進威儀，令百姓望之儼然，一切的一切都仿製得有如朝廷軍隊。

儘管當時江州與荊州戰亂不斷，但夾在兩地之間的尋陽，卻是風調雨順，放眼所及，皆是剛插秧的青苗，一株株在陽光下碧綠得猶如玉簪。

然而因為盧循及其軍隊的到來，許多才剛播種，充滿生機的田地，竟覆沒在步履和馬蹄底下。隊伍所經之處，無不塵土飛揚。在此沙塵之中，偶有一些反抗盧循軍隊的住戶，即慘遭劫掠，而付之一炬。這些陷入重重火海之中的宅院，混和了漫天飛揚的黃土，在蒼空之下連成一片灰濛濛的沙霧。

這本該是一個綠意盎然的春天。

盧循的先祖盧植，是東漢末年知名的政治家、經學家，曾被曹操譽為：「海內儒宗，士之楷模，國之楨幹。」因之盧氏一族，治家嚴謹，博覽群書，盧循平時亦作儒生打扮。由於盧循的父親盧暇，當年與慧遠禪師為同窗，理應前往盧山拜訪。此外，他還鎖定了一個人。

他帶著一行人浩浩蕩蕩地上盧山拜訪名僧慧遠之後，再於下山回來途中，刻意繞到陶家作客，懇請陶淵明出仕。

盧循讓周續之走在前頭帶路，大批部將來到南山腳下。

「盧大將軍，前面柳樹便是陶淵明家了。」周續之喊道。盧循抵尋陽後，不知怎了竟找上他做嚮導，並拿家人性命要脅。他想定是「尋陽三隱」的名號過於響亮，害苦了自己。不過幾天，就嘗盡活在刀口的滋味，一再為盧循帶路，東奔西跑，方才領眾人上廬山東林寺見大和尚，旋即又趕下山找三隱之一的陶淵明，實在疲憊不堪了。

盧循身穿白色儒服，騎在一匹白馬上。望向陶家院落，只見一名袒露上身的大漢，正在一棟舊宅院旁的老樹輪上劈柴。待盧循命士兵通報，前去詢問此人，才知道這位劈柴大漢，就是陶淵明。

「確定是陶淵明嗎？」盧循自馬背上詢問。

「當然，我們相識數十年，他當官、耕田的樣子，小人都見過、都見過。」周續之戰戰兢兢，哪怕不是陶淵明，也得弄出個陶淵明來。

盧循下馬，推開前院衡門，徑直走向陶淵明宅底。大批隨從的步伐，揚起了一陣沙塵，鎧甲衣履的撞擊聲，驚起了草叢中的雀鳥。眾人一下子全來到陶淵明跟前。陶淵明手持鐵斧，看了幾眼後，繼續劈柴。

「在下盧循，范陽郡人，久仰陶先生大名，特地前來拜訪。」

陶淵明沒有答話，僅略微點頭示意。

盧循見陶淵明沒什麼反應，又繼續說道：「在下知道先生為開國公後人，更曾隻身遠赴京口，同劉裕討伐桓氏，只為解救身處水火的百姓。」
「不過是傳言罷了。」陶淵明將剛劈完的一塊柴丟在地上。
「報告將軍，陶宅內並無任何人在。」
「知道了。」盧循點頭示意。
周續之想，這盧循表面上溫文有禮，一派儒生模樣，實則一進陶家就想找人質作為要脅談資。他周續之就是被擺了這道，以致於必須聽命此人。
陶淵明見站在盧循身後的周續之，面色慘淡，倉皇卻不敢言，想必受到了威脅。方才他遠遠就看到盧循的軍隊過來，立刻命長子陶儼，儘速帶家人奴僕從後門離開。也因為陶家附近芒草遍野，每每高過人身，因而未被士卒發覺。
「你大老遠來這，只是要說這些嗎？」陶淵明說完，再丟了一塊柴。
「此次造訪陶先生，主要是想與您下一盤棋。」
「下棋？」周續之脱口詫異道。
盧循見腳邊用來劈柴的老樹輪，平穩寬大，便喝令幾名兵士，先於老樹輪擺上棋盤，並捉了兩張椅凳，再抱數罈酒，置於棋桌旁。
「我順便帶了一些薄酒給先生。」盧循作揖請道。
只見陶淵明欣然就坐，並無任何不妥，畢竟是在自家門前，下一盤棋沒什麼了不得的。但一旁周續之見狀，面色卻鐵青起來。

「黑先白後，來者是客，我就先下天元。」盧循一說完即出手。

「隨意。」陶淵明道。

今日盧循之所以邀陶淵明對奕，即是想趁機說服他到自己的帳下。棋方開局，他便侃侃談道：「在下聽聞先生允文允武，不但曾任江州主簿這類文職，亦接連效力於桓玄、劉裕、劉敬宣三位大將軍，擔任參軍這類的武職，期間更是戰無不勝，攻無不克。」

「陶某並未出任過江州主簿。」陶淵明第一手下在星位。

「當今世上，能校注經籍、談佛論老的文士不在少數；又安內攘外、雄踞一方的猛將也不乏其人，但是能像陶先生一樣，二者兼備的賢士，實在是不曾聽聞過了。」

開棋至今，盧循鮮少看棋盤，卻下子奇快。

「盧將軍過譽了。」陶淵明下手亦不慢，但他好似對棋盤陌生，從舉棋一直到下子的那刻，都給人一種樸拙的感覺。

「循不敢浮誇，實是陶居士有過於常人之處。」盧循挽起衣袖，換手下子，語氣更加尊崇：「開國公陶侃乃晉室南渡功臣，官至大司馬，是有晉以來將帥之中地位最顯赫者，舉手投足，影響朝政甚鉅。又先生的母族孟氏，先有至仁至孝的高士孟宗，後有從容體面的文擘孟嘉。先生不該妄自菲薄，隱居廬山腳下，應把握上天賜予的良機，一展長才，造福於萬民。」

「陶某無能，唯田園可以容身，唯躬耕得以安身。」陶淵明開始圍地。

「正所謂勞心者治人，勞力者治於人，天下之通義也。因此孟子有言，或勞心，或勞力，何必親自耕田呢？」

眼下這盤棋局，盧循從容不迫，甚有自信。他下子飛快，所持的黑子，逐漸進逼陶淵明安穩圍地的白子。

「請您看在盧某誠心邀請的份上，共謀天下大計。如今你族人陶延壽，襲得先祖陶侃的長沙公爵位，又於劉裕帳下擔任諮議參軍，但不論真才實學還是膽識，在下心中，您才是一時之選，又豈輪得到他陶延壽？」

「且勿如此言說。」陶淵明出聲制止道。

盧循陸續提子，進逼道：「昔日陶侃為司馬氏之重臣，如今司馬氏已衰敗至不可挽回的地步，國主昏庸，有能者皆揭竿而起！若陶先生能協助我，一同建立新朝，則陶氏一族便可謂兩朝開國元勛，更為世人所景仰！」

陶淵明一時不語，但突然指著棋盤道：

「你可能會輸。」

盧循先是一愣，隨後大笑三聲。之後，盧循不再出言相勸，將心思專注於棋盤之上。他的棋路好殺，不喜圍地經營，卻酷愛提子，認為提子就有地盤，何必花時間在圍地上。陶淵明則不然，鮮少提子，卻不斷圍地，使得白子的佈局有如田埂般紮實整齊。一個時辰後，竟逼得棋局成了「三劫局」，無法分出高下，最後只得以和局收場。

「你只守不攻，也不引導走勢，專心圍地，但只要圍不到地就是白白浪費了一步，沒想到你卻一子也未浪費掉。」終局後，盧循數著棋子道。

不只是盧循及其部將，對此結果同樣感到不可置信的，還有周續之。過去盧循在謀反前，就以棋藝聞名天下，這是人所共知之事。周續之心裡更曉得，元亮其實是不諳棋技的，但為何能與盧循激戰到和局？

圍棋鮮少和盤，盧循更是多年未嚐過敗績。不過他也知道，棋盤上無須對勝敗太講究，畢竟都只是沙盤推演而已，所謂下棋，比紙上談兵還不如。這便是他盧循的棋道。只是讓盧循更在意的是，最後竟然是下出了三劫局，陶淵明竟可以把他逼到這樣的險境。也因此，盧循更加相信陶淵明絕非一般的隱士，繼續隱姓埋名於鄉里之間，實在過於可惜了。

往後，盧循數次託人來訪，希望陶淵明能為自己效力，但總是無功而返。

盧循來訪之後，另一名同樣住在尋陽的隱士劉遺民，亦曾在廬山的東林寺見過盧循。他從周續之口中得知到盧循也來找過陶淵明，便帶了幾位與盧循交好的士人前往陶宅問候。

這些人以周若泉為首，當他們聽了陶淵明與盧循對奕而不敗的故事後，也對他尊敬了起來。其中便有人問道：「素來聽聞盧將軍自幼習奕，未及弱冠便橫掃江左棋壇，更將對奕的道理運用於帶兵作戰上，因此一向勝多敗少。既然陶居士親自見識過盧將軍的棋藝，以為如何？」

「盧循下棋，確實有與人不同的路數。」陶淵明回答。

眾人聽了陶淵明的答覆，甚為滿意，本欲細究下去，卻只見陶淵明立即提酒入喉，也就不再多問了。等他們全都離開後，劉遺民這才又對陶淵明道：「咱相交多年，竟不知足下亦下得了一手好棋。」

「淵明的棋藝不過爾爾罷了。」

「盧將軍棋藝精湛，你也應略有耳聞。能與他打為平局，你的棋藝自然不凡了。不過這倒是其次，我只是不明白，盧將軍對你如此恭敬，下馬對奕，品酒賞菊，你為何仍不肯出仕，為其效力？」

「此人心術不正，兵敗乃遲早之事。」

「何以見得？」

「盧循雖精於棋藝，但是取勝的方法卻只有一個原則。」

「願聞其詳。」劉遺民好奇道。

「盧循的致勝之道，便是誘敵入甕。先設局讓人奪己方黑子，再於同時連奪對方白子。以此類推，只要見棋局之中，對方門戶洞開，切勿躁進，專心經營自己的圍地即可。他的誘敵之計，反而是在提示我，我只要不走那一步，便可擾亂他重新佈局。」

「那麼你剛剛說，盧將軍心術不正，指的又是何事？」

「下棋不惜棋子，以犧牲之道取勝。若將此心運用於戰場，則對部將殘忍不仁。又其謀略，全是誘敵之計，可見其心奸險，表裡不一。一旦誘敵不成，卻又毫無其他應變，坐等棋局潰敗。若於戰場上，誘敵不成，亦不敢正面迎戰，怎可能贏得勝果？這是自古以來匪寇之徒皆有的氣質。」

「所言甚是。」劉遺民大力點頭，眼前元亮的話，竟與那天大和尚所說的不謀而合，他道：「那日我在東林寺，見盧將軍至寺中求見遠公，心中暗自為盧將軍風姿特秀所嘆服。正想待會盧將軍離開後，便將自己的觀察與遠公分享，卻見遠公嚴厲，當面指責盧將軍『居心叵測』。之後我向遠公請益，才知道原來盧將軍面目清秀，但雙目之中，眼瞳卻游移不定，由此瞭解他內心躁動，卻又表現得一副居處安然自若的模樣，便告知我盧將軍心性複雜且擅於掩飾，要我多加小心。」

「大和尚一直以來都是明白人。」陶淵明聽了劉遺民的話後，酌了一杯溫酒，天氣越來越熱，他想或許這是今春最後一杯溫酒。

控制江州的數月間，盧循不止一次到廬山與慧遠見面，每次路過柴桑，也都會派遣使者去陶家通報，希望能再次拜訪陶淵明，只是陶家的童子都說主人出門了，問了也說不出是去哪。許多盧循身邊的人，都說這個陶淵明肯定是想保持與將軍對奕的不敗戰績，便不敢對奕了。倒是盧循心裡明白，陶淵明有意避開他，部屬拿下棋的事搪塞，也只是不願明說罷了。既然如此他也不再前往陶家拜訪，只是偶爾差人給陶淵明送些酒食。然而送去的東西沒有一次不被陶家退還。

那年五月，盧循與徐道覆決定揮軍沿長江東下，挑選了十萬精兵直奔京口，決心取得建康。這個消息被車騎將軍劉裕得知，立刻撥出六千兵馬從北方奔回建康守城，只是當時坐鎮京師的將領是位看似威儀，實則懦弱的孟昶。文職出身的孟昶，從擔任青州主簿起，就喜與人相互贈詩吹捧，並無特殊才幹，因此當劉邁在桓玄面前進言，說此人不可用時，孟昶自覺前途已毀，才憤而轉投劉裕。之後，劉裕上奏請求北伐南燕，儘管群臣反對，但孟昶卻認為北伐必然成功，因此受到劉裕信任，讓他留守建康。

然而孟昶附庸風雅的習慣，多年來隨著升遷絲毫未減，心志日益軟弱。在得知盧循欲進攻京師的消息後，只想著帶安帝北渡長江避難，怎料遭到劉裕反對，堅持要他與盧循決戰。孟昶自知此戰無望，上表劉裕賜死。那時遠在北方辛苦圍攻南燕廣固城的劉裕，見到孟昶的折子大怒，回覆道：「卿不妨就打一戰，到時候再死也不遲！」孟昶便害怕得服毒自盡了。

這件事幾乎打亂了劉裕的佈局，他震怒非常，立刻在北方對南燕國發動最後攻勢，俘虜了南燕國主慕容超。得勝之後，他指派幾位將領駐守北地，自己則日夜兼程趕回朝廷。抵達建康時，盧循的軍隊早已部屬在京口以西的長江沿岸。當盧循一聽聞劉裕從北方趕回來後，便痛斥下屬行動不利，失去攻城的最佳時機。原本躊躇滿志的雄心，不由得懷憂喪志起來。

倒是劉裕回到建康之後，刻意按兵不動，數日都未曾調度軍隊，暗中一直引頸期盼南方傳來捷報。盧循則擔心劉裕使計，部隊一直待在京師外圍，十餘日都不敢輕舉妄動。副將徐道覆認為要把握時機，多次請求決戰，內心怯戰的盧循，卻一派從容答道：「我大軍未至，孟昶便望風自裁了，顯見對方軍心早已動搖，必自行潰敗。今貿然決一勝負，無端殺傷士卒，不如按兵等候。」

徐道覆見盧循多疑少決，乃嘆道：「我終為此人所誤，事必無成了。」

盧循雖不敢與劉裕決戰，但幾番埋設伏兵，多次引誘劉裕的大軍出石頭城，對方卻始終不為所動。兩軍持續對峙的同時，朝廷任命劉裕為太尉、中書監，對其更加倚重。盧循見劉裕地位更為穩固，隨著時間愈久，戰線恐愈長，不免心生茫然，便對徐道覆言：「我軍已疲憊不堪，不如還歸尋陽，轉向力取荊州，據天下三分之二，這樣更能與建康相抗衡。」

那年秋天，七月，盧循始終未與劉裕決戰，便南還尋陽。

怎知就在他退兵之際，劉裕突然追擊，陸續奪回長江下游被盧循佔領的各個據點。到了七月下旬，盧循留守在長江下游的部將，已全數被劉裕殲滅。他在尋陽萬分著急，只得釋出部分軍隊離開尋陽，另謀他處發展。

八月中秋，盧循趁著天氣轉冷期間，讓心腹大將苟林帶三萬兵馬前往荊州，意圖拿下荊州城，同時讓徐道覆領兵三萬轉赴江陵，想要再攻下長江北岸幾個要塞，作為己方對抗劉裕的新勢力。

然而，劉裕得知盧循兵分三路，欲再取兩城後，不禁仰天大笑道：「逆賊分割力量，置無用之地，再也沒有更好的時機了。」同時，劉裕終於等到來自廣州的密函，信中的消息更讓他精神一振，於是火速召集各部將領，再次整肅軍隊，派往尋陽討伐盧循。

尋陽雖是一個水陸要塞，但由於地勢過於低平，若作為戰場，對盧循並無好處，於是他集結大軍至江州城，以抗劉裕的攻擊。

仲秋之際，就在朝廷大軍兵臨江州城下時，盧循先是接獲了苟林被荊州刺史劉道規擒獲的消息，再得知徐道覆與萬名將士，俱戰死江陵！

盧循本想死守江州，卻得一位謀士的建言，說是那位隱居尋陽，過去曾擔任劉裕參軍的陶淵明，也許有扭轉戰局的能力。謀士向盧循密語，當年劉裕將米糧全數倒入長江，激勵士氣，在覆舟山擊敗桓玄，正是陶淵明出的計策。於是盧循在部屬的掩護下，趁隙逃離江州城，直奔匡廬山下的陶家而來。

深夜時分，全副戎裝的武將急切拍打陶家的大門，猛烈的叩門聲，就像是要直達初冬高迴的夜空，把星辰硬生生地敲碎。

陶家一家大小十數口，都被這緊迫的敲門聲給驚醒。遇著這種狀況，年長的管家裴豐，連忙披上外衣趕到正廳，見廳內供桌上的銅製燭台，也被這強而有力的拍門聲，震得嗡嗡作響。就在裴豐猶豫是否要將廳門打開的時候，陶儼從後方拍拍他的肩，說道：「裴伯，讓我來！」

「這！」裴豐一時無法下決定。他看了看少主人一眼，拒絕道：「少爺，還是讓老奴來吧。」

裴豐定了定神，心想，這夜深人靜的，哪來的惡煞這麼折騰。這門千萬不能讓少爺來開，要是真有什麼惡人突擊，好歹自己來擋。他再次輕聲的開口，對陶儼說：「這有我在，請少爺快去把老爺、夫人和弟妹叫醒。」

「好，我這就去。」陶儼對裴豐點頭，轉身就往內堂的深處走去。

裴豐見他離開，抓起了門後一根平日用來打狗和預防宵小的粗木棒，對門外喊道：「來囉，來者何人？又有何事？」

門外的人聽見屋中回聲，連忙將叩門聲稍緩。

「來者何人？」裴豐再次低沉地喊道。

「可是陶大人府上？在下是劉將軍裕公的下屬，請見陶大人！」

裴豐聽完對方的回答，雖不知劉大將軍深夜遣人至陶家有何用意，但至少知道來者不是什麼鄉匪野盜，主上也的確與劉將軍是舊識。但是他仍一手緊握粗木棒，一手緩緩地摸上門柱，對外喊道：「知道嘿，這就來囉！」

與此同時，陶淵明的聲音也出現了。

「裴叔，先讓他進來吧！不會有事的。」陶淵明一邊說，一邊接過裴豐手中的粗棍，並將棍子放回原來的牆邊。他的說話與動作，都讓裴豐心定不少，於是裴豐很快到前院將廳門大開。但見三名來人，為首的武將一見老奴裴豐就馬上開口：「可否儘速為我找元亮過來！」

「這……」

就在裴豐陷入猶豫的瞬間，陶淵明站了出來，對來人說道：「詹兄弟，發生什麼事，為何深夜急訪？」

「陶兄！」來者激動地喊道。

「進來吧，有話好說。」陶淵明開口。

「多謝陶兄！」來者先出言稱謝，再轉過頭來對站在身後面的另兩位士官模樣的人說道：「快，快快進來，一併抬進來。」

語畢，詹天勉踏過陶家門檻，進到房舍之中。

裴豐這才看清楚為首的詹天勉滿面虬髭，一雙近圓的眼瞳炯炯有神。其實，此人是陶淵明擔任劉裕參軍時的同僚詹天勉，目前仍於建威將軍向彌手下任事。又向彌在朝廷之上隸屬劉裕一黨，平日多奉劉裕之命行事，雖名為效忠朝廷的大將，實是劉裕手中的一枚棋子。

由於詹天勉久於會稽任職，儘管多年前曾與陶淵明同在劉裕帳下，彼此有深厚的情誼，但是自陶淵明隱居柴桑以來，始終未曾到過陶家走動，因此即使是老管家裴豐也對他完全不認識。

裴豐心想這些年來，至陶家走動的文士何其多，力邀陶淵明一同赴任官職者不在少數，但像今日這樣莽撞的武人還真沒見過。他在幽暗的燈光下，見他身後的兩名士官，抬進了一罈美酒與兩箱珍寶，不禁於心底嘆道，這二楞子雖說是自家主子的舊識，可似乎一點也不諳主人的脾性。這種夜裡送金送銀的手段，是絕無可能讓我家主子答應出仕的！

「陶兄，今日你非幫我不可了！」詹天勉道。

「這些是？」陶淵明在微弱的燭光之下，見到滿箱的金銀財寶閃耀光芒，不免對詹天勉的來意感到困惑。

「陶兄，你有所不知，這些東西全是我詹家累世傳家的珍品！身後這兩位，是三子詹荃與五子詹薏。我詹天勉多年來，追隨裕公東征西討，既立下之汗馬之功，也得知裕公不少秘辛。半年來，我奉裕公之命，佯裝棄械，投入盧循陣營，監視其舉動，以待他日來個裏應外合。」他坐在桌前，兩個拳頭緊握交疊，繼續道：「天勉詐降盧循前，裕公明示天勉，要我將家眷遷入他籍下作客，好護佑我的妻兒。不知情的旁人，還以為裕公看中我，以為我詹家就要飛黃騰達了。但你我共事多年，都知道裕公的想法。」

陶淵明不語，但看向眼前的詹天勉。

「吾妻兒不過是人質啊！」

詹天勉說著不覺流下男兒淚，在更加微弱的燭光中注視著陶淵明，哽咽道：「今日盧循連夜棄城，朝廷將錯失良機，此事最快明日便會為裕公得知，他必懷疑是我通風報信。我只怕是兇多吉少了。因此連夜快馬，帶來傳家寶，請陶兄全權處理，日後詹某如有不測，只望拿兩箱珠寶代為上下疏通，以保天勉一家上下五十餘口，無論生死，都不會忘記陶兄的恩情。」

語畢，詹天勉淚涕夾流，早已不復往日瀟灑俊朗的風姿。

陶淵明見之辛酸，輕撫他的背膀說道：「詹兄弟儘管回去罷。若出事，往後詹家的事情，由我留心。」

詹天勉聽完陶淵明的話，噓然一聲跪地，說道：「詹某一生不知跪過多少達官貴人，但只有今日跪在陶兄面前，是發自內心由衷感激，今生不由自己，來生願肝腦塗地！以報此恩！」

詹天勉見陶淵明答應後，為防事情暴露拖累陶家，與二子便一刻也不多逗留，快馬加鞭地離開了。

就在詹氏離開不久，陶家門外又來了二輛馬車與數名戎裝騎士。這批人再次叩著陶家的大門，急切地在門外大喊，求見陶淵明。

裴豐以為是適才那位詹大人忘了交代什麼事情，不慌不忙地前來開門。開門之後，只見三顆人頭拋飛進來，裴豐受到驚嚇，大喊一聲，即昏厥了。

陶淵明聞聲趕到前廳，只見盧循衣著狼狽，不似以往的儒服打扮，胸甲與背甲的扣帶都脱落，右手提劍，左手抱著頭盔，幾束淩亂的髮絲，在夜風裡飄昂戰慄。露水已在他髮上叢生。

陶淵明再看滾落台階前的頭顱，即是剛剛才來拜訪的舊友詹天勉，與他的兩個兒子詹荃、詹薏。

「為何殺了他們。」陶淵明問。

「他們三人幾個月來，屢次通風報信給劉裕，現在才殺，都嫌太晚！」

「兩軍對壘，原本就相互設計，你既已敗亡，又何必遷怒？」

「告訴我，今日我軍如何保全。」

「淵明不知。」

「你過去是劉裕的參軍，怎會不知道他的想法！」

「陶某只是個村夫。你想贏過他，不是應該比我更瞭解他才對嗎？」

「請陶先生務必為我謀事。」

「淵明不才，請將軍見諒。」

「等我避過此禍，必論功行賞，一切盡隨陶先生所願。」

「元亮所願，不過是希望詹氏父子死而復生。」

盧循嗤笑一聲，仍不死心地，繼續美言道：「陶先生過謙了。循若非知道您行事深謀遠慮，用軍猛銳難擋，又怎會冒死前來呢？」

「陶某無話可說，唯勸諫將軍及早歸降，避免更多生靈塗炭。」

「我奉天師之命起兵，就是為了解救百姓於水火之中。」盧循先是義正言辭地開口，又語氣急轉道：「百姓都吃不飽了，誰不造反！」

「看看農舍，看看田園。盧家軍隊所及，又何嘗不是為百姓帶來劫難。」

雖然盧循聲稱，自己在孫恩敗北後被推舉為盟主，是遵循五斗米道信念的仁義之師，但在陶淵明眼裡，不過只是一群殺盜之徒。

盧循不和陶淵明扯這些，繼續説道：「只要陶先生協助我，往後或為開國之將，或為佐國良相，都是可以期待的。請先生為我止住劉裕攻勢，或隨我前往豫章，謀圖反攻的機會。」

陶淵明低頭，看著舊友詹天勉的頭顱仍不瞑目，沒想到多年後再次見面，竟是這樣的結果。他早就辭官，退隱田園，逃離那生殺的圈子了不是嗎？但不只是他，整個柴桑安居樂業的居民，都因為少數人功成名就的慾望，被戰火捲了進來。

盧循看他沒回話，又勸誘道：

「請陶先生給盧某建議，難道先生真不想成為第二個開國公？」

「你打得贏天下人，也打不過劉裕。」陶淵明道。

「劉寄奴這土人賤種，他憑什麼贏我！」

盧循知道陶淵明斷不可能為他做事了，聽到他口中說出劉裕名字，心頭更是一陣憤恨，手裡提的長劍，閃著異樣的青光。

「看來，我只有將你擄走，這樣我生你就生，我死你就死！你不走，我現在就殺了你全家！」

「你真要擄走我？陶某只是不祥之人罷了。將軍難道忘了上次對奕的結果？」

盧循想到，那次是他少有的和局，並且是「三劫局」。他再仔細想，三劫局歷來就被視為不祥之兆。難怪，他始終搞不懂自己為何會落魄至此，幾個月前，不還坐擁數十萬大軍與劉裕對峙江口？可這夜，他正被劉裕派來的部將追剿，倉皇夜逃。想著想著，他竟然笑道：

「人生也棋局，死也棋局。」

「人不是棋子，人生也不是棋局。」陶淵明道。

突然外頭數名盧循的近衛，跑進來報：「王仲德、孟懷玉的軍隊已向這邊追過來了！將軍必須盡快離開柴桑！」

盧循一聽，心下更為茫亂，環顧陶宅一圈，頓時心生橫念。他當著陶淵明的面，冷靜交待下屬說：

「傳命劉統、馮稚，把柴桑一帶的村人都殺了，別忘了屋舍、農田都燒乾淨，以免被劉裕知道我軍去向。」

「遵命。」近侍接到命令，立即前去執行。另有幾名侍從，見大廳桌上有一箱珠寶，毫不過問就整箱搬走。

「這次你還能和棋嗎？」盧循大笑，之後揚長而去。

由於盧循的軍隊在柴桑逗留過久，久到讓原本習慣遷徙的士兵，已摸清這一帶的環境，加上戰況日趨不利，軍紀日益廢弛，離鄉背井的軍人逐漸落地生根，成為當地的土匪。先前盧循東下建康期間，這些墊後的部隊，就經常勒索當地百姓，無論劫掠的是富農或貧農，都有可以拿走的東西。於是居民只要見到盧家軍到來，無不緊閉家門各自祈福。

其中軍紀最差的就屬劉統、馮稚的軍隊。當他看到盧循下的這子棋，想也不想，就盡快趕到鎮上找劉統。

只是陶家離柴桑鎮猶有一段距離，他騎著家中唯一的一匹老馬，遠遠望去只見鎮上西南隅一片火海。這樣的火景在夜空之中，顯得格外狂亂，彷彿大地呼吼起沖天的黃昏。附近的農村此時也不再緊閉門戶，紛紛背著打包好的細軟準備逃難，他們一一聚集，沿著泥土道的邊上觀望。

陶淵明反向沿著逃難的隊伍，駕馬來到鎮上，好不容易找劉統的軍營，求見將軍。他知道此人多年前曾是桓玄故將，為禍尋陽一帶已經不是頭一遭。只是陶淵明未料到劉統今日竟然成了盧循的部屬，還再次回到柴桑劫掠。就在此時，劉統正巧回營，他聽完駐軍報備，下馬走過來，一臉鄙夷地朝陶淵明喊道：

「你就是陶淵明？」

「在下……」

「為什麼盧循，要去見你這名不見經傳的傢伙？」

「劉將軍……」

「哼，那不經世事的小子。枉費當年本將軍親領上千名精兵投他麾下，他都沒來巴結。如今倒禮遇起你這惺惺作態，只會閒居山林，故做清高的假隱士。」他見陶淵明並未穿鞋，又道：「不過是成天赤腳耕田的草包！」

「將軍誤會了。」

「誤會？我可有誤會什麼嗎？」劉統輕佻地別過頭去，問自己身旁的副將馮稚，以及一群面目猙獰的士兵。

很快地劉統又將頭轉過來，惡狠狠看著陶淵明：

「到底來見我何事？」

只見高大的陶淵明低下頭，雙手緊捉著雙髀，身子再逐漸往下，折腰躬著身子道：

「淵明懇請劉將軍，放過鎮上百姓。」

「喔？剛剛的確收到盧循那小子的命令，沒想到你消息這麼靈通。」劉統故意賣關子：「本將軍近日心情大好，就是因為有這些百姓們陪我玩，如今你要拿走我的玩物，你能給我什麼消遣？」

「請劉將軍即刻啟程，隨盧將軍離開吧。」

「還敢搬那個姓盧的小子出來壓我！」劉統先是怒罵，卻又突然呵笑道：「這下可好了，那個禮遇你的小子已經走了，還要我殺光鎮上百姓，我看你陶淵明還有什麼把戲，能號令我的軍隊離開。」

「在下懇請將軍三思。」

「要我三思？」劉統撇撇嘴，不懷好意地說：「莫非，你有什麼本事能阻止我。」

與此同時，劉統身旁的一群士兵，也紛紛起鬨地喊道：「有什麼本事！有什麼本事！」劉統聽了高興，灌了一口酒，不屑地對陶淵明說道：

「有什麼本事？就快使出來給我瞧瞧。」

「在下村夫野子，沒什麼本事。」陶淵明義正辭嚴道：「但劉將軍的本事，應該發揮在戰場上殺敵，而不是用來對付手無寸鐵之人。請劉將軍莫聽命盧循，放過柴桑的百姓吧。」

「你這是哪來的笑話，這兒哪來的戰場？哪來的敵人啊？唯一的一群縣衛，早就被我親手投入江中啦。」劉統笑得放肆，後方兵將見了，也隨之鼓譟，一片震耳欲聾的笑聲，眾人反覆叫囂：「哪來的敵人！哪來的戰場！哪來的敵人！哪來的戰場！」

「難道盧循沒告訴你，王仲德、孟懷玉的軍隊，已經到附近了。劉將軍還是盡快撤離吧。」

劉統、馮稚聽了之後，臉色沉了下來，要眾將安靜。

「你敢要脅我？」劉統道。

「我只是想幫將軍，也幫柴桑百姓。」

「我劉統難道還怕那孟懷玉不成！你有種就去搬救兵啊！」

此話一出，劉統身邊的將士無不朝著陶淵明叫道：「燒盡柴桑，讓他搬救兵去！」

遠方也再度傳來一群婦人淒厲的尖叫聲，陶淵明聽了心底難受，面覆寒霜地問道：「將軍要怎樣才可放過柴桑的百姓？」

「這還不難，你這麼有本事，現在就去為我軍找個戰場、找批敵人來給我殺個痛快，我玩夠了，自然會離開柴桑這個窮地方。」

陶淵明聽了，面不改色地說道：「劉將軍自詡為神將，我陶淵明找來的敵人，若是又敗戰於你，那豈不是白忙一場？」

劉統聽陶淵明此話，甚是合意，便樂道：「我劉統今日贏了也退兵，輸了也退兵，如何啊！」

「劉將軍可當真？」

「劉將軍領兵，怎會有戲言。」一旁的馮稚插嘴道。

「對，本將軍豈有戲言！」

劉統說完，再次呵呵大笑。怎知陶淵明聽了劉統的話後，突然上前兩步，旋腳一踢，用腳尖勾出劉統身旁副將馮稚的配劍，再出手接下劍柄，並後退數步，向劉統喊道：

「殺了你，一樣可退兵。」

在場的士兵都為陶淵明突如其來的舉動感到驚訝，他們並不知道眼前這人的來歷，但見他身形高大，提劍的架勢又彷彿很熟練，於是一時間皆不敢近身，反而退後了幾步，與陶淵明保持距離。

倒是劉統率先回神，下令道：「把他給我抓起來！」

這時將士們一一將其圍住，一個個舉槍拔劍靠了過來。只見陶淵明道：

「劉將軍，勿忘贏也退兵，輸也退兵的承諾！」

「你這狂妄的傢伙，快把劍放下。」劉統說完，還「呿！」了一聲，說道：「叫我記什麼輸贏，我連一兵一卒的影子都沒看到！」

此時，只見陶淵明再也不手下留情，當著劉統的面，以迅雷不及掩耳的速度，用馮稚的利劍，刺傷了數名上前抓拿他的兵士。

此時陶淵明已四十三歲，身手不若年輕時矯捷。但周圍的士兵，儘管一再上前，卻依舊無法靠近他。這點令劉統困惑，是陶淵明劍術太高明？還是他的子弟兵怯戰了？他帶的軍隊，不應該是種程度才對，連一個來路不明的村夫，都抓拿不下。他想到，這陶淵明剛剛說，孟懷玉的軍隊已經來到柴桑了，盧循這小子，要我殿後屠村，我每在這殺一個人，就越浪費一刻時間離開這裡，而他卻早早開溜了。想來就令人不爽，真的令人非常不爽。劉統心裡想。

盧循不過是把將軍你、

把這些士兵、

把柴桑的居民、

都當作棋子捨棄掉罷了！

陶淵明一邊奮力揮劍，一邊仍不斷地向劉統喊話：「劉將軍、聽我一言，盡快離開柴桑！」

「將軍，王仲德、孟懷玉的軍隊，是我軍數倍之多。這陶淵明雖狂妄，但他說的話也不無道理在。」副將馮稚靠近說道。

劉統聽完沉思了一陣，依舊不為所動：

「快給我拿下他！」

眾將士聽了一擁而上，竟有百人之多。此刻，即使陶淵明再如何勇猛，終究難以一抗百，無力潰圍。寡不敵眾之下，陶淵明被抓了起來，士兵們或刀或棍，將他打得奄奄一息，眼看就要沒氣了，只見他滿身鮮紅，血肉難辨地倒在地上，似乎再也沒有任何一丁點動作。而就要昏厥之際，口中卻還唸唸有詞，要劉統不要忘記退兵的承諾。

「柴……桑……」

只見這時候，劉統抽了刀，往陶淵明的左腳跟上砍去。

陶淵明痛苦地悶哼一聲。

這時劉統再次接獲一件急報，便不再理會陶淵明，轉而與馮稚及其他部將討論對策，隨後召集了自己的士兵，儘速離開了柴桑。

盧循的叛軍撤出後半個月，全身的淤血才從陶淵明腫脹的身軀逐漸消散。又過了好幾個月的時間，即使陶淵明的傷勢，已經大致上恢復了八九成，但是仍有左腳的刀傷無法治癒。面對這種深及筋骨的傷害，即使是行醫多年的老者依然束手無策。往後，陶淵明就這樣跛著腳，行走在柴桑的鄉間，偶爾他會回去看看那些過往曾遭逢戰亂破懷的地方，有感地記下一些詩句。

養傷其間，陶淵明倚杖望著自家附近的田園，雖然不少農作遭到摧毀，但這一塊塊四四方方的田地卻依舊倔強地躺在那等著人們來耕種。那年九月中的時候，也許是雨水充足的關係，雖然地力尚未恢復，陶淵明卻在因為戰禍而停耕的西田裡，發現整片的旱稻。他寫下：

人生歸有道，衣食固其端。
孰是都不營，而以求自安。
開春理常業，歲功聊可觀。
晨出肆微勤，日入負耒還。
山中饒霜露，風氣亦先寒。
田家豈不苦，弗獲辭此難。
四體誠乃疲，庶無異患干。
盥濯息簷下，斗酒散襟顏。
遙遙沮溺心，千載乃相關。
但願長如此，躬耕非所歎。

隔年春初，當那些曾被盧循軍隊踐踏過的田野，又再度恢復生機的時候，陶淵明也聽聞了一些有關盧循的事。

正月時，當大地都還冰封未解之際，江州刺史庾悅與鄱陽太守虞丘進，聯合進擊盧循。盧循在兩軍包夾之下，屢戰屢敗，不久又退回豫章，然而庾悅窮追不捨，更從四面八方切斷盧循後援。盧循困守豫章不成，再次敗逃南方，本想循六年前的手段，先攻下廣州城，再從南海捲土重來。

怎知廣州城早在一年前，劉裕北伐還師的同時，就已經暗中命令部將孫處率兵拿下了，並嚴加築城防範。此刻盧循久攻廣州不下，只好轉戰交州，最後卻又受困於交州刺史杜慧度的包圍，在逃無可逃的情況下，問妻妾何人欲與他一同服毒自盡？未料一群女嬪，皆以雀鼠尚且貪生，而回絕了盧循。

「當年孫恩戰敗窘蹙，赴海自沉，其部將、妓妾說他已屍解成仙，因而投水從死者數百人。今我戰敗，不願隨我去者亦也有數百人啊。」

盧循恨無人與他同死，於是先迫妻兒全數服下毒湯，再投水自盡。

當劉遺民、周續之知道盧循敗亡後，便一同來探看陶淵明，一則告知他這件事，二則見他傷勢如何。

陶淵明身上的傷還未全好，煮著溫酒，只是聽著他們說話。

「看來元亮早料到盧循會有這樣的下場。當年對奕，見盧循習慣捨棋取勝，便知此人心中只看重自己，而沒有別人。以前聽聞盧循從孫恩手中救了不少人，而有了良善的美名，原來也不過是表面而已。」

「都只是表面而已。」

【卷四】念彼楊生

少時壯且厲　撫劍獨行遊

狗又來了，最近田裡常出現狗的身影。

出現的第一天，白色的影子遠遠徘徊在距離陶家田地二三十尺的土丘上。陶淵明忙著農作，高高舉起鋤頭，重重落下後，像是注意到什麼，停了一會張望，又像是沒注意到，繼續忙著。

下雨了，狗淋著雨。

這隻狗一連三天都待在同一個地方，也不躲雨，不靠近人，也不走遠。應該是附近新來的野狗吧？奇怪的是，牠從不吠叫，只是眺望著陶淵明，整天安靜地看著陶淵明下田。第四個夜晚，牠跟著陶淵明走一段路，然後消失了。

第五天狗沒出現，陶淵明以為牠走了，就像那些偶爾路過的狗兒一樣，畢竟這裡沒有充裕的食物，也無法遮風避雨。怎知第六個白天，狗又悄然無聲地，再度靠上來。是不是那天淋雨，受傷的左腳滲出帶有腥味的血水吸引了牠，陶淵明是這樣猜測的。

入秋的枯草高逾一尺，在風中磨擦發出唰唰唰的聲響。

陶淵明裹好午餐的饅頭，放進寸步不離的背袋，他知道像狗這種動物，只要餵過一次，牠就認得你了。陶淵明從不餵食野狗，所以田邊的野狗總是來來去去，不當這是歸宿。可是這隻白狗似乎跟牠們都不同，都待這麼多天了，一定是附近哪個農家餵牠的吧。

鄰近耕種的田老翁，拿一根棍棒來到陶淵明田裡喝叱道：

「走，快走！見了狗不要留情。」說完就拿了石塊投過去，正欲提棒上前，卻被陶淵明一手攔下。

「不過是隻狗。」

「天子南渡前，嘉興有條狗忽然開口說：『天下人俱餓死』，後來應驗了泰半。這狗盤桓多日，總覺得不吉利，打死都值啊。」田公不理淵明，又上前了幾步。但白狗沒被嚇走，只是回頭走了幾步保持更大的一段距離，再回望他們。

陶淵明則重新拿起鋤頭，繼續耕作。不久他停下動作，彎腰撿起田裡的石子丟到一旁，這時才注意到坡上白狗已經不見了。

「楊生？你怎麼來了。」

這天夜裡，站在南窗下的男子，沒有轉身，也不說話。

陶淵明認為外頭的人就是楊笙，不會錯的。他心底有個直覺，將書擱在案上，獨自走到窗外的庭柯下。眼前背對自己的人，他的背影和腰間的長鋏都和八年前一樣。彼此能隔著空氣感覺到些許微妙的敵意。

當年陶淵明曾在對方臉上留下疤跡。黑暗中，背對陶淵明的此人，果然有一條橫在臉上的刀疤隱約隆起，仔細說來，是由鼻尖橫過耳際的印記。

「不進來坐嗎？」陶淵明問。

楊笙終於轉身，移動步伐的瞬間，懷中的短刀彈出，和楊笙的腳一同跨越陶家的門檻。陶淵明一向謹慎，在此生死交關的時刻，偏了頭，閃過直直射向自己的短刀。怎知楊笙還不收手，他抽出腰際的長劍朝陶淵明殺來。

陶淵明狼狽拿起身旁的農具阻擋，鋤頭的木柄被削成兩半，竹簍也被刺爛了。面無表情的楊笙持續出手，招招致命。陶淵明不良於行，只能把握對方每一次近身攻擊的時候，設法奪取刀劍。

十招之後，陶淵明將竹掃帚甩向楊笙，楊笙握著劍把的手突然鬆開，長劍被陶淵明以左肘趁隙打掉，若是以往，陶淵明定能接住長劍，此刻卻只能任劍滾落。楊笙退了幾步，再亮出另一把中劍，沒有猶豫地再度砍向陶淵明。

「為何殺我來了！」

「瘸子？」

「我的確瘸了。」陶淵明再拿起一把割草的鐮刀阻擋。

「誰傷了你的腳？」

楊笙不斷揮劍向前，雙方過招，發出兵器交錯的聲音，黑暗中迸發金屬摩擦的光亮。陶淵明善加利用鐮刀的弧度，幾次大手畫圓，巧妙撥開楊笙的突刺，而鐮刀鋸齒狀的鋒芒，更緊緊咬住楊笙的劍。

刀光劍影之際，陶家已經有人察覺異常。

宅內傳來急切的腳步聲，陶淵明猜測是老總管裴豐趕來查看，刻意朝裡頭喊道：

「裴豐，這裡沒事，不用過來。」

腳步暫停，躊躇一會兒又漸漸遠去。

看來老總管已離開了，楊笙這才住手收劍。他再問淵明一次：「誰傷了你的腳，多久的事了？」

陶淵明沒立即回答，倒是一拐一拐地走去拾劍。

楊笙手腳俐落地搶在陶淵明之前，以中劍撩撥，從地上拿回自己的長劍。陶淵明轉而過去撿拾另一把落在地上的短刀。把短刀遞給楊笙後，陶淵明說：「一年前，盧循的軍隊經過這裡，那時有過衝突。」

「你已不是參軍，為何還與他交手？」

「我一直在家鄉耕種。」

「既然隱居了，難道他們連村夫也不放過？」

陶淵明未回答，只是坐下伸直了腿，麻布底下的血又滲出一些。

「是盧循下的手？」

「他底下的人，那些隨他過來的兵將，習慣拿百姓出氣。」

「好一個盧賊。」

「過去的事不重要了，先說你今日為何前來？」

「天下荒唐，盡出這種英雄。我想找你，協助我成就大事。」

「我的傷你也看到了。」

「上個月我在永嘉偶然得到一個重要的消息。」

「永嘉不是正亂著嗎？」

「有軍隊正從建康攻過來了，這次江州同樣是必爭之地。」

陶淵明陷入思索，聲音轉低，對楊笙說：「盧循兵敗那晚，領了一群人闖進來，將三顆頭顱棄置於大廳，震懾家裡老小，心情至今仍未平復，如果現在高談調兵遣將之事，我擔心家人聽了會無端害怕起來。」淵明說完拄杖起身，楊笙點頭表示理解，兩人一前一後步出衡門外。

夜裡颳著大風，原本雜亂張狂的草堆，也被吹成一個個彎腰、柔軟的波浪。風聲將犬吠聲阻絕於外，後方陶宅內的燭火亦搖搖欲墜，不久也熄了。

兩人說話的聲音漸漸微弱，開始游離。

月光下聽聞流水淙淙，就能感受到清澈與冰涼。兩人深夜行走山澗之間，到了一背風處就在溪邊升起柴火。火堆前，楊笙將酒壺埋進溫熱的沙中，不久取出，兩人喝了幾杯隨身攜帶的小酒，感到些許暖意。

「早已過了平日就寢的時刻，人感到睏了。」陶淵明半醉半醒的說：「可是聞到這酒的香氣，就讓人再次清醒。你帶了什麼酒來？」

「這酒不是讓你醉的。」楊笙道。

「奇怪？」

「沒酒了嗎？」

「你身邊那道黑影，又是什麼。」陶淵明接過一杯酒，再細瞧：「原來是那隻狗，什麼時候跟來了。」

楊笙沒醉，眼睛在暗夜逡巡，對上另一雙藏匿在草叢的眼睛。

「喝酒怎能沒有下酒菜。」楊笙方說完，抽出懷中短刀，擲向一隻路過的野兔。兔子眼中反射一束一閃而逝的火光。

白狗將楊笙獵到的野兔叼了過來，楊笙割下死兔雙耳給狗後，開始在河邊烹調、炙烤，一會兒即傳出陣陣的兔肉香。

「狼去腸，貍去正脊，兔去尻，狐去首，豚去腦，魚去乙，鱉去醜。肉腥細者為膾，大者為軒。這些年在外，我都是這樣處理。」楊笙料理完說道。

「還有，狗去腎。」陶淵明知道此話出自《禮記．內則》篇。

楊笙看了一旁瞇著眼、吐著舌頭的白狗：「吾不食狗肉。」又看淵明大口咀嚼：「倒是你，多久沒吃肉了？」

「不過吃一口，精神就來了。」陶淵明吃得十分來勁，沒多久就啃光一條兔腿。兩人共飲一壺酒，或聊或歇，直到蟲聲逐漸隱去。

天色就要亮了，鳥聲急噪。

陶淵明一整晚沒有睡意，彷彿回到當年，他說：「幾年來閒居在家，天天粗食淡飯，沒想到身體似乎還沒忘記行軍的日子。」

「我聽說，你辭去參軍一職後，再也沒有領軍打仗了。」

「確實如此。」

「當年如此桀驁不遜，為何突然退隱？」

「方今天下，真風告退，大偽斯興。我嚮往田園，想吃什麼就種什麼。」

「哼，這些年除了種瓜種稻，還經營什麼？」楊笙索性將殘火也給熄了。

「生產得少，食量卻很大。」陶淵明回答完，又拿了一盤肉，繼續說道：「家中過於貧窮，以致於不得不盡全力耕作，所有氣力都用上了。」

「其他，什麼事都沒做嗎？」
「務農之餘，也寫詩文。」
「劍術呢？」
「受傷之前，是自己怠惰；受傷之後，便完全生疏了。」
「這些年去過哪些地方？」
「一直在尋陽，沒去過什麼地方。」
楊笙聽了陶淵明的回答後，搖頭道：「這樣的生活，到底有什麼意思？」
清晨冷風吹來，天色已完全明亮，看見大片的山。
「這些年，我去了北方，到過胡人雜處的涼州、幽州，也到過蜀地，遊歷名山大川，見識各地的風土景物。或是專程拜訪親舊，但往往尋而不遇。偶爾也順便去找些仇家一較高下，多少了結一些恩怨。」
「所以我算仇家吧？」陶淵明不禁問道。
「當屬舊恨。」
「可有結交新仇？」
「只因慣於路見不平，結下幾樁樑子，殺了一些生面孔，最後不得不沿途躲避回南方。零零總總加起來，得罪的人更多，仇家看來不減反增。」楊筌說到這裡，仰天大笑，模樣爽朗而不拘小節。

「你客氣了。他們真要復仇，也不容易吧。」陶淵明順口一說，隨即感受到一旁楊筌所散發的殺戮之氣。楊筌是當年為討伐桓玄，劉裕與何無忌、劉毅、檀憑之等北府軍百人起義中，最年輕的一位。陶淵明記得當年擔任劉裕參軍，初見到這名年輕人，全身是血，提頭來見劉裕，當時他僅有十六歲。

楊筌則憶起自己在張掖與眾人鬥劍比武的過程。那次也是起大風，他流浪到涼州以北的荒漠，滾滾黃沙漫天蓋地，幾乎掩沒世間一切。風停後，刀光與塵埃一同落定，地上露出一些被掩蓋的屍體。幾天後，曝曬的屍體開始腫脹發臭，行人見了不忍，將這些惡屍集中到胡楊木下掩埋，但是明明埋好的屍體，卻一而再，再而三的不斷露出地面。眾人反覆埋入土中，屍體再次反覆露出，宛如復生。直到眾人找來一批磚頭壓在這些死人上方，覆上泥沙，方才停止。數月後，城中大疫，附近老鼠與野狗的數量變得非常多，原來都是因為啃食這些郊區的屍體而過度繁衍。楊筌想，自己那次究竟殺了多少人呢？

禍不單行的楊筌在西行路上，再次遭遇風沙。這次他看見城內的百姓嚴陣以待，全城的門戶緊緊掩閉，楊筌與遠來的商旅在風沙之中，四處求助無門，沙塵狂暴將物品捲起又重甩，許多外來者因此負傷，甚至橫屍街頭。

楊笙和一批生還者，趕緊殺馬求生，剖開馬肚，掏出內臟，分別躲在一群死馬的肚皮內，方得以逃過被沙石剮死的險境。就在他們以為劫難已過而離開馬腹時，沙龍捲又來了，逼迫之下，他們撞破離城門最近的那間客棧，屠殺原本拒絕他們入內躲避風沙的人。

如此一來，呆立在眾多屍首旁的楊笙與幾名商旅，總算得以生還了。

「我在北方看到許多孤墳，常覺得惆悵。我們南方人總認為，將人合葬在一塊，死後才不會孤單。」楊笙問淵明：「可有人與狗合葬的先例？」

白狗此時正看著楊笙呢，搖著尾巴，等待主人一天的行程。

「聽過陪葬，但不是同埋一個坑，而是墳頭相鄰。只怕未曾有人這麼做吧。人都未必能獨立一坑埋葬了，又遑論狗呢。」陶淵明沉默了一會，想起了一件事，說道：「最近一年，我將一位舊識和他的兩個兒子合葬一塊，寫信給他的家人，卻未得到任何回覆。楊生，我不良於行，這件事只怕得託付你。」

「直說無妨。」

「我剛說的那三名合葬的父子，就是當年我們幕府中的詹兵曹天勉。」

「竟然是兵曹大人。」

「一年前，天勉為盧循所害，臨死前將傳家寶物贈與我打點，如今我傷成這副模樣，無法走太遠。楊生，你與天勉也算認識，不知你在劉裕底下可還有熟人？我想請你，代我轉交寶物給詹夫人安家。」

「以死生，以死死，都是死。恐怕是來不及了。」楊笙講。

「此話怎麼說？」

「前些日子，我碰巧得知劉裕營下的諸葛長民，以通敵之罪判詹家上下數十口人伏誅，棄屍臺城外示眾。」

「通敵？都過這麼一陣子了？可與盧循之事有關？」

「詳細情況，不是那麼清楚。」

「人死便無法挽回。至少別讓詹家上下無處埋骨，還是得請你幫忙，用這些東西換錢，好好雇人打理下葬的事吧。」

「這事有我處理。」楊笙說完，將手中青劍丟給陶淵明：「陶參軍動一動吧，別怕傷口撕裂，好得比較快。」

陶淵明拾起劍，然而問道：「那你的劍呢？」

「稍候，狗兒將為我叼來。」楊笙道：「而且我也有一事相談。」

「何事？」

「當年百人起義消滅桓玄，你我都參與其中。怎料世事變化，過去領導起義的兄長，今日紛紛坐大，彼此攻伐。」狗兒果然為楊笙叼來一把紅劍。

「歷史彷彿重演。」陶淵明亦順勢擺出劍式。

「這樣看來當年起義，真是一點意義也沒有了。不過是豺狼取代豺狼，虎豹驅走虎豹罷了。」楊笙取劍道。

陶淵明不語，但感覺清晨的鳥鳴逐漸消退。

「如今天下人心惶惶，最近京城流言甚多，這麼說吧，擊敗盧循、徐道覆的兗州刺史劉藩聽聞在建康被賜死了。類似這種不可靠的流言，實在太多了。」

「如果沒有事情發生，又哪來的流言？」

「這種荒誕的消息，難道還要較真嗎？人們說，劉裕掌握劉藩勾結劉毅、謝混謀反的證據。」楊笙說完大笑，又道：「若是劉毅勾結謝混謀反還說得過去，我當初一聽到劉藩死了，直覺有詐，果然幾日之後，得知劉藩沒死，還與王鎮惡、蒯恩等人，奉劉裕之命前去征討劉毅。更機密的是，聽說劉裕為了消滅與自己實力相當的劉毅，這次將親自率軍攻打荊州。」

「你如何判斷劉藩之死與謀反等事，何者是真，何者是假？」

「憑我對他們的瞭解，還有這些年在外行走的經驗。再說劉裕對付劉毅，都需要劉藩協助。」

「這件事，我倒有不同看法。」陶淵明持劍，一番沉思，緩緩說出自己的推敲：「劉裕賜死劉藩應當屬實。反而是，你提到的劉藩入荊州，並不合理。」

「有何問題？」楊笙示劍，要陶淵明說明。

「劉毅、劉藩為宗族兄弟，劉裕今日要滅劉毅，絕對不可能派劉藩去攻。」

「劉裕沒有要劉藩帶兵，而是作為人質之用。」

「荊州此地，劉毅經營多年，他雖號稱統領八州，但實際上聽令於他的地區，也只有荊州與江州而已。像荊州這麼重要的地方，劉裕不可能毫無防備，只怕劉藩留不留，都不是那麼重要。」

陶淵明與楊笙在岸邊彼此交換對時局的看法，雙方都一副若無其事之態，將手中劍芒暫且擱置。這時他們還不知道，昔日同袍起義的劉藩，此刻確實已被劉裕冠以謀反的罪名殺害。往後的一個月，在參軍王鎮惡的猛烈攻勢下，劉毅也將徹底失去荊州。

事情是這樣的。兩個月前，劉毅聲稱重病，請劉裕賜調宗弟劉藩到自己身邊擔任副手，劉裕表面答應，實際上卻殺了劉藩且秘而不宣，再裝模作樣地擬好召令，派王鎮惡等人假裝成劉藩諸眾歡歡喜喜地投入劉毅麾下。

往後劉毅不查，果然中了劉裕設下的陷阱。王鎮惡兵臨城下的時候，劉毅來不及反應，城門敞開讓敵方毫不費力殺進來。佔盡優勢的王鎮惡，一邊領兵強攻，一邊放話，傳言劉裕親臨戰場，讓本已士氣低落的劉毅陣營更加惶恐喪志。僅一日，代表劉裕出征的王鎮惡與蒯恩，就將突圍逃跑的劉毅，逼死在牛牧寺外自縊。

回到陶淵明與楊笙暢談的當下，陶淵明道：「今日劉裕若再拿下江州，那麼如日中天的他可說再無對手，勢必將北伐關洛。但目的不在匡復北疆，只是為手握更多兵權，累積戰功罷了，卻苦了南北兩方的百姓。」

「因此他非常重視這次作戰，已擬定親征的計畫。」

「總覺得哪裡不對。」陶淵明的耳朵動了動，又說：「荊州自然重要，但京口也同樣重要。劉裕親征的虛實，千萬要再三斟酌，按局勢，或許授權給北人將領王鎮惡，就足夠對付了。他亦是一名智將。」

此時此刻陶淵明完全料中劉裕的心理，但卻無法說服楊笙。

已復天旭。

朝霞絢爛的雲影，前一刻還開闊地席捲田園之上，現已逐漸換為藍天。日頭已攀爬到可見的高度，不再被周圍的山給遮住。

楊笙似乎提劍認真起來了，他只覺得世間惡寒，抬起劍彷彿想照亮什麼，卻見陶淵明只是拿劍鞘撥撥炭火，對手上的劍儼然不夠尊重。

「我欲完成大事，時間急迫。」

「若有陶某能幫忙的地方，幸勿客氣。」

「我聽說過『八翼』是開國公陶侃，夢中折翼之後親自鍛造，作為銘記。為我朝第一名劍，但今在何處？陶家子弟不可能不知道吧。當年，陶侃十七子多為此劍反目成仇。三子陶夏本獲此劍，但送開國公靈柩回長沙途中，其弟陶斌與陶稱，各自擁數千兵馬虎視眈眈，後陶斌先攻入長沙搶奪此劍反遭陶夏殺害，隨後陶夏也病死，八翼劍因此落入其弟陶稱之手。庾亮趁機上表請求皇上懲治，廢已死的陶夏爵位，並處死陶稱，此劍也暫時流落庾亮手上。」

「你調查得倒詳細。」

「但庾亮北伐失敗後，終日鬱鬱寡歡，一日竟然見到已死的陶侃駕車前來，讓位給庾亮，車中問他『陶稱何罪？』責問他為何殘殺陶氏遺孤？庾亮自此臥病不起。為求開國公原諒，死前將此劍歸還陶侃諸子中為人最為寬厚的陶茂。然而陶茂一脈式微，跌落寒素門第，自稱寄跡風雲，實淪為村夫野子，此後再無八翼劍的消息。」

「八翼劍從未見血開封，只是徒具虛名。陶氏將它收藏在天地之間，沒有比這個更好的歸處了。」

「你竟暴殄天物。」

「你所謂的名劍，只是我陶家遺物。」

「一代名劍被兒孫藏諸名山，作用竟不如廚刀、柴刀，千里馬與耕田老牛同槽共食，不如交由我，成就大功大事之業。」

「不過多殺幾個人罷了。」

此話一出，陶淵明終於激怒楊笙。楊笙不再多言，專注在劍身之上。

「此番，是要向陶某取劍？」陶淵明道。

「正是。」

楊笙手持紅劍上前，充滿殺念。

陶淵明因左腿舊傷，深及見骨，只能赤腳微蹲做好防備，左手按在劍鞘上。

楊笙見對方也已進入狀況，突然加速衝向眼前的陶參軍，如電光火石般，旋身一劍，用力揮砍。

但見紅劍劃過天空，筆直落地，插在岸邊。楊笙呆立一旁，右手虎口被震到麻木，這時他緩緩回頭，只見陶淵明背對他，但他並未拔劍，而是高舉整把青劍，用堅硬的劍鞘擋下他的劍鋒。

「你竟以劍為盾。」楊笙不甘心道。

陶淵明轉過身，將青劍丟擲在地：「等等收割稻子，用不著這種東西。」

突然間，楊笙才注意到周圍的山路，不知何時起，已有幾位農人陸續經過。他們有的好奇看向楊笙，有的向陶淵明打聲招呼，完全不把剛才的決鬥放在眼裡，彷彿只當田間小兒玩耍。玩耍完了，就該下田勞動了。

「你想取劍，是要做那件事嗎？」陶淵明本想跟著幾名農人，直接走去南疇，但又覺得緊要，於是再問了楊笙。

「若要除掉大患，就在此時，沒有更好的機會了。」

「為什麼非除掉不可？」

「免得天下百姓受其荼毒。」

「怎麼說？」

「天下之大，沒有比此人更奸險的了。」

「何以見得？」

「當年若非檀韶將軍阻止，廣固便遭屠城。此外，還有詹兵曹一家。你明知此人處理任何事從不留情。」

「以當今時局，劉毅會比他好嗎？」陶淵明道：「在下個明主出現前，他的消失，只會換來更多殺戮。」

「天運如此。」

「不，你應該為天下想，而不是為自己想。」

「喝，」楊笙激動，一手直指陶淵明：「多年前，我早已置生死於度外，行此義舉，沒想到你從中作梗，才使禍害遺留至今。」

「你做事只是為了證明自己。殺了天下第一人，就能證明自己是天下第一。如果存著這樣的心，去做這種事，就不是為天下蒼生。」

楊笙欲再使力，卻好像徬徨得手足無措，一旁白狗見狀，上前舔舐他的右手。慢慢虎口的麻木逐漸消退。

「你手邊已經沒有劍了，珍惜這條狗吧。」

楊笙有苦難言，繞著剩餘的營火徘徊，似乎反應內心的不安。

當日，直到夕陽沒入，白狗再度跑來陶淵明田裡，引陶淵明到溪邊一會。楊笙才對陶淵明開口説道：「我心意已決。」

「你一意孤行。也罷，倒是想問你，怎麼帶狗來了？」

「是狗不離開我。」

「為什麼？」陶淵明問。

楊笙踏了腳邊的石子，有點不知從何開口。見楊笙無言，陶淵明又問道：「你曾救過牠？」

「不，是牠曾經救過我。」

楊笙又溫了酒，為淵明斟了滿滿一杯，說起自己的故事。日後陶淵明將這則故事寫在《搜神後記》之中：

楊生畜一犬，甚愛之。一日，生夜行，墮涸井中。犬吠徹夜，旦日，有行人過，往視，見井中有人焉。生曰：「君若出我，當厚報。」行人曰：「以此犬見與。」生曰：「此犬嘗屢次活我，不得與爾。」行人曰：「若不與我，便不出爾。」其時，犬引頸下視井中。生知其意，遂應之。楊生出，行人繫犬而去，犬時時顧。後五天，犬夜走歸楊生家。

楊笙故事說完，把酒一飲而盡。

「這麼說來，牠對你確實有救命之恩啊。」

「如今我非走不可。」

「不等狗兒終老？」

「本想如此。可是時機千載難逢，萬萬不能錯過。」楊笙點頭道。他摸了腰際的劍鞘，向陶淵明遞來一把青劍。陶淵明這次感受到兵器冰涼的溫度，源源不絕地由手擴散到四肢，甚至全身。只怕再也見不到楊笙了。

「你看我這把劍如何？」

「楊生，以後這狗由我看顧。」淵明還劍楊笙。

楊笙走後，經過一段時間，陶淵明開始觀察白狗，甚至為牠寫了些短篇紀錄。過去他的腳病得很嚴重，幾乎可以說，就是瘸了。家人至今還不能理解他隱居的志向，更不能理解他為何拖著腳病又堅持種田。在最孤單的時候，狗來了，狗在田裡看他工作，彷彿感覺彼此心意相通。往後陶淵明開始撰寫一些奇聞軼事，狗兒屢屢作為一個角色出現在他筆下。這些短篇慢慢匯集成書，有的故事直接以狗命名，描述狗的一生。他也常記述人們帶著狗，讓狗以莫名的形象隨機出現，既沒有交待過去，也不預測將來。

狗吠深巷中，雞鳴桑樹顛。

則成了來訪陶家的客人，熟知的一個印象。

陶淵明開始把狗寫進自己的卷子裡，賦予哀傷、忠誠、機靈、相伴的形象。有時陶淵明看著這隻白狗，會想起再次行蹤成謎的楊笙。當然他也會想念過去的自己，因而寫了〈擬古〉：

少時壯且厲，撫劍獨行遊。
誰言行遊近，張掖至幽州。
飢食首陽薇，渴飲易水流。
不見相知人，惟見古時丘。
路邊兩高墳，伯牙與莊周。
此士難再得，吾行欲何求。

【卷五】

即生即死

形骸久已化　心在復何言

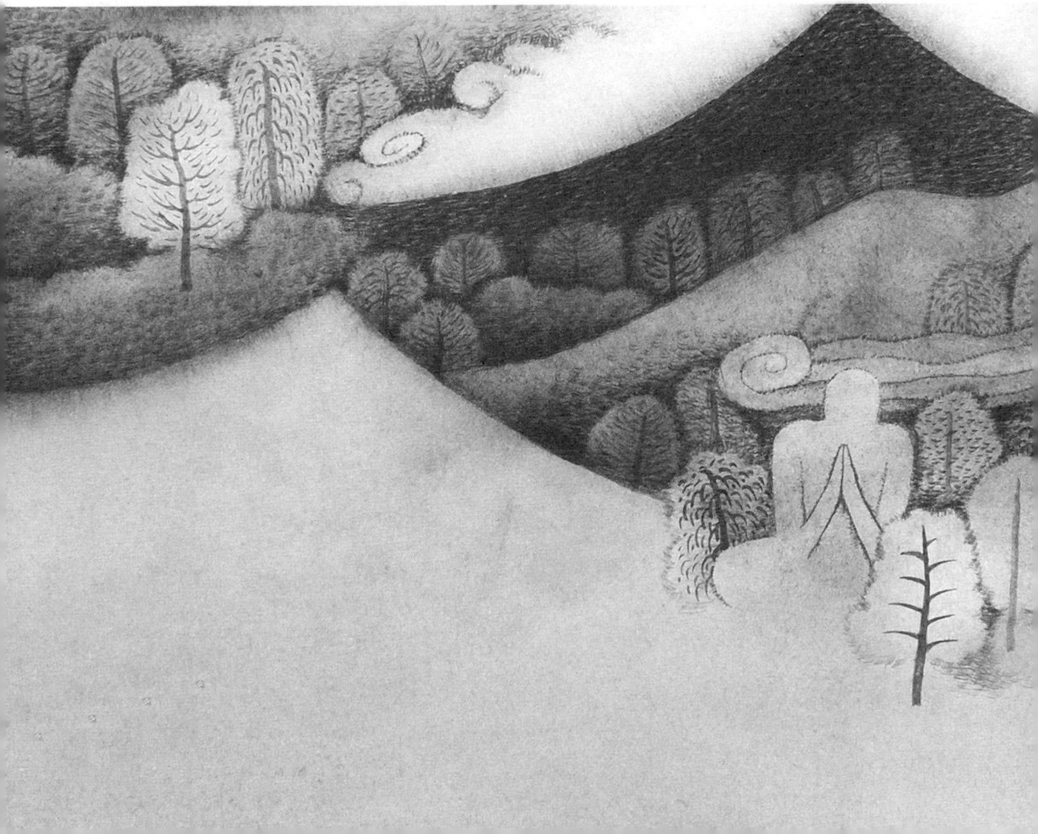

這年柴桑在百花開遍之後，一如既往迎來了秋意。打捆的秸稈堆垛在田裡，金黃的稻穀鋪曬在家家戶戶前庭，大地像是已獻出所有膏壤滋養萬物，數日之間就轉為顏色繽紛的滿山落木。比起青蔥冒綠的夏季，茅草結廬的陶宅如同具有一層保護色般，大隱於秋天乾枯的枝枒林野之中。

清晨陶家大門傳來陣陣的敲門聲，咚咚咚，聲音並不響亮，反而低沉有味，對方似乎常敲這扇門。陶淵明睜開雙眼醒來，聽敲門聲持續，未及穿好衣裳就親自前來開門。

「誰啊？」

「是我。」陶淵明開門後，田老翁見他便說道：「你衣服怎穿反啦，別急別急。」接著亮出一壺酒。「白露過後的新釀。剛在門口熱過，嚐嚐，嚐嚐。」說完拿出一口碗，就在門前為陶淵明倒酒。

「你看這酒，濁吧。」

「嗯，還有米渣。」陶淵明接過這碗，端詳後回答：「您一早提著美酒過來，恐怕不只是找我喝一杯吧。」

「我問你，這濁酒是不是酒。」

「自然是酒，還是好酒。」陶淵明說完一飲而盡。

「我看你衣衫襤褸，住在茅草簷下。這世間人物，早都同流合汙啦，為什麼就不肯跟他們一起攪和，撈點好處？」

「陶某不為。」

「你道他人痴，我看你才迷啊。」

「我生性並不討喜。」

「好好，無須勉強。改天田裡見。」說完就利索提著酒壺離開。

「碗呢！」陶淵明在後頭叫喚。

「你留著吧。下次有新酒，我再問過你。」

沒想到田老翁剛走沒多久，又有人來敲門報到。陶淵明開門後，只見鄰近的塗老翁揹來一罈未開封的酒，氣喘噓噓地靠在門口休憩。

「您老，有什麼事？」

「陶大人，這罈陳年老酒贈你。」塗老翁慈目道：「你連碗都準備好啦。」

「不，這是方才……」

塗老翁未等淵明解釋，欣喜獻寶說道：「我這罈酒喝了可以成仙啊！」

重陽剛過，陶宅裡裡外外都是人。

「給陶大爺拜壽囉！」領頭的少年剛喊完，打扮得喜氣洋洋的隊伍開始列隊表演，一行人吹奏樂器，另一行人則裝扮花俏，高高低低彼此戲弄。

「是誰家領過來的雜耍班子，我家老爺不喜歡熱鬧。」陶俟新進門的媳婦說道：「都說不喜歡了。」

「人都來了嘛。」鄰人細聲答道。

「這可怎麼好啊！」陶俟的新婦又說。

「那是給錢請來的，我在尋陽也見過，不過是吹個管踩踩高蹺，弄些表演祝壽。不出一個時辰，戲法搬完就走。」鄰人道。

「就任他們去鬧吧。」翟氏出面，說完便拉著媳婦的衣袖到一旁，撿開一條方巾，仔細交代：「我有個鐲子，俟兒他爹的朋友來多了，廳裡那幾甕酒怕是不夠喝，再去買幾斗回來。」

陶家二媳婦收下婆婆遞來的鐲子，牽著老驢，再帶上兩名童僕往鎮上趕去。

過晌，聚在陶家門口的人群非但沒有減少，除了一早就來的幾名柴桑野老，更招來鄰近的婦女孩童，衡門內外就像個市集。

「有豬腳，今兒個有豬腳！」一群孩子流著口水，圍繞在灶邊嚷嚷。

「快別過來，呿，都走遠一些。」陶家女眷蹲在灶前吆喝。

「待會先上戴主簿那桌菜，等大人都吃足了，餘下的我們再食。」翟氏在東廚的柱子前指示。

「給主桌端去。」陶家大媳婦聽了翟氏的話，就讓清秀瘦弱的小姑陶仔，先端一道鱸魚膾上桌。

各色賓客聚集在陶淵明五十歲的壽宴上。遠近親戚不說，光是來自縣城的官人、平日飲酒的詩友、廬山的隱者、務農結識的田舍翁就超過百位，大夥兒今日都趕來向淵明祝壽。而日子一向不寬裕的陶家，為了應付群集的賓客，上下全勒緊褲帶給陶淵明做足面子。儘管來者也為陶家帶來賀禮，只是輕重不一的禮品再多，也經不起這群酒友無止盡的吃喝。陶淵明後來這麼寫到：

故人賞我趣，挈壺相與至。
班荊坐松下，數斟已復醉。
父老雜亂言，觴酌失行次。
不覺知有我，安知物為貴。
悠悠迷所留，酒中有深味。

午後未時已過，他們全吃足了一頓。

待日頭斜長，賓客逐漸散去之際，陶淵明偕同詩友至附近淺溪，玩起一吟一觴的遊戲。此次由陳參軍起頭：

「高山仰止，景行行止。咱們今日就以『止』字為題。」

「先一人一聯句，最後合為一首俳諧！」戴主簿附和。

「碟子在此，就由我這開始吧！」陶淵明舉起幾塊圓盤形狀的酒具，往臨溪的小渠裡擺。

漂浮的木製酒碟搖搖晃晃，陶淵明與在座的詩友，個個鼓譟不已。

盤子最終為周續之、戴主簿、龐主簿所取飲，他們分別以「止」字，造出不同凡響的句子。

其中，隱居廬山的劉遺民道：「陶老弟，今日是你的壽宴，我與大家不同，我不只以『止』字作句，我還要以『行』字作句。《易經》不是說嗎？『時止則止，時行則行。動靜不失其時，其道光明。』這麼一來，我們今日既有止字句，亦有行字句，有行有止豈不美哉！」劉遺民先是吁喘，又朗聲道：「大家以為如何啊？」

「祝陶兄，止所當止，行所當行！」陳參軍率先唱和。

眾人連聲附和，陶淵明跟著大家起鬨道：「劉兄可還記得三年前我為你做小壽，那時也和眾人做了一些聯句，既然那次聯句中，有『古』字也有『今』字，那麼劉兄今日當然可也作一雙，有行字止字的對子！」

眾人再次稱好。

待劉遺民說完「行」字句後，再輪下一位飲觴者。怎知這回的酒碟，漂了好久，竟悄悄地靜止在陶淵明面前。由於是他作東，流到他面前，按規矩就不能只想句子，得串起一整首詩才行了。

陶淵明見了很是高興，參考了眾人先前「止」字的聯句，即刻揮筆寫下了一首俳諧體，名為〈止酒〉：

居止次城邑，逍遙自閑止。
坐止高蔭下，步止蓽門裡。
好味止園葵，大歡止稚子。
平生不止酒，止酒情無喜。
暮止不安寢，晨止不能起。
日日欲止之，營衛止不理。
徒知止不樂，未信止利己。

始覺止為善，今朝真止矣。
從此一止去，將止扶桑涘。
清顏止宿容，奚止千萬祀。

「陶老弟，我看大家的句子都有，但我剛剛的行字句呢？怎未見您放進詩裡頭啊？」劉遺民反覆找著詩句道。

「劉兄，行字句僅你的一句，就碰巧輪到我這東家作結了。下次再有曲水流觴之會，我們就從你的行字句開始如何？陶某定不會忘。」

「自然好，自然好。」劉遺民笑道。

多數人也都笑的笑、醉的醉，無一不披頭散髮地倚臥在溪邊，陶淵明亦閒適地仰躺在大石頭上晞髮而乾。所以儘管這首詩寫得如此渾然天成，也沒有一個人，能絲毫不醉地把它好好唸完。倒是今日有位跑來溪邊嬉戲的小童，將寫好的詩句拿來瞧了好久。

原來這名童子是長年跟在慧遠身邊的陸修靜，祖上即是前朝吳國的丞相陸凱。由於修靜自幼體弱，篤信佛教的母親徐氏差人將他送至廬山的東林寺，希望這孩子能獲得佛祖庇佑，得以平安長大。

陸修靜的性格機靈好動，雖然多數時間也能待在寺中理佛，但只要有下山的機會，他通常會懇求慧遠大師，放他下山玩一遭。慧遠知道他起了玩心，往往也不強留他在寺內，但派幾個小僧跟著他，確保他的安全。

今年修靜剛及八歲，長年跟著寺僧讀書已識得許多字。他見〈止酒〉這篇像是打油詩的作品有趣，便拾起來嚼字誦讀。也許詩中沒有什麼深澀的意思，他看了一會兒後，就自覺完全明白了，放下手中的詩稿，搖著大石頭上的陶淵明道：「酒有這麼難戒嗎？」

半醉半醒的陶淵明，微微睜開眼睛，他雖不識得這名孩童，但仍笑著回答道：「酒是我的知己，知己又怎麼能戒呢？」

陸修靜聽了不甚明白，調皮地朝他大喊一聲：「醉鬼！」便嘻嘻哈哈地跑開了。

陶宅內外趕了一天的大魚大肉，翟氏走來，看見五棵柳樹下杯盤狼藉，又看見一群孩子撿著地上剩下的東西吃，原本不以為意，後來才發現竟也有自家的孩子混在其中，於是不悅道：

「陶家的孩子不吃嗟來食！」

「這是我們陶家的食物，又不是別人家給的食物。」孫子向翟氏抗議。

「就算原是咱家的，也已是別人吃剩的了，何況只是些落在地面的碎屑。」

「我們平日都沒吃這些，為什麼今日卻要把這樣好吃的都給別人吃，甚至現在，就連好吃的碎屑都要白白給人。」孫子不滿。

「這是禮節，你知道嗎。」翟氏捏捏孫子陶漣的臉。

「才不是，是因為面子！」陶漣嘟嘴。

翟氏看著他滿是不服氣的臉，發現他有一雙很像夫君陶淵明的眼睛，那種懾人而狂放的模樣，像是陶家不滅的血統。

晚間陶淵明突然酒醒，在榻上輾轉反側。

翟氏也被吵醒，靜靜地看著淵明的眼睛，感慨地說：「阿舒的孩子像你，但是性格極吝。」

「怎麼會不像他祖父呢？」陶淵明一邊說，一邊呵欠。

翌日一早，淵明將陶儼、陶俟都叫來，兩人分別是他的長子與次子。此外淵明還有三個兒子名為陶份、陶佚、陶佟，又按排行，五人的小名為分別是阿舒、阿宣、阿雍、阿端、阿通。

陶淵明看兩個兒子站在面前，一個眼神精明而凶悍，一個目光如鼠畏畏縮縮，看了教人不放心，卻還是不得不說：「阿舒、阿宣，昨日我已五十了，你們一個已經而立，另一個也即將而立。找個地方，兩人一起帶自己的孩子搬過去吧，兄弟同住也好有個照應。」

「是的，爹。」次子阿宣回答。

陶淵明見長子陶儼不吭一聲，又說：「自從敬遠和仲德過世，咱家與你們兩位小叔的孩子住在一塊，也有十年了。如今我們三家的主僕，早已超過六十口人，往後若要再開枝散葉，這舊宅子肯定容納不下。所以我想，不如整理昨日賓客送來的器物，在附近另覓一處，給你們兄弟搬過去。可好？」

「要阿宣搬出去可以，但我是大哥，將來是要繼承陶家的，就算而立，也沒有搬出去的理由。倒是阿宣和阿雍，兩人也不過相差一歲，讓他們一起搬出去不是更好。」

「阿雍口吃不便，就在家吧。」陶淵明回答。

「口吃就不用成家立業了嗎？都能耕田了，為什麼不能獨立。」陶儼又問。

「你說的是什麼話？」陶淵明挑眉道。

「自耕自食自立，不是爹從小就教我們的道理嗎？」陶儼轉怒。

「你為人兄長，不能沒有愛護弟妹之心。」陶淵明訓斥陶儼。

「爹常與人談論自然之道，可是萬物之間，每一隻鳥兒、魚兒長大都是各自覓食，你有見聞過鳥兄撫育鳥弟，鳥姊照顧鳥妹的嗎？」陶儼回嘴。

「人與萬物終究不能一概而論。」

「我食我所耕，弟弟們若要吃食，自然也得自己耕作。年齡既長，自然也要自己想法子自立。今日若是要我搬出去，便是他們佔用了我的房舍，就像是佔用我的食物一般，這便沒有什麼好說的了。」

夜裡，陶淵明與妻子躺在榻上，兩人都不能入眠。於是陶淵明開口：「阿舒的兒子像我不過是形似罷了，論其吝嗇的性格還是像阿舒得多。可見兒子是會秉持父親品行的，但是我的五個孩子裡，又有誰像我呢？」

翟氏聽了笑道：「你的兒子個個都像你，阿舒懶惰愛喝酒，阿宣不讀書卻愛喝酒，而阿雍與阿端，兩人都不擅長開口，但喝酒卻是完全沒問題，至於阿通，雖木訥不擅交際，但卻是兄弟裡頭最能與人鬥酒的了。」

「我不過說說罷了，妳又何必認真。」陶淵明說完，即倒頭睡去。

重陽之後，隨之而來的是冬季。

然而，在今年冬季來臨之前，陶家宅院內外的菊花不知為何異常盛開，遠看其瓣形細小而密實的菊花，就像一團團橙黃的棉球，花團錦簇地圍繞著陶家，令人看起來溫馨而樸實。

長女陶偌嫁人之後，二女兒陶伃與三女兒陶佖也到了適婚年紀。由於子女年紀漸長，陶家的許多生計問題，也逐漸浮現。

這一年的深秋溫暖，初冬卻特別寒冷。

臨近幾個廬山腳下的村莊，都陸續傳出疫情，家家戶戶全緊閉著家門，一副擔心瘟神會不期而遇地找上門來的樣子。

偶有老弱婦孺病逝的消息傳出，大雪地裡奔喪，格外淒涼。

原本趕在農忙之後辦喜事的陶家，卻歷經一場像是瘟疫一樣的傷風。也許是冬天吃得太少，又穿得刻薄，因此陶家上下的女眷，對於這種病，幾乎無人倖免，全都染上一遭。倒是陶家的男丁因嗜酒的關係，身體較女眷溫熱且強壯，所以康健的多，獲病的少。其中，淵明是唯一的例外。

體格一向健壯的淵明，竟也高燒臥床七日。即便陶家已請來柴桑鎮最好的大夫，還是無法讓他滾燙的體溫下降。

大病初癒的翟氏則在一旁，憂心不已。

這種危急的情況，堪比數年前被劉統軍隊重傷一般嚴重。

往後幾天，陶家的日子十分難過。陶淵明硬朗的身體突然潰堤似地崩壞了。昏迷的他兩頰日益凹陷，最後開始意識不清地發出呻吟。翟氏日夜守候，眼看丈夫的病情每況愈下，內心越是煎熬。陶儼與自己的媳婦，甚至開始籌劃父親的後事了。

就在陶家瀰漫著低迷氣氛的那段時間，陶淵明突然在一個月圓的夜晚睜開雙眼對翟氏說：

「今晚月色正好，點個燭光，讓我寫些東西吧。」

「還寫什麼字！多休息。」

陶淵明勉勉強強起身，翟氏趕忙扶著他。她站在床榻邊架著陶淵明的臂膀，發現他力量雖然微弱，卻似乎還能下床。只見他又提了一次：

「我想寫些東西。」

翟氏見夫君如此執拗，只得依了他，可是心頭還是不怎麼放心。而陶淵明見她猶豫，又開口道：

「妳不讓我寫，我又怎麼能安心，」他停頓一下，再道：「又怎麼能安心睡著。」說完，竟是靠自己的氣力從榻上坐起身來。

翟氏十分感傷，紅著眼看他，她沒有立即備紙，反而端起桌上早已半涼的湯藥，對丈夫說：「先喝下它吧。」

陶淵明毫不遲疑地接下盛藥的碗，像喝酒般一飲而盡。

「全都喝了。」雙手捧著空碗。

「我立刻為你準備。」翟氏見夫君精神轉好，湯藥也能喫盡，不由得放鬆許多。待書房一切文具備妥，翟氏便或背或扶地帶他到書几前。她以跪姿坐在夫君身邊，為他蘸墨並悉心照顧燭火。

陶淵明在翟氏的陪伴下，為自己寫了一篇遺告：

告儼、俟、份、佚、佟：

天地賦命，生必有死，自古聖賢，誰能獨免？子夏有言曰：「死生有命，富貴在天。」四友之人，親受音旨，發斯談者，將非窮達不可妄求，壽夭永無外請故邪？吾年過五十，而窮苦荼毒，每以家弊，東西遊走，性剛才拙，與物多忤，自量為己，必貽俗患。僶俛辭世，使汝等幼而饑寒。余嘗感孺仲賢妻之言，敗絮自擁，何慚兒子，此既一事矣。但恨鄰靡二仲，室無萊婦，抱茲苦心，良獨內愧。少學琴書，偶愛閑靜，開卷有得，便欣然忘食。見樹木交蔭，時鳥變聲，亦復歡然有喜。常言五六月中，北窗下臥，遇涼風暫至，自謂是羲皇上人。意淺識罕，謂斯言可保。日月遂往，機巧好疏，緬求在昔，眇然如何？

寫到此處，陶淵明頓了頓筆，紮實沉重地咳了數聲。翟氏不忍，奪下他的筆，要他回房，說道：

「給我筆，都快忘了下句要接什麼了。」

「寫了這東西，病就會好嗎，還是多休息吧。」

「今日不寫，恐怕，再無機會了。」

翟氏長吁一口氣，像不給也不是，把筆還他。淵明繼續提筆：

疾患以來，漸就衰損，親舊不遺，每以藥石見救，自恐大分將有限也。

寫到這句，他真是不行了，突然閉上眼睛，急喘不已。重新堅持意志才又提起精神。他擔心的還是長子陶儼氣量狹小，不能容下弟妹，恐會在他病故後執意分家或是做出傷害弟妹的事，於是他再次奮勉寫道：

汝輩稚小家貧，每役柴水之勞，何時可免？念之在心，若何可言。然汝等雖不同生，當思四海皆兄弟之義。鮑叔、管仲，分財無猜；歸生、伍舉，班荊道舊，遂能以敗為成，因喪立功。他人尚爾，況同父之人哉！潁川韓元長，漢末名士，身處卿佐，八十而終，兄弟同居，至於沒齒。濟北范稚春，晉時操行人也，七世同財，家人無怨色。詩曰：「高山仰止，景行行止。」雖不能爾，至心尚之。汝其慎哉！吾復何言。

陶淵明的筆終於停了下來。他想起前些日子才剛過壽，宴會上的文友們正是以

「高山仰止，景行行止」為他祝壽的，沒想到不過幾日，這山就要傾頹、就要崩塌了嗎？他不懂為何會如此，迅速地、突然地、莫名地，老天就來要了他的命，這就是一個隱士最終的結果嗎？他還真是不想死。

倒是，翟氏突然停止悲傷。她只丈夫左手尚有握力，至少可支持住筆一字一字寫下一篇長文，心想：「陶郎終於恢復力氣，想來痊癒並非不可能啊。」

怎知隔日，陶淵明的情況卻更糟了。

大夫撫摸他額際滾燙的體溫說：「陶大人沒有放棄。體溫仍高，身體正搏鬥著。」只是，陶淵明似乎連最後的意識也沒了。

這時陶儼、陶俟等家中少壯，見爹失去呻吟的聲音，開始勸母親做出最壞的打算。為了怕陶淵明最終有什麼想見，而沒能見著的人，翟氏同意讓子女去向鄰居親戚通報夫君重病將死的噩耗。

儘管交通不便，許多耳聞消息的故友，仍是不辭辛苦地冒著天寒大雪來看他最後一眼。尤其前些日子，剛剛為他祝壽的那幾位，更是個個哀戚。

周續之便是這批趕來的摯友中的一人，他慌慌張張進到陶淵明的房間，問了翟氏病情惡化的原由，得知陶淵明曾在半夜起來寫作遺文一事。

「也許是寫字的時候，又受寒了。」翟氏很是自責。

「卷子呢？」周續之問。

翟氏不識字，沒能知道陶淵明究竟寫了什麼。那紙卷現由她收在竹櫃，她吩咐長媳取出來交給客人。

周續之將紙卷展開，輕聲讀出，在座的親友聽了，無不掩泣。

其中戴主簿更是嘆道：「我道陶居士一生瀟灑，不知他臨別之際，竟然還對子女如此牽掛。」

而陶儼聽了這篇內容，不禁喃喃道：「如果爹能早幾年，請託人引薦我做官，今日我們陶家斷不至於如此困苦！像這般困苦卻又不分家，難道要小的拖垮大的，全家守在一起餓死嗎？」

至於次子陶俟見了父親文章，心裡著實難過，哭說：「我雖不愛唸書，但是卻一點分家的念頭也沒有。可今日爹的文章，明裡是寫給我們五個兒子，但是實際上老三阿雍口吃，老四阿端癡傻，么弟也沒有這等心思。與其說是要給我們五個人的，不如說，就是寫給大哥警惕的啊！」

親友們見陶家長子與次子爭執，除了勸阻外，更可憐陶家諸子不肖，個個志不向學，拖累父母，感到十分嘆惋。看來也只能幾個朋友站出來主導了，於是眾人你一言我一語，討論著將來的治喪事宜。

「嫂子，我們幾位已有結論。不如日後就私謚元亮為，靖節先生吧。靖是平穩安和，節乃高風亮節，代表我們這些好友對元亮一生的評價。」周續之無奈嘆道。

然而陶淵明的病就這樣拖著，又過了兩日，親友雖著急，卻也毫無辦法。在他病倒期間，素日往來交好的親友都來過了，獨不見三隱之一的劉遺民。但陶家上上下下正著手準備後事，倒也沒有仔細留心誰來誰沒來。

唯一在意此事的人，是陶儼的兒子陶漣。他童言童語地問父母：「要請劉柴桑大人來嗎？他不是爺爺的好朋友嗎？」

「消息早就放出去了，人家不來，也就罷了。」陶儼回答兒子。

「可是……」陶漣還想說什麼。

「漣兒，你可知道劉大爺幾歲了？都年過花甲了，這麼冷的天氣，怎麼能要求人家過來呢？」陶漣的母親責備道。

「嗯，我知道了。」陶漣懂事地點點頭。

隔日一早，有位來自東林寺的男子自稱是慧遠的俗家弟子宗炳，帶來許多東西。其一是慧遠贈予陶居士的新譯佛經；其二是東林寺的醫僧，耳聞陶居士重病所餽贈的蔘酒和肉乾；其三則為宗炳親自繪製的〈秋日廬山行旅圖〉。

翟氏將這些禮物收下，堆在一旁，無心關照。倒是小兒子陶佟見了，也不知他心裡怎想，獨自將蓼酒開封，倒了一碗給父親喝。一連三日，陶佟都偷偷地餵食，讓父親陶淵明喝下不少藥酒。

不知是否為這個緣故，不出三日陶淵明竟醒了過來，喃喃自語道：

「藥酒果然還是比藥湯來得香。」

待所有的蓼酒都喝完後，陶淵明的病也就不藥而癒了。

陶淵明醒來後，特意差了人上東林寺答謝慧遠。但就在陶淵明康復的好消息傳開的同時，另一個壞消息卻也傳了回來。

劉遺民過世了。

原來那天陶淵明病危的時候，劉遺民也在家生了一場大病，只是他年事已高，並不像陶淵明能堅持那麼久，經過此病這麼一折騰，還真就藥石罔醫了。

慧遠派宗炳來陶家的當日，也趕到劉遺民家一趟。劉遺民與宗炳同為慧遠的俗家弟子，常隨遠公身邊，本來兩人應該是有話要說的，但劉遺民的病情實在過於嚴重，竟無法說上一句話。雖未有發燒跡象，但就是十分虛弱，一再陷入昏迷，先前已經反反覆覆拖延了十多日的時間，在宗炳去看他的那夜，於好友懷中往生淨土。宗炳也立即為好友畫下最後容顏。

劉家畢竟是仕宦家族，劉遺民本名劉程之，曾是當地柴桑縣的縣令，儘管之後辭官隱歸，在柴桑一帶仍是極有名望的人物，許多尋陽的望族，也紛紛派人前來關心。所以劉遺民家中探病的客人，往來絡繹不絕，在劉遺民尚未斷氣之前，不知情的人們，還以為劉家是在辦什麼喜事呢。

由於當時的陶淵明同樣病著，那個時候幾位老友，並未把劉遺民重病的消息，給陶家人知道。

可惜劉遺民昏睡的時候，無法見人，偶爾醒來，想見的也只有宗炳和陶淵明。病榻前，五個女兒哭成一團，有的更有願意折壽來延長父親性命。劉遺民見女兒有這等孝心，內心相當難受。他因為夫人生不出男丁，彼此感情不睦。多年潛心向佛的他，相信自己曾於坐定當中三度見過佛祖，常求佛祖能賜給他一子弄璋，但終其一生，還是無法得償所願。他每次到陶家，見到元亮的兒子們，心裡總有說不出的羨慕。

「五個，是五個兒了啊。」

陶淵明知道他的心思，特地在彼此唱和的時候，試著解緩他的心結：

弱女雖非男，慰情良勝無。

栖栖世中事，歲月共相疏。

耕織稱其用，過此奚所須。
去去百年外，身名同翳如。

他想，元亮對他的勸慰，和慧遠大師給他的指點，是一樣的。但是他始終僵持，任誰的話也聽不進去，直到人之將死才明白陶淵明說的道理。

在他最後要離開的那三天，醒來便氣若游絲地說：

「陶老弟可來看我了？」

「聽說陶彭澤也正病著呢。」

「看來他必定是病得不輕啊，不然又怎會不過來看我呢？」

「老爺不必掛記他，等你病好，便可見到了。」

「我想是很難了。」

最後氣息奄奄的他，雖等到宗炳，但終於等不到陶淵明。

此外，劉家的眷屬也得知陶淵明重病將死的消息，發喪的時候，以為沒有喪家互相弔唁的道理，自然也繞過了陶家。

未料陶淵明竟是活了過來。

轉趨康復的他，在養病期間的某日，見周續之排闥直入，一見到陶淵明便禁不住地哭喊道：

「元亮，咱尋陽三隱就此少一人了呀！」

說完就又垂頭喪氣，精神恍惚地走了出去。日後周續之的情性，也有了很大的轉變，當然這都是後話了。

陶淵明這才得知劉遺民的死訊，當下也難過到說不出話來。

他倚在榻上，腦中一片空白，隨後耳際慢慢有了劉老兄談笑的聲音，逐漸擴大成他整個人的身影。老劉在宴席中，穿梭為大家斟酒，好不熱鬧。瞬間這樣的一位老友，竟然比重病的他，早一步走了。他完全無法相信。

他想，程之與我是多麼貼己的好友啊！當年他為柴桑縣令，我為彭澤縣令。我兩同時離開官場，一起在廬山下隱居生活，可是如今我大病痊癒，但程之怎麼就這樣死了呢？

陶淵明想著想著，回憶起更多往日與劉遺民相處之事。他一跛一跛地走到劉家，但是劉夫人不願見他，她與翟氏不同，對丈夫的酒友一向特別厭惡。尤其丈夫還曾以陶家五子，來譏諷她生了五個女兒。

陶淵明向其族人問了劉遺民的墳塚，便走向西林附近一處的劉家土地，見那裡有一坯新的土丘，想來便是劉遺民的歸所。

他把當初壽宴上所寫的〈止酒〉，除了將全詩的「止」字全改為「行」字外，並加入了劉遺民那天寫的「行字句」，於劉遺民的墳前誦唸之後，與金紙一同燒為灰燼。

徒知行不樂，未信行利己。
始覺行為善，今朝真行矣。
從此一行去，將行扶桑涘。
清顏行宿容，奚行千萬祀。

「劉兄，這首詩〈行酒〉也蠻好的不是嗎？」

迎著田野的微風，陶淵明嘆道：「雖然無法見到你最後一面，但是平日相處都已盡興了，見不見最後一面又何妨呢？」

他看著墳前的碑文，其中記有孝男數人的名字。他見了搖頭，劉兄既然膝下無子，刻上女兒的名字也就罷了，何必硬是刻上這些造假的孝男。他為劉遺民的一生感到遺憾，心想若非他執著於男丁，也不會與劉夫人疏離，更以為自己蒙了前世罪孽而唯恐終生不得子，整日在山中理佛懺悔，不過是再耽誤了與妻女共享天倫的機會罷了。

只是陶淵明沒想到的是，劉遺民墓碑上所刻的數名孝男，是劉遺民的女兒協議刻上的。這些真實的名字、虛幻的名字，伴隨著這位尋陽隱士，永遠靜臥於他所隱居的這塊土地。

【卷六】虎溪三笑

前塗當幾許　未知止泊處

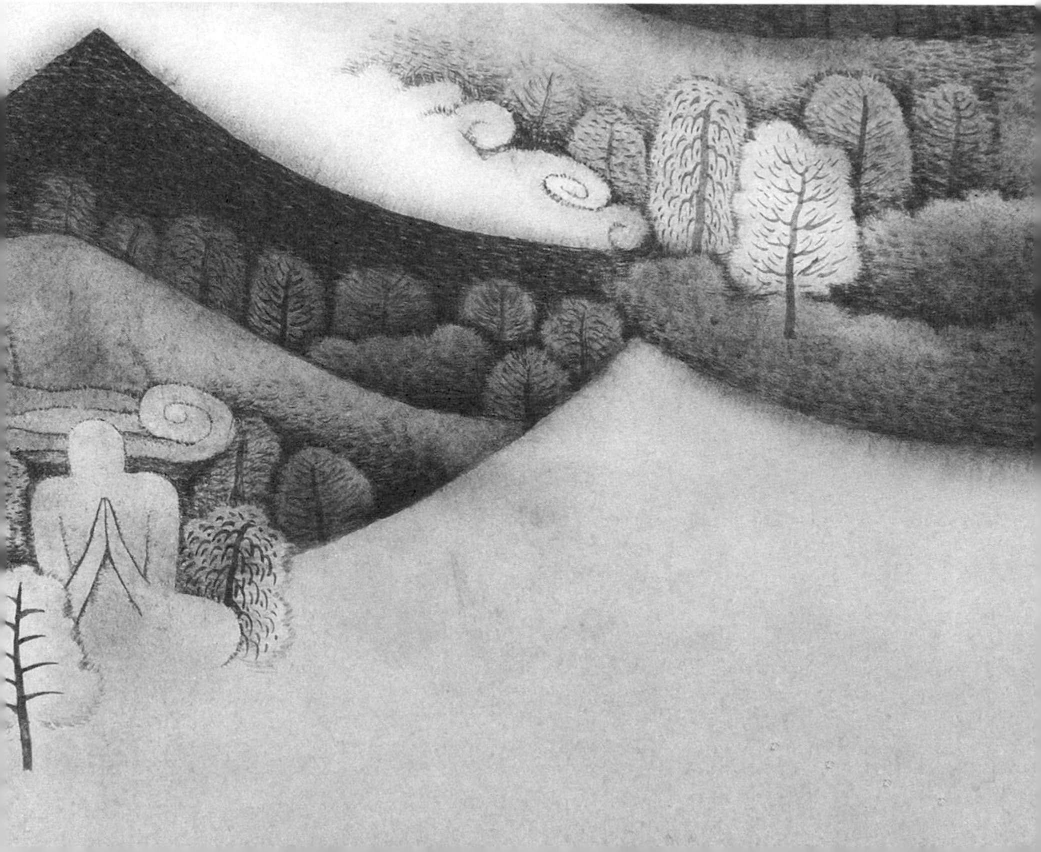

春寒料峭，時間又過一年。

為了迎接新的季節，淵明與家人又開始著手忙碌農事。陶宅內外景物依舊，倒是院落土牆上，藤蔓似乎又比去年增加了，年復一年的層纍猶如綠雪傾壓著陶家破舊的竹籬笆。去年衡門前的柳樹，在二月的時候吐了新芽，今年天氣更是寒冷，也許得待野櫻與山茶都開遍，才能見到柳樹新綠。

卯時二刻，清晨院內傳來幾聲微弱的拍門聲。

一個身穿素袍的男子拿下草笠，站在外邊喊著：「陶大人在家嗎？」

許久，未有回應。

男子不敢逾矩，規矩地佇立門外。

約莫一個時辰，終於有名少年挑著木桶穿過院子。

「小兄弟可是陶家人？請問陶大人在嗎？」男子上前詢問。

「伯父不在，估計是去張家溪邊的菜園了。」少年舉起手，給笠帽男子指了一個方向：「由這去不到一里路，但是岔路多，不好講。」

「沒關係，請小兄弟跟我說明一下？」男子客氣地問。

少年偏著頭，掂掂肩上的扁擔道：「不如你隨我去吧。」

「這樣可好？」男子有些不好意思。

「水在哪兒挑都是一樣的。」少年爽朗道。

於是男子跟著少年走了一段泥路，沿著小溝拐了幾個草澗，看見開滿野花的小徑直通一條清溪。「現下不是才二月？」宗炳疑惑。

「前方便是張家溪，待會只管向右，沿著溪邊走，大概五六十步的距離，若見到一位高大的人在耕田，那便是我伯父了。」

「謝謝小兄弟。」

「那我挑水去了，您好走啊！」

少年說完便與這名男子分路而行。男子獨自一人遵照少年的指示前進，見水邊有塊菜園，園內有名看不出年紀的農人，於是他高聲喊道：「是陶淵明陶大人嗎？」

農人停下動作，朝男子看過來，應道：「我是。」

男子聽了，終於放心道：「陶大人！我是宗炳，您可還認得我？」

「認得。」陶淵明點頭，心中浮現出這名男子與劉遺民站在一塊的樣子。

「我今天應遠公的請託，邀您上東林寺。」

「不了，田裡的事還沒忙完呢。」陶淵明說完，繼續割草不再理會。然而宗炳也不離去，只是靜靜坐在水邊。

風吹來仍覺得冰凍，讓人不得不停下手邊的動作。陶淵明走到一旁休息，見宗炳沒有離開，仍坐在槐樹下。

陶淵明走近，問道：「還有其他事嗎？」

「沒有了。今日下山就是代遠公傳口信給大人。」

「為何還不走？」

「看這條溪水格外新奇。」

「有什麼特別？」

「為何我在廬山上，從沒望見此處有溪流。」

「哦，在山上看不見啊？這事兒，我倒是沒注意過。」

「能坐在這裡，真是愉快的事情。」宗炳微笑，一臉滿足。他閉上眼睛，聆聽水流，好不愜意。

「喜歡可以常來。」

「一定再來。」

「下次帶罈酒來吧！」

「好的。」

宗炳離開後，東林寺又遣人來過三次，同樣無功而返。

其實，劉遺民離世後，陶淵明與東林寺的聯繫就少了。往日若是白蓮社有何活動，跟隨在慧遠身邊的劉遺民，都會不辭路遠地下山邀請陶淵明。儘管陶淵明自始至終也不過參加三次，但是劉遺民就是不嫌煩，像做早課一樣，樂此不疲。

如今劉遺民既已離世，陶淵明對於東林寺也就疏遠了。

畢竟除了遠公之外，他並不喜歡那些盡日往寺裡走動的官人與隱士。所以不管那裡來過多少邀他上山的人，他都沒有理會。

雨天上午，陶淵明照舊到菜園裡種作。

最近正值芋頭成熟的季節，一顆顆結實的芋頭，彷彿列隊在田裡，等著讓他來收穫。想到這裡，陶淵明便哼著小調，隨意在肩頭掛了兩個菜簍，等不及往田裡去。

就在他出門不久，來了一名紫衣童子，領著三四名隨從到陶家。

如今陶家已經不復往日體面，大門只用蓬草、艾蒿，和幾塊木板修修補補，勉強編出一扇五尺高，可以隔絕內外的門板。倒是過去那兩片腐朽的木門板被棄置在旁，任由白蟻等蟲蛀蝕得看不出門的形狀了。

此時距離陶淵明辭官，已相隔十餘年。

十年之間，陶家田地越薄越少，沒有臨溪的沃地，更沒有像樣的宅院，一家大小全擠在院中的三四間草廬過活。

「陶大人在嗎？」九歲的陸修靜觀察許久，終於決定敲門了。他小心翼翼地拍打陶家已脆裂的大門，一再問道：「有人在嗎？」

敲了半晌，都未見有人，他探了探腦袋，不顧一切地，直直地，走入陶家廳堂大喊：「有陶家的人在嗎？」

「我就是。」有名六七歲大的童子出現。

陸修靜看了眼前高度比他更矮一截的孩子，別無選擇地說：「你好，我是東林寺來的陸修靜，想見陶淵明大人。」

「爺爺不在。」小童明快地回答。

「陶大人上哪兒了？」

「我怎麼知道。」

「請你務必告訴我，我有要事相告。」

「什麼事你說，我會幫你轉達。」

「謝謝你，不過我得親自通知陶大人，如果他在家，請務必見我一面。」

「都說我爺爺不在了，你還囉嗦什麼。更何況我爺爺為什麼非見你不可，我爺爺是個大人物，他可是連刺史大人都見不到的！」就在陶家小童對陸修靜說大話的時候，陶淵明正好背著一籮筐的芋頭回來。

陸修靜認得他，立即喊住：「陶大人請留步！」

陶淵明停下腳步，看了看陸修靜，覺得這孩子有點面熟，可又想不起是誰家的孩子。

「我是東林寺的陸修靜，想請大人借一步說話。」陸修靜恭敬地道。

「這裡沒有外人，直說無妨。」陶淵明放下菜簍說。

「此事不適合我倆之外的人知道。」陸修靜又開口。

「你隨我到柴房那兒吧。」陶淵明雖然不覺得有什麼大事，卻還是揮了揮手，先讓孫子陶漣離開，再領陸修靜到柴房前。

這下子陸修靜才終於開口：「大和尚請陶大人到東林寺一敘。」

陶淵明提了斧頭，又撿了幾塊柴。聽陸修靜這麼說，只淡淡地回應：「你回去吧，就說是我去了不習慣就好。」

「所以你不去嗎？」陸修靜不解。

陶淵明正專心挑選木材，然後依粗細、長短，濕的或乾的，分別擺著。

又過了半晌，陸修靜等不到陶淵明回答，又問：「老和尚想聽你彈琴，可否請你上山呢？」

陸修靜走到淵明身邊，由下往上雙眼直盯著陶淵明，再說一次：「老和尚想要請陶大人到東林寺一敘。」

陶淵明見這孩子不讓他做事，本想將他揮去，但他認真看了陸修靜一眼，卻見他目光靈敏而清澈，不像是個頑固的普通孩子，便說：「今日大和尚怎麼派你這個小孩過來？」

「因為老和尚要離開了？」

「離開東林寺？」

「是的。」

「去哪兒呢？」

「佛祖那兒。」陸修靜回答。

陶淵明聽了，停下手邊的動作，向陸修靜確認：「老和尚可是要圓寂了？」

陸修靜深吸了一口氣，點點頭。

「我換件衣服，就隨你上去。」陶淵明說。

「老和尚交代，今日天色不早了，陶大人若不願在東林寺留宿，明天再上山也不遲。」

「那你告訴大和尚，我明天上去。」

回到隱居之初，陶家曾有三間宅院十多處田地，這些產業多位於廬山腳下，唯有一塊菜畦落在東林寺後，緊鄰著慧遠起居的房間。只是陶家雖然擁有這塊土地，但是陶淵明本性對於親近佛道沒有興趣，多年來僅簡單種些蔬果，每日耕耘完畢就下山，從不入東林寺，也不在田中結廬。

慧遠雖然很少見到陶淵明，卻天天能看見他種植的蔬果。

幾年前，慧遠在廬山成立了白蓮社，遠近的文人隱士莫不共襄盛舉，唯有陶淵明不為所動。於是慧遠讓劉遺民至陶家，力邀陶淵明入社。

「遠公請你入社。」劉遺民說。

「不了。」

「為何不願意？」

「我嗜酒，但寺中不能喝酒。」

「遠公准你帶酒。」

「那我就去吧。」陶淵明回答。

他隨劉遺民到廬山上入社，只參加了這麼一次，便不再去。

於是劉遺民又問：「為何不再參加呢？」

「寺中沒有人陪我一起喝酒，多無趣啊。」陶淵明把話說完，便醉倒了。

往後，無論慧遠再請誰來邀請，陶淵明都一概婉拒。直到近日，慧遠找了一名十歲孩童陸修靜，再度來陶家邀請入寺，才請來陶淵明。

陶淵明遵照與陸修靜的承諾，一早就到東林寺拜訪遠公。當門僧將他領至慧遠的房門時，陸修靜早已站在慧遠房內。

「陶大人早。」陸修靜開口。

「大和尚。」陶淵明看向慧遠，並朝陸修靜點頭。

「陶居士今日上山，可好？」

「一切都好。」陶淵明回答。

「最近可有見到寺虎？」

「最近沒有見到老虎，也沒有聽見老虎的聲音。」

「我最近也沒有見到牠，但是卻常聽見牠的聲音啊。」慧遠道。

「找我上來，是為了問老虎的事情嗎？」

「是說老虎的事，也是說你的事。」

「近日沒有見到老虎，便是我所知道的全部了。」

慧遠聽了，笑道：「當年牠只是一隻被村夫撿到的虎子，如今卻已經是成年的猛虎了，年幼時虎子體弱，為人所欺負，卻常出現在人的前面。長大後，老虎力大無窮，卻不再出現於人的面前了。」

「那是老和尚慈悲呢。用一塊廟產向村人交換虎子，留給了牠一條命又養育了牠。」陸修靜搶道。

「虎子乃虎母所生，兒時雖食寺中米漿，即長就自行狩獵於山中。其命既非我所生，亦非我所養，牠的一切都在這天地之間，隨自然而往。」慧遠回答。

「也是。」陸修靜答道。

陶淵明則說：「原本與生俱來只有口腹之欲的老虎，你卻讓牠識得人世間的情情念念，這不是違反自然了嗎？」

「陶居士小看自然了。」

「咦，到底什麼才是自然？」陸修靜問道。

「你既然萌生了問題，我就會回答你，但是這不是一時片刻能說完的。往後我能告訴你的，陶居士一樣能告訴你。」

慧遠對陸修靜說完，再對陶淵明說：「我今日找你來，是想為此虎找一位有緣人。近日牠感應我即將離去，嘯聲之中越見哀戚，你若與此虎有緣，自然能明白牠的感情。」

「我若與牠有緣，往後自然會遇上。」

「如此便好。」

「既然老虎的事說完了，還有什麼關於我的事呢？」

「你我相識不多，只是我見你身處田園，卻猶如在林野之間。」

「大和尚，為何如此說？」陶淵明有點困惑。

「你可識得自己的眼睛？」慧遠問。

「淵明從不攬鏡。」陶淵明毫無猶豫地回答。

「你可識得自己的耳朵？」慧遠又問。

「淵明看不見自己的耳朵。」

「你可識得自己的鼻子？」

「能見到一點。」

「你可識得自己的唇舌？」

陶淵明不自覺地用舌頭添了舔上下唇，然後答道：「不識得。」

最後慧遠再問：「你可識得自己的心了？」

「心又豈能用看的。」

「所謂的『識』，不只是用眼睛看見而已。你應知識字要用紙筆，識理需要學習，識道則要身體力行。」慧遠道。

「嗯。」陶淵明點頭。

「我識得你眼睛，見裡頭有殘存的肅殺之氣。我識得你耳朵，但是我不知道你是否還需要它。我識得你的鼻，呼吸著田園的氣息。我識得你的唇舌，知道他們為酒貪而嗔痴。我識得你的心，但是你的心不識得你自己。」

「因為我心裡有一把劍嗎？」陶淵明道。

討伐桓玄的時候，他涉入了戰場，曾經一度陷得很深，直到現在，有時候陶淵明還是常感覺，那把劍突然地就握在他的手中。

「你試著揮動它看看。」

陶淵明聽完起身，雙手伸於面前，彷彿握劍的姿勢。接下來他在室內隨意揮舞了一陣，才又停了下來。說道：

「劍似乎鈍了。和左腳的傷有關。」

「你的氣息亂了。」

「我再試一次。」

「不要在意形體，」慧遠看了淵明的動作，再道：「因為耕作，生命的韻律已經與自然冥契，你不該再執著於以前習武的節奏，那股劍氣並不適合你。」

「真是束手無策呀。」陶淵明呼出一大口氣。

「你可知道自己曾經捲虬的狂髮，漸漸為風吹直了？」慧遠再勸：「只要是劍，終有鏽蝕的一天。」

陶淵明甩了甩手，嘆道：「我放不開它。」

「但你可以讓它沒有重量。」

「可能還要多練習。」陶淵明搔了搔頭，又說：「還以為今天大和尚是要對我交代……」陶淵明難得詞窮了。

「你是說圓寂的事嗎？」慧遠笑道：「無妨，還有好一陣子。」

陶淵明尷尬地笑一笑，不再說話。

兩人對話告一段落，僧人上來添茶，詢問是否擺上素菜。原來午膳的時間也到了。房門外，池塘荷葉參差於水面，交疊出陽光的影子。

午間品茗，陶淵明嚐了一口道：「昨日這位童子說，大和尚想聽我彈琴。」

「彈琴啊。」慧遠笑了笑，沒有回答是或否。這讓陶淵明注意到，站在慧遠身後的陸修靜悄悄地低下頭。

「修靜，你最近字寫得如何？」

「回住持。前幾日，見山下一名老者，字寫得極好。我站在他身旁許久，才知道他兩眼全盲了。」

「能用心寫字，實屬不易。」慧遠道。

陶淵明看了慧遠與陸修靜的舉動，心裡自然明白了，看來沒交待彈琴的事。他見慧遠並不拆穿，也不與小童過不去，只說：「我想佛門是清靜之地，儘管家中有琴，也不好帶來。」

「素琴無弦，世間唯有陶居士能奏。」慧遠稱讚道。

「陶大人的琴沒有弦，也就是以心彈琴了。」陸修靜插話道。

「你多話了。」慧遠道。

「撫素琴，並無什麼。」陶淵明道：「我心裡的琴，現在帶來了。」

陶淵明盤腿而坐，眼神俯視低處，揮袖撫弄，彷彿放置了一把琴在髀股間。此時四周靜謐，既無曲目，也不見弦音，然而由淵明專注的神情，彷彿真有鳴琴臨場。這樣的一把琴，適合給每一個人彈奏，適合讓每一個人聆聽。

曲目不必言說，各自了然於胸，琴音也臻至理想。

當這把琴演奏的同時，世上無琴。

演奏結束。慧遠邀陶淵明到院落散步，陸修靜緊隨其後，三人停在一塊刻有〈萬佛影銘〉的石碑前。這是慧遠所作的五首銘文，陶淵明讀了，覺得甚有意思，他雖不懂佛理，卻也依自己的意思，當場寫下一首〈形贈影〉呼應：

天地長不沒，山川無改時。
草木得常理，霜露榮悴之。
謂人最靈智，獨復不如茲。
適見在世中，奄去靡歸期。
奚覺無一人，親識豈相思。
但餘平生物，舉目情悽洏。
我無騰化術，必爾不復疑。
願君取君言，得酒莫苟辭。

慧遠讓人拿去抄錄一份，之後再讓陸修靜把詩還給陶淵明。陶淵明回家後，覺得一首不能盡興，又作了另外兩首〈影答形〉與〈神釋〉，並自行抄錄了一份，請陸修靜帶回東林寺。慧遠見了這兩首詩，同樣沒有多說什麼，只是命僧人收好。但這已是後話了。

就在〈萬佛影銘〉石碑旁的草坪上，放有一個裝著半分水的陶碗。

陸修靜已經注意這只陶碗很久了。

他出身於孫吳名門陸氏，家境富裕，世代信奉五斗米道。當初他的母親因夢見普賢菩薩的坐騎六牙白象，以長鼻噴水，洗滌病弱的兒子身體，即交由東林寺撫養。陸修靜的母親，每隔一段時間就會來東林寺看他，另外也留下幾名奴僕隨侍。只是他的母親前陣子開始不再來了。聽奴僕說，大人是病了。

陸修靜因為自小在東林寺長大，所以這東林寺上上下下裡裡外外的一草一木，哪個角落有什麼，放著什麼東西，做什麼用途，他都知道。

唯獨這只陶碗，他不知道這個碗為何會在這裡，不懂這個碗有什麼用途。這個疑惑在他心裡很久了，於是趁陶大人在的時候，問慧遠住持：

「為什麼要把這個碗放在這裡？」

「裝著水的碗，你把他放在屋內，很快就乾了，但放在屋外，任太陽照耀，卻可能常保此水。你知道為什麼嗎？」慧遠的話，看似回答，卻又像是另一個問題，讓一向反應機靈的陸修靜，也迷惘起來。

陶淵明蹲下身來，仔細看著這只陶碗。這只陶碗長年放在外頭，外緣已長了青苔，但中間積水處，表層卻依舊光滑乾淨。

陸修靜自知答不出來，就反問陶淵明：

「陶大人可看出這陶碗有什麼問題？」

既然有人問了，陶淵明不妨回答：「放在屋內的碗，如果沒有人刻意倒水進去，水自然會隨著時間蒸散。然而外頭的碗，雖然受到日曬風乾，水看似蒸散得更快，然而也正因為在晴空下，而有了盛雨水的機會。所以碗裡的水，或許有時多，有時少，有時也許真的完全乾涸了，但卻不是都沒有水的。」

「我知道了！碗只要放在自然之中，就是一座湖！」陸修靜懂了，立刻又搶著回答。

「修靜，你又多話了。」

慧遠偕陶淵明逛了一圈東林寺，當然陸修靜自動跟著。三人走著走著竟不知不覺繞出了東林寺，談笑之間走過了虎溪，此時林間傳來一陣陣猛虎的叫聲，三人都仔細聽到了。

陸修靜聽見虎嘯，慌忙叫道：「大和尚越過虎溪了，大和尚越過虎溪了！」

慧遠與陶淵明，見陸修靜如此可愛，一時都忍不住笑了。

原來慧遠居於廬山三十多年來，送客從不過虎溪，此為人所共知，這讓陸修靜一時之間不知道該如何是好。

這時慧遠回頭看著整座東林寺，說道：「建廟之始，是靠一位刺史大人桓伊相助。他助我建寺，是寄望自己能為後世記得，但是往後大家只會記得此寺，而不會記得他。對此你可有什麼看法？」

「也許他是想積累來世的福報。」陸修靜搶在陶淵明前面回答。

慧遠沒料道陸修靜會插話，便回覆他：「既是『積』又是『累』，如此圖謀，終究不得輕鬆。」

「淵明過去曾聽聞道教是為今生煉丹，佛家是為來生修福。只是一直未有機會向大和尚請教這句話。」陶淵明說。

「因為精神不滅，固有輪迴，可是人既生於今生今世，就有今生今世該做的事。只為了來世而修行，將使得世世做任何事，皆為了來世、等待來世，不過是徒勞，陷入迷途而不知返了。」

「今世比來世重要嗎？」陸修靜若有所思道。

慧遠不回答陸修靜，反而問陶淵明：「陶居士可想過自己今世為何而來？又為何隱居？」

「天生萬物，所以生人。而人在這天地之間，就像是草在世間，天地之間有風，所以風行而草偃。而人生活在田畝之中，則為稻禾所偃；生活在山林之中，則為林木所偃；生活於官場之中，則為人情財氣所偃。今日淵明遠離官場而就自然，心中只存有這種想法。」

「大地既會生草，亦會生木，而強風之中，依然會有屹立不倒之木，你又何必執著於此，偃於人世之間。」

「我生長在自然之中，一切聽任自然。」

「你又知道何為自然？」

「我聽不到自然，但像是我田裡的稻禾，就能聽任自然。自然給稻禾風，自然給稻禾水，如果稻禾得生，則我得生；稻禾得死，則我得死。」

「所以你追求的是生，還是死？」陸修靜好奇道。

「我將自己寄託在自然之中，自然綿延不絕，我也綿延不絕。自然消散了，我也就消散了。」

#【卷七】江州刺史

情通萬里外　形跡滯江山

尋陽縣城位於長江南岸，鄰近許多渠道縱橫交錯，匯入東南方的大澤——彭蠡湖。

位在尋陽以南不遠地方，有一座佛教鼎盛的廬山，山中東林寺有位名僧慧遠。此外還有不少高士，尤其是人稱尋陽三隱的陶淵明、周續之、劉遺民。

義熙六年，王弘初次追剿盧循失利，領兵逃至尋陽。他親自登臨廬山觀長江地勢，全力為進兵佈局做準備，並順道拜訪高僧慧遠。

「大殿裡點燈祈福者是何人？」慧遠詢問身邊的小沙彌。

「寧遠將軍王弘大人。」小沙彌笑答。

「何事開心？」

「有桃子，將軍大人帶來好多桃子。」

「哦？」慧遠莞爾道：「請他進來吧。」

不一會兒，一名面目清朗、蓄著短鬍的年輕男子，恭敬地走進慧遠的房內道：「在下王弘，久仰遠公大名！」

慧遠眉眼之間流露善意，緩緩開口：「王將軍請坐。」

「多謝遠公。」王弘中氣十足地回答。

「王將軍今日上山可好？」

「一切都好，只是弟子初來乍道，對江州、廬山皆不熟悉，不知遠公可否給晚生一些指點？」

「既然是剛到此地，多方走走便好。」

「弟子一見廬山，便覺可愛。只是這江州之廣、匡廬之大，總是不能盡覽，不知這樣的遺憾，遠公可有解？」

「不妨找個能幫你帶路的人。」慧遠意味深長地説道。

「但求遠公指點。」

「王將軍可曾聽過廬山下有位姓陶的隱者？」慧遠合掌問道。

「弟子未曾聽聞此人。」王弘答道。

慧遠先點了一個頭，輕聲解釋：「此人世居尋陽，王將軍若能見之，則江州之廣、匡廬之大，亦可一覽矣。」

「多謝遠公。」王弘十分歡欣。

慧遠見他眼神懇切，在他離去之前，邀請道：「貧僧知曉不遠處，有一地方風景甚佳，不知王將軍可有興致？」

「弟子願隨遠公前往。」

慧遠帶王弘到一處大岩磐。只是慧遠年事已高，難以登臨。他讓王弘獨自攀到石上，示意王弘眺望遠處的長江渡口看得越遠越好。只是王弘心繫公務，無法任意徜徉，這時卻聽慧遠說道：

「往後你會見到比江州更廣，比匡廬更大的世界，只是這些都是急不得的。」

「弟子明白了。」

之後，慧遠偕王弘回到寺內用膳。

隔天探子上報盧循已向尋陽攻來，辭別慧遠後，王弘即拔營離開尋陽。

數年後的義熙十四年，王弘再次登臨當年慧遠帶他攀爬的這塊大岩石。不過這次他卻是以江州刺史的身份，重新來到尋陽。

廬山一帶地勢奇崛，遠眺可盡覽江州東面一半的境域，軍事上有助於瞭解江州要塞，景色上更是秀麗非凡。歷來達官貴吏途經尋陽，不約而同前往廬山，既可一覽山川，又能拜訪隱於山澗的高僧名士。

王弘站在大石上，感受自長江直吹而上的強風。當初戰敗逃難的他，從未想過眼前的這片疆土，有天竟會成為他治下的領地。祭拜慧遠的墓塔後，王弘即離開東林寺，途中想起了當年慧遠提過的那位陶姓隱士。他向身邊的當地官員打探消息，得知慧遠所指的，是隱於柴桑南村的陶淵明。

於是，找來一些人，仔細聽取了有關於陶淵明隱居的來龍去脈。據說就在陶淵明隱居柴桑的那年，建威將軍劉敬宣上表給鎮軍將軍劉裕，表示自己無功不受祿，執意於三月辭去江州刺史一職。而在劉敬宣手下擔任參軍的陶淵明，也隨之辭去職務。

某日劉敬宣將軍於惜別宴上，曾詢問陶參軍是否願意繼續追隨他，卻得到一個令人意外的答案。

「聊欲弦歌，以為三徑之資，可乎？」陶淵明回答。

劉敬宣是位飽讀詩書的大將，一聽就知道陶淵明已委婉地拒絕，同時，他更明白陶淵明的另一層意思。由於不忍這樣的人才被埋沒，便順從淵明的要求，為他覓得一個在尋陽東北方，距離柴桑不逾百里的彭澤縣，讓他擔任縣令以餬口。

只是陶淵明中秋才剛上任，不到年底，就以妹喪為由，解官而去。

等陶家喪期一過，馬上有官府的人前來拜訪，想請他出來擔任官職，卻被陶淵明毫不猶豫地拒絕了。

陶淵明歸田之後，遇到第一位上任的江州刺史，便是何無忌。何無忌對於禮佛之事並不熱衷，對文士之間酣觴賦詩的風雅更是不感興趣，他認為生於戰亂之世，唯有練兵保衛家園，才是一個人真正該有的真才實學。

因此除了何夫人曾經帶自家的女兒，到過廬山各佛寺為何家燒香祈福外，何無忌於五年的任內，只到過廬山一次。儘管是那麼唯一的一次，但也讓一群廬山附近託假隱之名，行求官之實的文人引頸期盼，各自在家準備一番長篇大論的道理，好說服刺史自己為何而隱。然而這些覬覦官職的偽隱士，等到的只是何無忌弄性尚氣的樣子，不但對慧遠毫不禮遇，即使是登臨名勝觀遠樓，也是躁進躁出。這種來去匆匆的模樣，反映了他對禮賢下士這種拖沓的事情，全然沒有興趣，也讓這些假隱於廬山的文人，明白心中的盤算終究是落空了。

只是何無忌雖不近人情，但在擔任江州刺史的這段期間，將江州一帶守護得極好，所以陶淵明隱居的前五年，才方得以安安靜靜地享受理想中的耕讀生活，故而寫了〈讀山海經〉這樣的詩句：

孟夏草木長，遶屋樹扶疏。
眾鳥欣有託，吾亦愛吾廬。
既耕亦已種，時還讀我書。
窮巷隔深轍，頗迴故人車。
歡然酌春酒，摘我園中蔬。

微雨從東來，好風與之俱。
汎覽周王傳，流觀山海圖。
俯仰終宇宙，不樂復何如？

然而好景不長，五年之後，盧循領軍從南海席捲而來，為禍江州南界。因此，正當任上的何無忌便出兵討伐，卻因為大意輕敵，誤落盧循和徐道覆的埋伏，義勇戰死於豫章南方的大河之上。

何無忌死後，朝廷急命車騎中軍司馬庾悅為江州刺史，抵擋盧循。庾悅個性謹慎，以鄱陽太守虞丘為先鋒，屢破盧循兵馬，重新奪回豫章，再切斷盧循糧道。但也因此，盧循轉而佔據尋陽，將近一年的戰亂，導致陶淵明的田地幾乎全毀，左腳也因此不良於行。可以斷言，庾悅是間接給陶淵明帶來最大痛苦的一位江州刺史，雖說他們之間根本不認識。

再說庾悅的刺史之職，最終卻被劉毅蠻橫搶走。

原來劉毅當年還很貧困的時候，一次看庾悅吃鵝，請庾悅分點鵝肉給他，但庾悅不答應，還出言譏諷，劉毅便因此懷恨在心。劉毅因曾經擊敗桓玄，所以對自己帶兵打仗的本領極為自信，但是卻屢次敗在盧循手下，難堪到自請降職。但在盧循之亂平定後，重獲朝廷重用，因此故態復萌，整治過去與他結怨的庾悅，更命令部將趙恢，將庾悅在尋陽官府中的三千名文武官員，收編為自己的部屬，引發了尋陽城中不小的動盪，庾悅更因此屈辱致死，從此劉毅兼領江州刺史。

此事發生在尋陽，本該為陶淵明所關注，只是同年秋天，陶淵明的從弟敬遠過世，陶家忙於治喪，又忙於遷居，所以陶淵明沒有對此事有任何評論。

然而，陶淵明的知名卻被劉毅注意到了。

當劉毅被庾悅黨羽，以及一些尋陽在地人所咒罵的時候，便有尋陽太守董緯之向他建言。說是請劉毅禮遇當地賢隱陶淵明，若能請到他出仕，對劉毅在尋陽地方的聲望，會有很大幫助。

很快地劉毅便採納了董緯之的建言，派人至陶淵明家，請他出仕。

劉毅的使者第一次到了陶淵明的舊宅，說要找他出來任官，卻被告知陶淵明已遷移至新居，於是又到陶家新居說要找陶淵明，卻又得到陶淵明人在舊居的答覆。這名使者一怒之下，便將劉毅聘官的禮品，擺在陶淵明的新居，對陶家看門的童子說：「劉大將軍要聘你家主子陶先生出仕，這些是送給陶先生的美酒。十月初三，請陶先生務必至州府上任。」

使者宣諭完畢，差人放下數十甕酒，便風塵僕僕離開了陶家。

午後陶淵明自田中返家，得知此事後，即刻差人將這些酒送回江州府衙。當劉毅得知陶淵明不願意出仕後，面子更掛不住，氣得將送回來的酒甕全部打碎，並遷怒於尋陽太守董緯之。

董緯之被劉毅叫來訓斥，為平息劉毅怒氣，便將說服陶淵明的事情攬在身上。他一回到縣府，就派了一名曹主簿，到陶淵明家說項。

被太守派來的曹主簿，一見到陶淵明便說：「陶先生為何不願接受刺史大人的美意，真是可惜了這個位置。」

「元亮安於目前的生活，又何來可惜。」

「陶先生一家二三十口人，無一不是要張口吃飯，區區幾塊薄田，又怎會足夠？如今既得罪刺史大人，又賠了這麼多的好酒。不冤嗎？」

陶淵明聽了笑道：「陶家雖缺酒，卻不缺刺史大人的酒。」

「那麼，由我府上董大人給您備酒可好？」

陶淵明見曹主簿聽不懂自己的話，呵呵笑道：「足矣足矣，陶家的酒現在都夠了，全都很夠了。」

曹主簿去後，回稟董太守便說：「今日，屬下看陶淵明說話反反覆覆，這般顛三倒四的模樣，太守大人若真保薦他，將來也是會出大事的。不如就按目前局勢，順水推舟，讓劉將軍死了心吧。」

董太守聽完曹主簿的看法後，便去面見劉毅，先說陶淵明多年務農下來，於政務早已生疏，甚至整個人的外表也因勞動而變得十分不體面；二來則另外推舉了一位隱居廬山的清白少年，擔任劉毅的參軍。

此事告一段落後，劉毅不出三個月就轉任荊州刺史，並野心勃勃地向朝廷請求兼督荊州、寧州、秦州、雍州。朝廷允許後，劉毅卻不滿足，再請求兼督廣州、交州，並持續在江州、豫州、兗州收買人心。

最後終於讓太尉劉裕忍無可忍，網羅了一個殺頭的罪名扣到劉毅身上，派出大軍圍剿，將其逼死於牛牧寺中。

劉毅之後的五、六年間，江州前後還來了三名刺史，前者是極為年輕的孟懷玉，可惜孟氏還未有作為，即暴斃於任上，死時方過而立之年。

於孟懷玉之後的繼任者為劉柳。當時顏延之為劉柳的後軍功曹，一同鎮守尋陽，因此結識了陶淵明，成為忘年之交。劉柳自然多次從顏延之口中，聽聞到這位柴桑隱士的事蹟。原本劉柳亦對陶淵明極富興趣，更有徵召起用的想法，畢竟他與歷任江州刺史比起來，算是文職出身，亦以專研《老子》而聞名，相較於武人而言，更喜於親近像陶淵明這樣的讀書人。所以他便慎重其事，招來顏延之，想問清楚陶淵明究竟是怎樣的一個人時，卻因顏延之無意間提到一件事，讓他相當不以為然：

「陶淵明曾撰文自喻為五柳先生，文中以閑靜少言，不慕榮利，好讀書，不求甚解聊以自況，實有大隱風範。」

怎知劉柳一聽惱道：「連讀書都讀不仔細的人，還有做什麼事情會仔細！」往後，陶淵明自然也不為劉柳所重了。

事過半年，劉柳便卒於任上。

之後繼任的刺使便是檀韶，他是陶淵明的舊識，兩人曾一同在劉裕帳下為參軍。當檀韶接任江州刺史後，很快就想起陶淵明這個人，想到當年他為求一個文職，而辭去與自己同等的參軍職務，那時雖不齒他，認為他已經不是個武人了。不過或許是年紀大了，歷練多了，現在檀韶卻惦記起過去相處的好，便來探訪陶淵明。

當日檀韶雖沒有見著陶淵明，卻見著了陶家的宅院，並驚見陶家的落魄。於是回到州府內左思右想之後，很快就派人來找陶淵明出來擔任他的參軍，只是陶淵明一直沒有接受。

檀韶不死心，之後又一再派人至陶家勸説，三不五時就到陶家外頭宣令。陶淵明深知檀韶個性，便見了來使。

使者問陶淵明：「為何不願出仕參軍？」

陶淵明則答：「參軍並非我所能。」
又過幾日，使者又來問：「武官不能，為督郵可否？」
陶淵明答道：「督郵亦非我所能。」
再過幾日，檀韶的使者又來問道：「督郵不能，縣令可否？」
陶淵明拒絕道：「縣令亦非我所能。」
半年之後，檀韶在江州城北設立學校，再次遣人至陶家問道：「刺史大人想請陶先生為江州學子講課。」
無奈陶淵明再次拒絕道：「授業非我所能也。」。
又過一段時間，使者再來問道：「授業不行，請陶先生校書可否？」
陶淵明依然推辭道：「校書亦非我所能啊！」
後來又這樣來來回回地拒絕幾次，時間一久，陶淵明沒有出仕，倒是他身邊的好友周續之、祖企、謝夷景都至檀韶身邊任官了。
王弘聽聞了這些有關陶淵明的事蹟之後，深覺興味盎然，對身旁的人吩咐道：「改日若經柴桑，務必至陶家拜訪。」
過了一些時間，王弘果因公務來到柴桑，才瞭解到環繞在廬山北面的，是尋陽縣城，而座落廬山東方的即是彭蠡湖，而得天獨厚的柴桑，便是位於這尋陽城之旁，其餘三面也就是長江、廬山與彭蠡湖。儘管地勢平緩而開闊，卻終年為雲霧所繚繞，有著與一般地方不同的靈氣。尤其這裡格外幽靜而和諧的田園景致，教王弘留下深刻的印象，對於陶淵明所處的村莊更是嚮往。

可惜之後王弘三次去拜訪陶淵明，都不得其門而入。

第一次，王弘自廬山過柴桑，留宿於鎮上，先遣人至陶家，卻只得了一個陶淵明正醉酒酣睡的說法。

王弘不介意，便驅車前往陶家，等待陶淵明酒醒。王弘候於馬車內，其使者則入陶家廳中，聞陶淵明鼾聲大作，時值白晝，等候的使者也不免搖頭。

據陶家鄰居所言，王弘等了一整天，直到日落時分，才不捨離去。

第二次，王弘至柴桑，再遣人至陶家，得知陶淵明正忙於農務。於是王弘問陶家的小僕道：「可知陶先生往何處去？」

「在田裡插秧。」小僕回答。

「先生的田地又在何處？」王弘問。

小僕立刻舉起手來，指了一個沒有道路的方向，王弘立刻派了大批的部從去尋找，陶淵明卻是杳然無蹤。

眾人直至天黑都未能找到陶淵明，亦不見他回家。

第三次，王弘在廬山上參佛，一連留宿五日，差人至陶家，欲與陶淵明約定一個時間見面。卻得到陶淵明近日臥病在床，難以見客的答覆。

王弘心想，生病那必然在家養病了，不如我即刻登門拜訪慰問，雖不中，亦不遠已了。

然而等到王弘穿戴好衣冠，正準備下山前往陶家的時候，竟有快馬來到，說是太尉劉裕派來的使者，急見王弘，有要事交代。於是也只能急忙趕回府邸，再次錯失與陶淵明見面的機會。

王弘多次拜訪陶淵明，皆求見不遂，心中很是苦悶。

此時，在他的部屬之中，有位姓龐的主簿龐通之，自稱是陶淵明的鄰家舊識，便告訴了王弘一個見到陶淵明的好方法。而王弘聽了之後十分歡心，認為可行，便讓龐主簿趕快去辦。

龐主簿回到故里後，先是在尋陽城中，買下數罈上好的美酒運回柴桑，再約了幾位平日聚酒的伙伴，某日一起到廬山腳下的一處涼亭等候。

那日一到，龐主簿便讓家裡的孫子到陶家一探動靜。

約莫巳時，果然見陶淵明照例，坐著由兩個兒子陶俟與陶佚所抬的小轎子，出門要到廬山上去找藥師醫治左腳的舊疾。於是龐主簿和另一陶淵明的故友鄧治中，兩人騎著馬，先趕往栗里村一條通往廬山山腰必經的小徑上，在那裡等候陶淵明的轎子。不到一刻，就見陶家父子迎面而來。

「喫酒囉！」龐主簿刻意在經過陶淵明轎子時，大聲喊道。

「哪裡喫酒嘿？」陶淵明認出龐主簿的聲音，馬上掀起轎子的簾幕，探出頭來詢問道。

龐主簿立刻順著陶淵明的話，接道：「東皋溪邊的涼亭！」

於是陶淵明便對兒子道：「改去東皋溪！」

二兒子陶俟雖然知道父親嗜酒，但也不禁問道：「那爹腳疼怎麼辦？」

陶淵明拍了拍右股，開心道：「喝酒囉，腳不疼囉！」

就這樣陶淵明乘著兒子所抬的轎子，到了溪邊準備與朋友喝酒。

然而，就在大夥酒過數巡之後，突然從溪邊的竹林走出一位清俊的少年，雖作商旅打扮，卻又讓人感覺此人絕非僅此而已。陶淵明見他約莫三十歲上下，身上就已經有種難得一見的穩重氣質。

只見此人笑容滿面地走來，好不爽朗，背後由一群隨從簇擁，靠近幾位平日常與陶淵明一起喫酒的朋友，並對這群酒興正濃的前輩道：「在下江州刺史王弘，今日有幸與諸位隱士一同喫酒，可好？」

「刺史大人請坐。」龐主簿見之，立刻出聲要帶王弘入座。怎知王弘卻推辭道：

「我等陶先生開口。」

王弘與龐主簿對話的音量，不大不小，恰好是陶淵明可以聽清楚的程度。於是陶淵明也不故做聾啞，揮了揮衣袖，毫不矯情地說：

「大家快坐，要一起喫酒的，便一起坐著。」

「謝謝陶先生。」王弘隨即入座。

只是王弘雖然入座，卻也沒有機會立即與陶淵明說上一句話。幸虧王弘是個很有耐心的人，倒也不急做什麼，只是一直待在陶淵明身邊，跟著喝酒。散會前。陶淵明興致一來道：

「既然大家於山林幽徑偶然相遇，淵明就以楚調『怨詩行』，聊賦一首，紀念今次相會。」

龐主簿聽了欣喜，便道：「快為陶大人備妥紙墨！」

他心想，今兒個他設局讓王刺史與元亮見上一面，更能得見元亮親自賦詩，刺史大人肯定開心不已。

陶淵明立即揮就，落筆寫下〈怨詩楚調示龐主簿、鄧治中〉：

天道幽且遠，鬼神茫昧然。
結髮念善事，僶俛六九年。
弱冠逢世阻，始室喪其偏。
炎火屢焚如，螟蜮恣中田。
風雨縱橫至，收斂不盈廛。
夏日長抱飢，寒夜無被眠；
造夕思雞鳴，及晨願烏遷。
在己何怨天，離憂淒目前。
吁嗟身後名，於我若浮煙。
慷慨獨悲歌，鍾期信為賢。

此詩題目即指明寫給龐主簿，不但未有一句提到在場的王刺史，詩中對龐主簿這樣如鍾子期一般的知音更是讚譽。詩成之後，龐主簿面有難色道：

「我說，元亮，能否再寫一首贈給刺史大人？」

「淵明今日的才情，都獻給龐主簿了，興盡，興盡了。」陶淵明說完，便一副醉酒模樣，讓兩個兒子給抬上車轎。

一旁的王弘見了，微頷笑之，其實這點禮數小事，他自然沒放在心上。不過以「怨詩」為題，顯然陶淵明對龐主簿的設局，是有微詞的。王弘心裡想道，這陶淵明果真是位性情中人。

王弘府中的參軍輾轉得知陶淵明的態度後，找了機會勸王弘說：「鄉間野士故作風雅，大人又何必與他們喫酒浪費時間。」

「陶大人一身的酒香、書香、草香，待我細細品味。」

之後又有好幾次巧遇，王弘與陶淵明也越來越熟悉。王弘想，熟識之後，再邀陶淵明共飲，應該不會再被拒絕了。

往後有次，王弘自行來拜訪陶淵明，見陶淵明沒有穿鞋，便道：「我想差人給陶先生製履，可否勞煩先生舉足，給下人丈量？」

「無妨。」陶淵明說完，當著眾人的面伸出腳掌。

只是他的腳因為長期沒有鞋穿，又需要親自下田，所以不但有厚繭，更有許多密密麻麻的傷痕，其中左腳的腳背已因跛行而留有許多坑疤。於是王弘命左右僕人來為陶淵明洗淨雙腳，又讓自己隨行的醫生為他上藥。等候一切清理完畢，王弘再從隨從中，找出一位腳掌與陶淵明一樣大的人，讓他脫下自己的鞋子，先給陶淵明穿上。

這麼一來，等到下次王弘為陶淵明訂製的鞋子做好了，王弘再到陶家請陶淵明試履的時候，見到陶淵明腳掌光潔，已非昔日那般污臭的模樣。在場知道這件事情的人，無不感佩於王弘的細心，認為這是王弘心慈所致。

「農忙都還沒開始，所以腳才這麼乾淨。」陶淵明說。

然而，王弘與陶淵明越是熟識，越是羨慕起陶淵明這種放任自適的隱居生活。每天官場上有許多事情需要他處理。他也並非懶惰，只是有時候覺得，能無憂無慮地過著田園生活，似乎也挺不錯。於是就將陶淵明的一首詩掛在書房。每次站在這幅字前，親自唸過一遍，便覺得這田園裡的空氣都聚集過來了，一整個興味盎然，讓他暫時脫離了那種官場氛圍。

〈歸園田居〉其二

野外罕人事，窮巷寡輪鞅。
白日掩荊扉，虛室絕塵想。

時復墟曲中，披草共來往。
相見無雜言，但道桑麻長。
桑麻日已長，我土日已廣。
常恐霜霰至，零落同草莽。

「桑麻日已長，我土日已廣。不過是寫農忙，竟有逐鹿天下的豪氣。」王弘每唸一遍，都有不同的感觸，有時甚至會想，披草共來往，這一路是怎樣的感覺？相見無雜言，但道桑麻長，又都聊著什麼？危害農作的霜霰，又該如何預防？

陶詩讀久了，他更差人買了一塊方正的小田，就在陶淵明的田地旁邊，想親自體會下田耕種的感覺。見陶淵明種菜便種菜，見陶淵明種粳就種粳。每次他上廬山前，都會過去種作一日，由於小方田平日都是讓王家的家奴在看管，所以王弘來到田中既不需除草，也不需抓蟲，只要在田埂間散步，偶爾挽起袖子伸手端詳著他的作物。

「這稻子長得真快。」王弘說每次回來，都見田中的稻子又增高許多。

「刺史大人多久來一次。」鄰田的陶淵明問。

「一月一次，又或者三月兩次。」王弘回答，見陶淵明出現了，很是高興。

「如此疏於農事，才會覺得稻子長得快。」

「弘忙於公務，想常過來也不容易。所以才想隨陶先生隱居，專事農桑。」

原本頭戴斗笠，彎腰除草的陶淵明，抬頭看了這位年輕的刺史一眼，和他一樣，王弘也戴著斗笠，雙腳早脫了鞋子踏在淤泥上。他的表情始終誠懇，像是真的很認真地在說這件事。

「今日十分酷熱，刺史大人帶兵打仗的時候，可曾遇過這麼大的太陽？」

王弘也抬頭看看，好像有，又好像沒有。他只是感覺這片稻田，和戰場那種充滿肅殺之氣的地方完全不一樣。開戰前雖會注意天氣，但真的上戰場時，只會注意眼前的敵人。每一刻都得屏氣凝神，腳下踏的每一寸土地，根本都不是田地，而都是路。不管是在前去殺敵的路上，或者是走在戰敗逃亡的路上。

對武士而言根本不存在所謂的田園。

「喂，二楞子。」陶淵明見王弘發呆，叫了他一下。

「弘實在記不起來，是否在戰場上曾遇過這樣的天氣。」王弘搖頭道。

「種田可不能不注意天氣啊。」陶淵明說完便不再理他。

王弘見他不想再說下去，也不敢打擾，獨自在田裡四處巡視。突然看見陶家有一塊菜畦，想到這塊地，便是上次過來，見陶淵明在播種的那塊，於是嘆道：

「這菜熟得更快，上回不也才播下菜籽，這次卻已碩大可食了。」

「王刺史可有兒女？」陶淵明聽了，抬頭問王弘道。

「弘有一子三女。」

「是否覺得他們長得快？」

「長得很快啊。弘來到江州前，么女才剛產下，前日家中來信，竟已經能開口誦詩了。雖說未見到面，但尚可想像孩子的模樣。」

「那麼這些農作，亦如孩子。」

又有一次，王弘巡田不著官服，而學陶淵明粗布葛衣，並在頭上綁了一條藏青色的頭巾，扛著鋤頭，神氣十足地走在路上，後面的十多位隨從也作一樣的粗服打扮。附近的農家看見了，不免私下議論：「沒想到，柴桑出了個耕田縣令，現在又出了個耕田太守。」

王弘來到他的小方田裡，一見陶淵明也在隔壁，欣喜道：「這套衣服質料雖沒有官服柔軟，但是穿了也挺涼爽的。」

他見陶淵明沒有搭話，就獨自在田埂上來回行走。在他來來回回之際，涼風吹來，捲起他頭上垂下來的巾帶，飄飄然地擺動，胸前也當風開襟，好不舒爽。王弘喜不自勝，哼著村調走到陶淵明身邊說：「田野之間，好風如水，真叫人神清氣爽，看著額頭上的巾帶飛揚起來，彷彿回到了嚮往已久的上古先民時代。」

「農人圍頭巾，為的是防止大如米粒的汗水滑落，以免模糊視線，妨礙了工作。如今你沒有流汗，在那裡乘風吟歌。敢問你想像中的先民，也是如此嗎？」

王弘聽了有愧，不好意思回答，決定身體力行給陶淵明看。他立即將頭巾的巾帶紮實綁在後腦杓，當下捲起衣袖和褲管，並脫去皮靴，一腳踩進田裡，看看是否有雜草、害蟲讓他來剷除。只是他心思純淨如稚童，一腳踏進水田，便又驚呼道：「水田好涼啊！」

「可浸多高？」陶淵明聽了王弘的聲音，問道。

「腳踝以上，約莫四寸。」

「這引水的溝渠，是你挖的嗎？」陶淵明問道。

「這溝渠誰挖的？」王弘問身旁的隨侍。

「小人差人挖的。」隨侍回答。

「那麼以後由我來挖吧，你們別插手。」王弘道。

「是……」隨從們平日看刺史大人裝扮農人慣了，本以為是欲藉此刺探百姓消息，瞭解民情，但又何必真的親手去挖這些溝渠呢？內心雖不明白，卻還是順了刺史大人的命令。

王弘就又光著腳，學陶淵明，在水田裡踩踏許久，之後對陶淵明感嘆道：「水田中有細泥浸潤，炎炎夏日裡，反而沁人心脾。」

「水田裡走動，不是要讓你通體舒透的。走動會把雜蕪踩進水裡，還有讓水渾濁，就可以抑止雜蕪生長。此外水上下攪動，稻作的根，也較透氣。」陶淵明想起多年前，周督郵曾在這田裡教他種田的事，只是督郵也早已作古了。

陶淵明看著遠處藍天與綠野相間的地方，又道：「今日節氣正在夏末最後一日。時節將逐漸轉涼了，只怕初秋一到，我腳上長年的厚繭，又要在晨間勞動的水田裡凍開了。」

王弘一聽，便想起自己曾見過陶淵明那雙千瘡百孔的腳掌。他對陶淵明點點頭，說道：「晚輩領教了。」

即便陶淵明如此潑王弘冷水，王弘還是保有寬大的度量，全天陪著陶淵明耕作，直到夕陽落下，伸手不見五指的時候，才折返回鎮上。

數月之後，尋陽進入了冬季。

儘管長江是一條不結冰的大江，但是廬山頂峰的積雪，卻已深達一尺。又彭蠡湖的邊緣，還有尋陽一帶的小溪流上，都漂浮著大大小小的冰霜，此時此地，家家戶戶若非必要，是不會有人出門的。

但是在這隆冬時分，卻有一輛官府的馬車踏雪而過。此時村里的積雪不深，比較大塊的雪球多是錯落在路旁，還是有人能駕著車，讓自家的馬兒昂首闊步地拉著車篷子駛過。

鎮上有些孩子，悶在家裡就快要一整個冬天了，他們見到有馬車經過，都雀躍了起來，有些穿著暖裘的頑童，更是不顧一切，成群結夥地溜出來在地上打滾。這些兩頰紅通通的孩子們，開始循著這輛馬車在雪地裡留下的痕跡，一路跟到陶家。才知道原來是王刺史派人，送了幾塊巨大的火腿、數十甕酒、數十袋糧到陶家落魄的宅院。

陶家人見之，又驚又喜，若非有王刺史送來的這些東西，今年的冬天恐怕又是慘澹沒有著落了。

翟氏一面看著刺史送來的酒肉，一面聽龐主簿說道：「刺史大人因公務繁忙，不克前來，特派我過幾天後來給陶兄拜年。可我年節期間有事，開春之後得出一趟遠門，所以就提前將刺史大人的賀禮早早送過來。」

「看來天下人都知道我愛喝酒了。」陶淵明笑納了王弘送來的東西，不但不扭捏，還當場將一甕酒取來開封。

就這樣過了幾個月，陶淵明都不曾再見過王弘。

直到驚蟄的這天，王弘的馬車又出現了，這次他沒有穿著農服，也沒有穿官服，而是穿得像個書生的模樣，來到陶淵明的身邊。

此時陶淵明正待春耕播種，領著牛車辛勤地在田裡翻土。王弘沿著田埂，緩步走到他身邊微笑問道：

「陶先生近日可好？」

「很好。」陶淵明今天心情不錯。

「發現先生不在家中，就到這裡來尋你了。」

「驚蟄之後，田裡的事變多了，在家的時間恐怕是更少了。」

「大雨之後，身處田間，尤其舒服啊。」王弘依舊不改本色。

「大雨確實令人喜悅。」

「只是大雨亦能釀災不是？」王弘也擔憂道。

「春日雨水多，不是壞事。若在夏末多雨，恐怕就要將田裡的穗花給泡爛了。」

「只望來年，天公作美，佑江州百姓能有豐實的收穫。」王弘說完，向陶淵明告辭。幾天後他到陶淵明的田中，突然有感而發地對陶淵明說：

「弘亦不如歸去。」

王弘此話一出，旁人雖驚訝，卻都不敢妄動。倒是平日看似無憂無慮的陶淵明聽了，不笑反惱：

「天生萬物，本性各有不同。天下人應為官者為官，應務農者務農，各司其職，猶如鳥飛於天，魚游於水。人既行於地，走自己應當走的路即可。又何必羨慕飛鳥和游魚？」

「弘亦想耕田自足。」王弘慨然。

「牛則吃草，虎則嗜肉。自耕，不自耕，不過是適性而已。」陶淵明告誡。

「此話不然。陶先生之天性，又豈是適合耕作？」

「心之所嚮，而不是天賦所致。」

「那麼依陶先生之見，以弘的心性，應當如何？」王弘問。

「無違自然便好。」陶淵明回答。

只是王弘隱居的心不死，常至陶淵明的宅院與鄰田，嘗試一日農家的趣味。王弘每回到訪，必攜帶美酒過來，陶淵明見他過來也是喜歡的。只是王弘也能感受到，陶淵明雖教他耕作，卻不贊成他歸園田居，反而似乎是要他繼續當官，把自己應做的事做好。

「你自己當隱士，卻不要他當隱士？」顏延之對此不明白：「延之與陶兄相識多年，從來只見陶兄勸人退隱田園，何獨對王刺史例外？」

陶淵明聽了，笑道：「古人有言天下有道則仕，無道則隱。然而，亦有賢者任官，而不改其志者。」

「賢者？就憑那位整天在田中兒戲的王刺史？」

「王弘擔任江州刺史，練兵之餘，盡日遊歷名蹟勝景，熟知江州一帶情勢。他常登臨廬山，對於長江水域及地勢，無不瞭若指掌。又巡視田野的時候，目光有情，與村人野夫對談，則言語溫潤無架勢，因此能體察農民之苦，減省賦稅和勞役。是一位細心愛民的好官。」陶淵明回答。

「但是王弘追隨野心極大的劉裕，不就是認賊作父？」

「晉室偏安立國，功臣有二，護疆有長沙公陶侃，定制則有丞相王導。如今王弘乃王導之後，即使未來有大盜竊國之事，亦能不失其先祖的風範，成為一個有能力庇護百姓的人。」

顏延之聽了，便將陶淵明的話告訴龐通之，儘管不知道在王弘底下任事的龐主簿，是否有將這段話傳至王弘耳中。

隨著王弘的資歷增長，確實越加勤於政事，無論朝廷交辦他何種文職武職，全部使命必達。

與陶淵明相交的這段經歷，除了讓王弘更熟悉農家生活，也讓往後的他，對於土地與百姓，一直存有一份愛護之心。不過這一切都是潛移默化，王弘似乎並未意識到陶淵明對他的影響。

「你看這些稻穀高興，這些稻穀看到你也高興。」陶淵明笑道。

就像那年秋收前他們的對話，兩人的交情僅如此而已。

此外，還有一事與兩人有關，即王弘於江州刺史的任上，常透過龐主簿與陶家保有聯繫，尤其在陶淵明無酒，又或者翟氏無米之際伸出援手。正因為有龐主簿這位陶淵明的故舊代為穿針引線，方得以不讓陶家感到羞赧。

只是日後，在劉裕的眼中，像王弘這樣的人才，終究不該只待在江州刺史這個位置。再過幾年，隨著王弘職位晉升，龐主簿也隨之拔擢為參軍，並跟著王弘四處奔走。長久下來，也越來越少有機會回到柴桑。這對於陶淵明而言，龐主簿的離開，即是身邊再少一位相知的朋友。偶爾陶淵明也寫了贈與龐主簿的詩句，其中有一首〈答龐參軍〉開頭的序言就寫道：

三復來貺，欲罷不能。自爾鄰曲，冬春再交，款然良對，忽成舊遊。俗諺云：「數面成親舊」，況情過此者乎？人事好乖，便當語離；楊公所嘆，豈惟常悲。吾抱疾多年，不復為文，本既不豐，復老病繼之。輒依《周禮》往復之義，且為別後相思之資。

相知何必舊，傾蓋定前言。
有客賞我趣，每每顧林園。
談諧無俗調，所說聖人篇。
或有數斗酒，閑飲自歡然。
我實幽居士，無復東西緣。
物新人惟舊，弱毫夕所宣。
情通萬里外，形跡滯江山。
君其愛體素，來會在何年？

「我們不是當鄰居很久了嗎？還說什麼『數面成親舊』呀。這詩，分明是寫給王弘大人的吧！」

龐參軍收到詩之後，幾番端詳，自己萬不會是元亮的知己，而是王弘大人才對，他只是元亮和王弘大人之間一位幫襯的人物罷了。可是他又想到元亮和王弘大人，彼此貴賤懸隔，一者身在魏闕，一者身處田園，終究是難再有見面的機會了。想著想著不免也兩眼朦朧起來。

隔年晉室滅亡，王弘繼續待在劉裕所創建的大宋擔任重臣。只是他始終嚮往著隱居田野的生活，為此常常上書辭官，可惜這樣的請求，從未被劉裕批准。

倒是王弘每辭官一次，就又被劉裕升官一次。久而久之，竟然有人學起王弘，本想以退為進，不過反而丟了原先的官職，也不復為劉裕所用。

元嘉五年，天下大旱，曾親身躬耕田園的王弘，為此相當自責，認為當是朝廷的水利、糧倉做得不足，才導致災害，因而上表引咎辭職。但當時的皇帝宋文帝，念在王弘是平定徐羨之、傅亮及謝晦三位權臣的大功臣，自然也不准他辭退。

到了元嘉九年，這時陶淵明已過世五年了。王弘官至太保，並加領中書監，權傾天下，卻依舊不改彬彬有禮的個性。從此之後，他與檀道濟分居劉宋開國初期一文一武的最高職位。他的一生不僅為朝廷建立許多完善的制度，也切切實實為百姓做了很多有益的事情，直到最後也是死於任上。

唯一遺憾的是王弘自始至終，皆未能完成他年輕時隱居廬山的夢想。

【卷八】顏回之後

日月擲人去 有志不獲騁

時間回到義熙十二年。

晨間，前庭出現一叢叢恬淡的新色。春夏的百花都已凋淨，陶家籬內的菊色卻在今年初次綻放。零落飛起的鳥兒也在空中逐漸拉出一條優美的弧線，弧線的下方是陶家上京里的故宅，十年前遭逢祝融的遺墟褪去，如今重建於四周的草廬悄悄地挺立在豐收田園。

「陶家的爺爺，趕緊上龐家喫酒囉！龐大爺正等著哩！」幾名天真的孩童闖進陶家院子，朝宅內大喊。

屋內傳來應答的聲音：「來了嘿！」

小童得到宅裡的回覆，就一溜煙跑得不見蹤影。

不久，陶淵明蹣跚自宅裡步出，準備按往常一樣去龐主簿家喝酒，卻聽有陣馬蹄聲噠噠過來。

陶淵明一眼便認出這匹馬的主人，一刻也忍不住地高喊：「顏子，顏子啊，你可回來啦！」

「陶兄，就是我啊！我回來看你啦。」

「你可被我想回來了。」

「昨日路過尋陽辦事，今日就非來看你不可。」
「來來來，快進來。」
「陶兄，你猜我今天帶了什麼好酒。」
「你這大江南北跑的人，我可猜不著你又帶了什麼酒來。」
「陶兄，我今天給您帶來的是幾罈蜀地的蜜酒。」顏延之說完，神秘莫測地拿出了兩罈掛在馬上的好酒。
「這倒稀奇了，這酒呀，我還真沒聽過。」陶淵明大笑。
「別說是陶兄，我想這全江州，此刻認識這種酒的，恐怕除了我之外，找不出第二個了。嚐看看，我一位參軍好友自家釀製，香氣一般，味道卻是非同凡響！」顏延之興高采烈地搭上陶淵明的肩頭。
「好，好，好！」
兩人多年沒見，一相逢便大聲說話。翟氏聞聲而至，看到顏延之回來，也非常欣喜，連忙為兩人準備下酒菜。
廳內興致正高昂的時候，陶家又來了一批客人。
「老陶啊！我們都差孫兒來喊你這麼久了，怎就不見你來呀？」
「人不正閒在家中嗎？」龐主簿一進陶家院子就嚷嚷。

「是啊，陶大哥今日的動作，可比我們幾個都慢。」殷鐵笑道。

「今天的酒，可是我張家最美味的春釀了，陶兄怎能不捧場！」蓄著長鬍的張常侍也笑道。

大夥就這樣你一言我一語，熱熱鬧鬧地穿過陶家前院，沒料到更讓他們開心的還在後頭。

「原來是顏子回來啦，難怪啊！」

「我就說，邀老陶喝酒，豈有請第二遍的道理！」龐主簿一進門就見到顏延之，張常侍、羊長史、殷鐵，還有丁主簿緊隨在後，其中羊長史與殷鐵懷中，各抱著一大甕的酒。

「今天我老陶可是走什麼運啊，遠近的美酒通通都長了腳，跑來我跟前來了！」陶淵明笑得合不攏嘴。

眾人聽了，也莫不大笑。

在顏延之奉使尋陽的那年，彼此都住得不遠。如今卻已多年未見，當下人全擠在大廳坐成一圈，盡情喝酒。六個曾經無比要好的鄰友湊在一塊兒，沒有心機地喝著酒，暢所欲言。

「延之，你別看我們整天找老陶喝酒，這以後啊，要是老陶成了個大隱士，在隱逸傳裡添上一筆，那我等也青史留名啦。」羊長史說道。

「原來啊，真有你們的。」顏延之笑了。

「所以找我們老陶喝酒，一點也不吃虧呀。」丁主簿亦笑道。在眾人酒酣耳熱之際，龐主簿卻定了定神看向顏延之道：

「續之呢？今日怎麼沒跟你一起來。」

「人家現在可忙著當官哩。」顏延之回答。

「任官啊？去哪兒呀？」龐主簿帶著七八分醉意。

「在江州首府。」顏延之酣笑。

「還以為他去京師了。那他為何跑去城裡？」龐主簿又問。

「說是要講學傳道。」顏延之聳聳肩：「說這樣叫『通隱』。」

「什麼通隱，不就是被呼之即來，揮之即去嗎？」龐主簿道。

「還不就是去年曾被太尉劉裕招辟為太尉掾，世人都以為他很了不得。其實他是不敢赴任，怕哪天受政爭牽連砍頭，卻又成天拿招隱的太尉掾一職來說嘴。我看檀刺史就是這樣被他給騙了。」顏延之語帶嘲諷地說，他掩袖呵欠，疲倦的神情顯得有些睏了，畢竟趕了一天路。

「真想問他，嘴巴淨是說些什麼古聖先賢之道。」龐主簿再問顏延之，只是這次他沒把話說完，就醉得趴在桌上，呼呼大睡起來。

反而是一旁微醺的陶淵明，接續龐主簿的話，向顏延之問道：「古聖先賢之道他可會說？認識多年，我還不知道他會講學呢？」

「其實也不過到檀韶手下教授詩書罷了。」

「以你之見，可都通達五經的道理了？」

「聽說他只負責講授三禮。」

「那麼詩書又由誰來教授呢？」

「還有祖企、謝景夷、余端之。」

「我確實還記得祖企、謝景夷的樣子，至於余端之就沒什麼印象了。」

「之前不也曾與我們共桌喫酒嗎。」

「是嗎？」

「這幾個人以前也都是廬山一帶的隱士。」顏延之答道。

「那他們現在是在哪裡講學呢？」陶淵明蹙眉。

「檀韶讓他們待在城北的監學。」

「還有做些什麼事嗎？」

「也幫忙校書。」

「城北是買賣馬匹的市場，又豈是講學的地方？」陶淵明搖搖頭笑道。

顏延之也喫了一口酒，笑道：「哈哈，往後我顏虎可就在馬肆與他們相見了，那可真是有趣了。」

「可否為我帶首詩給他們呢？」

「當然好。」

陶淵明立刻取來筆墨，寫下〈示周續之、祖企、謝景夷三郎〉道：

負痾頹簷下，終日無一欣。
藥石有時閑，念我意中人。
相去不尋常，道路邈何因。
周生述孔業，祖謝響然臻。
道喪向千載，今朝復斯聞。
馬隊非講肆，校書亦已勤。
老夫有所愛，思與爾為鄰。
願言誨諸子，從我潁水濱。

陶淵明停筆，想跟大家分享，怎知廳堂裡只剩他一個人還醒著。於是陶淵明醉聲喝道：

「通常不都是老夫先喝醉嗎！大家的酒力怎越來越不濟了。」

末了，龐主簿與張主簿等人各還其家，唯有顏延之打算留宿陶家，二人繼續把酒談笑。

「聽他們說，你在劉裕那兒遇到續之。」陶淵明說。

「確實見過幾回。」

「他都沒回來隱居的意思了嗎？」

「隱居對他來說，也不過是求官的途徑罷了。」

「怎麼說？」

「那日我與周續之在太尉府相見，見到他與劉太尉相談甚歡。」

「哦？他不是推掉太尉掾一職了？」

「我見劉太尉請教他經書之事。」

「劉裕是一介武將，怎會有興趣知道經書的道理？」陶淵明問。

「所以才找來周續之，說是要請教他道理。」

「既然如此，劉裕知道經書的道理後，必然是要羞愧的。」

「事情並非如此，劉太尉找來周續之後，問他《論語》八佾篇。可是周續之有意思避重就輕，不但不說『獲罪於天，無所禱也』，倒說起了『周監於二代，郁郁乎文哉』。可見劉太尉既是刻意要問他，而他也是刻意對經書中批評權臣的內容，避而不談。」

「真是走偏了。」陶淵明慍道。

「當年我初到尋陽，就對他不避諱『小顏回』的稱號，而要與我互稱兄弟感到奇怪，如今果然驗證了當年的直覺。」顏延之道。

「怎麼說呢？」

「我與陶兄相去二十歲，能結為忘年之交是心性相契的緣故。但是陶兄可記得當年，周續之年紀長我十歲，卻以『小顏回』自居，認真起來，我顏延之感覺是兄，而他小顏回感覺是弟，這豈不是違反倫常的事情嗎？他周續之敢當，我顏延之還不敢呢！」

「確實有道理。」陶淵明現在才明白顏延之的感受。

「但這樣不講長幼秩序的人，又怎麼會被稱作『小顏回』呢？」顏延之哼道。

只見陶淵明說：「續之自小在私塾裡，就表現得與大家不同。他家裡貧困，卻勤奮向學，對於書中的道理，又領悟得比同窗來得快而透徹，所以大家都稱呼他作『小顏回』。而他長大後，獨自住在草廬之中，不愛與人來往，過著貧困的生活，便開始有一二人，直接稱他『顏回』了。直到你來到南村與我們同住，大家明白你是顏回的後人，便不好在你面前，稱呼他顏回的封號。」

「難怪祖企與謝景夷等人出仕之後，常在檀刺史面前提這個封號。而劉太尉知道以後，更招我來與他對辯，想要探看周續之與我之間的勝負。」

「看兩位辯論？的確像劉裕的作風。」陶淵明說完，又笑道：「只是辯才論書，續之又豈是你的對手。」

「周續之向來說話長篇累牘，而我與他對辯，只道其精要。即使是不通詩書的劉太尉，也只聽了一會，就知道周續之沒有能力與我論辯了。」

「以機巧的方式領悟道理，終究是無法勝過用實踐的方式去體悟的人。」陶淵明若有所思道。

「徹底的道德實踐，又談何容易，陶兄這話可教我難以下嚥了。」

「延年無須介意，雖說我反對為官，但也不是不能尊重你的選擇。」

「我雖身在官場，但是絕不做令先祖蒙羞的事。」顏延之以手拍案，慷慨激昂道。

用過晚膳的兩人，至院中賞月。前些日子剛過中秋，今晚明月雖瑕，卻有種掩不住的美。顏延之問陶淵明道：

「為何遷回上京里？」

「你看我南村舊居，可還擠得下這一大家子？」

「陶儼與他的兩位弟弟，住在一塊可好？」

「是好是壞，我並不知道。」

「那你又怎麼放心與他們分開居住？」

「自從上次大病過後，我想自己又能在世幾年呢？」

陶淵明回答完顏延之，獨自陷入回憶。

幾年前他在眾多的考量下，將離家中田產最近，最便於耕作的南村宅院交給了長子陶儼，並讓陶儼與二弟、三弟一同共居此處。而自己與妻子，則帶著剩下的親族子女，遷回舊居上京。

在陶淵明的理想中，一個家若能像漢代名士韓元長那樣，八十歲而不分家，或是一家七世共財而居，那便是再好不過了。只可惜，目前看來他的五個兒子，個個不成材。沒有能力獨立出去的不說，只說幾位能力較好的，卻又生性吝嗇，好與兄弟計較，讓陶淵明十分憂心。

針對子女不睦的問題，陶淵明曾經寫了〈與子儼等疏〉勸誡他的孩子。那時他以為自己就要告別人世，再也沒有機會守著陶家，讓一家繼續和諧相處。所以喘著最後僅剩的氣力，想留下一篇讓子孫警惕的文章，希望他們能守護彼此，一起生活。

只是隔年，重病的他卻奇蹟似地康復了。

遺憾的是隨著子女成年，陶家成員越來越多，陶淵明再怎麼不願意，也到了不得不分開居住的時候。

「依我們陶家的能力，光是吃米都不足夠了，哪還有可能建造新的宅院，讓一家大小住在一塊呢。」陶淵明道：「若非當年慘遭祝融，加上盧循軍隊橫掃，這棟十畝地的宅院，又怎麼會破落至此。」

「先遭祝融，後逢兵戎，陶家這十年來，遇到的事情實在不少。陶兄的心情，延年明白。」顏延之語氣沈重。

陶淵明聽了顏延之的嘆息，倒安慰起對方說：「無妨，宅子再怎麼落魄，家人終究是平安的。」

顏延之見他如此豁達，便代為吟了一首陶淵明先前寄給他的〈移居〉：

昔欲居南村，非為卜其宅。
聞多素心人，樂與數晨夕。
懷此頗有年，今日從茲役。
弊廬何必廣，取足蔽床席。

鄰曲時時來，抗言談在昔。
奇文共欣賞，疑義相與析。

顏延之吟罷，對陶淵明說道：「延之也算戎馬多年，每次想起與陶兄共有的時光，便浮現陶兄的句子。」

「區區幾首詩，又有何可取。」

「任憑歲月更替，陶兄無論是聲音，還是說話的語氣都像往昔一般自然，詩句不經雕琢，沒有心機卻更耐咀嚼，令人十分舒坦。」

顏延之有感，又道：

「陶兄請務必為後世之人，珍惜自己的詩作。」

「只要真情流露，脫口而出，何者不是詩人，何句又不是詩？以己之詩，非人之詩，結果便是天下無詩。」

「即便天下無詩，陶兄的詩依然是詩。」顏延之知道陶淵明對京師中的雅士，好品評他人詩作、詩才的風氣，感到不齒。

「我只欲田園美好。」

坐看明月草廬，陶淵明心想：「也許自己可以一直是位隱士到死，但又還能當幾年的農人呢？一旦不能下田務農，是不是也等於被田園拋棄了？」

「我們顏家後人，奉顏回為宗，一直以來學的都是夫子之道。怎知今日時局如此，就連延年都不得不學會帶兵打仗了。」

「顏子啊，顏子，我多麼歡迎你回來與我為鄰啊！」

「只怕明日一別後，便與陶兄不復相見了。」

「領兵作仗，雖生死難定，但相信我們還是能再見面的。」

「一言為定。」

「顏子，我說人住在田園裡，有住在田園裡的朋友。待在軍隊裡，有待在軍隊裡的朋友。朋友是文是武都是好的，你既然不回來，也得要好好珍惜當下，多交些朋友總是不錯的。」

「我明白了，陶兄。」

翌日顏延之向陶家告辭。他沒有馬上離開尋陽，而是轉上廬山的東林寺，去見另一位詩人朋友。

「靈運，你怎麼知道我路過這兒？」

「我讓家奴去柴桑辦事，他們見到你，便捎信給我。」謝靈運手持一朵白蓮，聞香說道：「這白蓮竟和佛的顏色一樣，無味。」

「遠公圓寂後，我以為你不會再來廬山。」

「山明水秀的地方，我為何不來。」

「你從哪兒過來的，來多久了？」

「我從會稽來的。」

「那麼，什麼時候回去呢？」

「隨性所至。」

謝靈運說完，輕輕啜了一口茶又道：「你看這間宅子怎麼樣？」

「過去從未在廬山上見過這麼大的房子。」

「這是我命人蓋的。」謝靈運十分自負。

「那麼，你可住得習慣？」顏延之笑著問，他知道這人雖古怪，但其實這人有這人的好。

「還算合意。」謝靈運像是突然想起什麼，轉身命令下人：「去取我的詩來。」

稍過一會兒，謝靈運的兩名美婢取了一卷上等的白絹出來。她們在謝靈運的指示下，將詩絹展開於顏延之的面前。於是，顏延之風雅朗讀：

山行非有期，彌遠不能輟。
但欲掩昏旦，遂復經圓缺。
捫壁窺龍池，攀枝瞰乳穴。
積峽忽復啟，平途俄已絕。
巒隴有合沓，往來無蹤轍。
晝夜蔽日月，冬夏共霜雪。

才讀完謝靈運這首〈登廬山絕頂望諸嶠〉，顏延之即開口：

「我曾在南村住過兩年，見過廬山四季。你的這首詩作得甚好，我尤其喜歡最後一句。」

「喔？你給我說說吧。」謝靈運的臉高深莫測。

「廬山地勢奇峻，層巒疊嶂，險而多崎。又山間多清流小徑，走馬看花固然有可觀之處，但是探幽尋奇才能真正明白廬山之好。又此山巍然屹立，其間有雲嵐終年不散，甚至在夏天，還能見到冬天的積雪，如今你以此景作結，實在巧妙！」顏延之由衷讚嘆。

「顏兄不愧為我的知己。」謝靈運擊掌喝道。

「看你對廬山的心得，如此深刻，想必來一段時間了。」

「面對你，真沒什麼能瞞著的。」

「廬山能吸引你這位貴公子，實在難得了。」

「這裡自有它難以言喻的好，只是它的好，又怎能言傳呢。」

「如果連你也詞窮，那麼還有誰敢登臨賦詩呢？」

顏延之才說完這句話，謝靈運又摘下一朵白蓮。

謝靈運是貴胄子弟，祖父謝玄乃淝水名將，外曾祖父則是名流王羲之。只是他出生後才幾天，父親謝瑍便過世了。而謝靈運天資聰穎，從小就備受祖父謝玄及族人的寵愛，長大後，謝玄對這位嫡長孫的才華更是讚嘆，常言：「我生出瑍這愚笨的兒子，瑍竟然能生出靈運這樣的孫子啊！」

正因謝靈運的家世與才華，讓他年僅弱冠，即名滿天下，為此他更加驕傲，從不隨意與人結交。儘管總是為眾人環繞，但他一生作為知己交的朋友，卻不出三位。

今日在廬山與他相會的顏延之，便是他極少數的知心。

如同其他王公子弟，謝靈運從小被驕慣長大，養成了輕狂的性格，行徑遠較一般官員高貴靡麗。他自恃甚高，不把同儕放在眼中，像是他不久前相中會稽家邸附近的大澤——回踵湖。靈運見大澤之土肥沃，便一時興起，要將澤水抽盡以種作。無奈太守孟顗認為，附近漁民皆以此湖中的漁獲唯生，不願任他將湖水抽乾，於是謝靈運便親至孟顗住處想說服他。

怎知孟顗不接受謝靈運的理由，也不為謝靈運餽贈的財寶所動。謝靈運盛怒之下，想到他理佛虔誠，就當眾人的面嘲諷他：「成佛是需要慧緣的，以我之見，你孟顗升天會在我謝靈運之前，而成佛則會在我謝靈運之後！」孟顗一聽氣壞了，怎知謝靈運又出言諷刺：

「修行了大半輩子，卻還這麼容易生氣，那這些年來，你又何必苦苦修行呢？真是多此一舉。」

正因為謝靈運這副孤傲乖戾的壞脾氣，長年下來，除了顏延之與范泰之，他幾乎沒有朋友。像這樣態度高傲的人，也常讓人無法相信，竟然願意紆尊降貴來結交顏延之這等窮酸小官。但是在謝靈運看來，顏延之並不是那種下流無品的低階官員。

對謝靈運而言，顏延之的才學值得欣賞，加上他直來直往不阿諛恭維的個性，亦屬難得。單就這點而言，顏延之與陶淵明是很相似的。

而在顏延之與謝靈運於廬山飲茶論詩之際，柴桑田中的陶淵明，也獨自吟詠自己的另一首新作〈移居〉：

春秋多佳日，登高賦新詩。
過門更相呼，有酒斟酌之。
農務各自歸，閒暇輒相思。
相思則披衣，言笑無厭時。
此理將不勝，無為忽去茲。
衣食當須紀，力耕不吾欺。

此詩與昨日顏延之所吟的〈移居〉是同一題目，但前者作於顏延之來訪前，後者作於顏延之來訪後。因為這次顏延之回來，讓他想起了往日與鄰人之間的美好，他知道田園的生活雖辛苦而忙碌，可是細細回想起來，他一點也不後悔，更無所謂的無聊。這些曾與他比鄰而居，又或者是與他一起過著耕讀生活的朋友，都教他如此懷念。

儘管懷念，還是得耕種過日子。陶淵明每天必須勞動，才能勉強維持眼前的幸福，這些安穩、恬淡、歡笑和靜謐，都不是天生得來的。陶淵明過的是一種讓自己俯仰於天地之間，不怍不愧的生活。

陶淵明與顏延之話別後，再見已闊別八年光景。

中間經歷了劉裕稱帝改制，日子轉瞬推進至少帝景平二年，顏延之因為與盧陵王劉義真交好，加上認為自己的文才不下於尚書令傅亮，因此得罪了權臣傅亮、徐羨之，遭貶為始安太守。

上任太守的途中，他攜帶家眷再次經過故居。

這個時期的陶家已經沒落得讓顏延之不敢想像，他在過境尋陽這天，帶著妻子李氏一起到陶家拜訪。

此時，滿臉霜鬢的陶淵明與妻子翟氏十分熱情地接待他們。

顏延之照例帶了美酒過來，然而陶家已經貧窮得做不出下酒菜了。

「讓顏子見笑了。」

「生活如此，志向不移，更教人嘆服。」

陶淵明與久違的顏延之，到外頭坐在院中的柳樹下喝酒，笑嘆彼此都老了，皆不如意，而翟氏則與李氏在宅內說話。

翟氏是陶淵明的第三任妻子，年紀雖不比東郭氏長，倒也大李氏十餘歲。

「今年尋陽大雨，江堤大潰，所有的作物都被水沖走了。」翟氏嘆道。

「那麼家中可還有去年的餘糧？」若不是兩家感情極好，李氏是絕對不會問這種逾矩的問題。

「連最後一點米糧都沒有了。」
「那麼冬日到來，又該如何是好？」
「與其擔心冬日到來，還不如先擔心明日。」翟氏不但不介意，還全無保留地據實以答。
「怎麼會連一點米也不剩呢？」
「尋陽連續兩年澇患，無論是長江的江水，還是彭蠡湖的湖水，都在夏秋之際氾濫了，平地的種作沒有一處能僥倖逃過。如今也唯有倚靠那幾塊位於山上貧瘠的薄田。而且話又說回來，天災也就罷了，誰知這裡遍地飢民，既然產不出稻穀，就只能產出盜匪流寇了。」
「莫怪我們從江口上岸，見許多人家都閉戶不出。」李氏忍不住嘆息。
「實在是時局太艱難了。」翟氏說得辛酸。
半日之後，顏氏夫妻前腳剛離去，後腳就派人給陶家送來兩萬錢。
翟氏見到顏延之送來的錢，像是喜又像是悲，其實她心裡嘆息，想來物資還可能收，但這些錢，丈夫斷然不會收下。
未料這次，陶淵明竟然歡歡喜喜地接受了。他找了兒子陶佟過來，讓他把兩萬錢全部拿到鎮上的酒家，說是寄放在小店裡的酒錢，往後自會來取酒打銷。

剛離開不久的顏氏夫妻，得到了這個消息。顏延之還未開口，李氏就忍不住對丈夫顏延之抱怨：「陶大人怎會把錢全拿去典酒了。」

「確實是他會做的事。」顏延之笑道。

「多麼糟蹋呀。」

「也許之前就跟店家賒了不少酒錢。」

「人都已經活得山窮水盡了，難道還非這麼喝酒不成嗎？」

「別這麼說。」顏延之安撫妻子。

「我們曾與陶夫人比鄰而居，他們那時就十分困窘了，更遑論現在的情況。若是咱暗中把錢給陶夫人，必定不會給酒家污去。」李氏有點不甘。

「妳也不想想，我們主動給陶家送錢，已經夠使他難過了，還送到陶夫人手裡，這是成何體統。」

「這也是沒有辦法的事，我們哪回給人送過錢？這樣下去，陶家是要餓出人命的。」李氏憂心道。

「妳再說，就莫怪我要生氣了。」顏延之板起臉孔。

「真沒見過這麼愛喝酒的人。」李氏嘀咕。

顏延之不是不知道李氏心有不平，他心裡也很為陶家擔心。一時情緒難熬，便將本來不想說的話都說了出來：「妳可知道陶兄為何如此嗜酒？」

「我對他貪杯之事，沒有興趣。」李氏賭氣。

顏延之並不理會，自顧自地說道：「我出仕的二十年來，於公於私不知道與多少人一起喝過酒，大家飲酒的姿態各自不同。有人與你喝酒，但不願意喝醉，只因飲酒漉腸之後，心思也就坦露出來了。所以，妳也知道，我們一幫還在仕途上起起伏伏的兄弟，常被上司灌個百杯千杯，不是沒有緣故的，他們都想看到我們那酒醉後的醜態。」

延之繼續：「然而在我所見的人之中，儀表堂堂，言辭行為極有方寸的人不少。但是醇酒入喉之後，有的哀聲嘆氣，怨忿難平，有的挾妓敢玩，放蕩而下流。唯有在柴桑結識的這群酒友，在醉飲之後，或是呵笑不止，或是酣睡不醒。我見陶兄一生頗不得志，以為他應該個是滿腹牢騷的人，但是與他共醉之後，才知道他非但不怨不尤，而是打從心底喜歡親近人、親近自然。與其說他嗜酒買醉，不知迷途知返，何不說他是以酒來導引出內心的歡欣與美好，徜徉在自己的真性情中。」李氏專注地聽完丈夫說話，儘管她從不識得酒的滋味有什麼特別，卻也不再回辯了。

其實，在顏延之來訪的這年冬天，陶家死了兩個女兒。

四女陶偲死的時候，陶淵明有些懵懂，什麼都沒搞清楚。

等到么女陶僔好像也將要死了，他才趕緊去乞討，雖然那些曾與他為鄰的龐家、顏家、張家、丁家，有的已經搬走了，但是他想，還是可以到殷鐵家、戴主簿那邊去借點食糧看看。鄰友們知道陶淵明家有困難，也都能幫忙多少，就盡力幫忙。那年整個柴桑的人們，依靠著那麼一丁點米糧，相互救濟。

遺憾的是，乞食回來的陶淵明，只見女兒身體的溫度，漸漸和他碗中要來的飯菜一樣冰涼，終究是病入膏肓地死了。

「僔兒，僔兒，妳醒醒啊，妳快醒醒……我的僔兒呀，妳醒過來看娘啊。」翟氏整個人癱軟在床沿，手中緊緊抓著陶家小女兒那沒有溫度的手心，床上乾癟得不成人樣的女兒，早已失去氣息，任憑娘親再怎麼哀嚎，也喚不回她的性命。

這時候，一家人都圍繞在陶家妹子破舊的床榻邊。

「種田這麼多年，什麼積蓄也沒有了。從我嫁過來後，何種苦沒吃過，整天耕鋤犁田，雙手在田裡泡得發爛不成形狀。跟著你的這二十年來，我從不求你什麼，但這次真的再也受不了，再也受不了了。」翟氏已不管任何夫妻顏面，痛哭流涕道：「你那叫什麼志氣！為了這個家做官，難道也不願意嗎？」翟氏抱著么女冰冷的屍體痛哭，悲痛得不能自己，這已經是這個冬天第二次失去女兒了。

突然，她雙眼翻白，當著丈夫和兒子面前暈了過去。

翌日醒來，翟氏一睜開眼睛，就想起自己失去的孩子，她看著一家人站在她床邊，但她再也見不到自己的兩個女兒。她不想再讓其他孩子，過著這樣食不果腹，衣不蔽體的生活了，於是勉強抬起頭來，手撐著床板，直視雙手握著她的丈夫陶淵明，說道：

「良人，咱們家實在是過不下去了，請您去任官吧。」

陶淵明握著她已經好一會兒了，他看妻子悲痛的樣子，又聽見她哽咽的哀求聲，心中再苦不過。淵明既難過得說不出話，也無法給翟氏任何承諾。

此刻榻邊的五個兒子見到這番景象，也忍不住流起淚來。他們早已成年，雖想為家裡負擔一些責任，但彼此苦無能力，會的也僅是耕田，歸咎到底一家如果要擺脫這種窮困的日子，還是只能指望老父親。

陶家喪女後，翟氏常勸淵明再次出仕，只道：「家裡無米，陶家之人都將餓死。」又癡癡地說：「官家的薪俸較不受天災影響，你又何嘗不出去做官試試？」

為此，陶淵明常感嘆：「家裡再也沒有像黔婁之妻一樣的女人了！」

陶家的女兒死後不久，為了家人，陶淵明決定再出去做官，於是寫了一封信告訴殷景儀，於是景儀便於春節前夕，寫了一封家書給哥哥景仁，託他為陶淵明謀求一個合適的職位，使陶家能免於飢餒。

在此之前，為了讓全家平安渡過這個冬天，陶淵明只好跛著腿，一再上街乞食。他為了這段艱辛的時間，作一首〈乞食〉以記錄：

飢來驅我去，不知竟何之。
行行至斯里，叩門拙言辭。
主人解余意，遺贈豈虛來？
談諧終日夕，觴至輒傾杯。
情欣新知歡，言詠遂賦詩。
感子漂母惠，愧我非韓才。
銜戢知何謝，冥報以相貽。

【卷九】劉裕篡晉

天運苟如此　且進杯中物

元熙二年，時間距離晉室毀滅只剩數月。

春夜裡，一行車隊自尋陽城出發。全長三四百尺的隊伍，前頭有百位戎裝的士兵持儀仗開路，中間是五輛一模一樣的鑲金黑蓬車，末段由拿著各式武器的騎兵組成。當這支隊伍路過柴桑時，平生從未見過這些華麗車輛的百姓，不禁脫口而出：「這般高俊的白馬，這般高大的馬車，是天上來的吧！恐怕連皇帝的座乘也不如啊！」百姓著迷於五輛馬車玲瓏清脆的響聲，雖被士兵阻擋，只能遠遠觀望，但每一輛莫不是極盡奢華之能事。馬車前軛由六匹純白無瑕的良驥牽引，窗簾皆為繡工精緻的雲錦，從車轅到車股全是發亮的黑漆，上頭再以金色與赭紅描邊，織出朵朵捲曲雲彩以及富貴繁複的夔龍紋。此外馬車的四個角各自掛了由玳瑁與珍珠串成的綴飾，而馬車頂蓋更滾了一圈紫銀雙色的流蘇。如此一來，沿途百姓不乏攀樹，甚至爬上屋頂，引頸翹望可能一生都不會再見的幻麗景象。

這支隊伍逐漸遠離柴桑，朝郊外的方向奔馳，直到前頭揚起飛塵的泥土路，再也容不下這麼大的馬車時才停止。

第四輛華車的前簾為人掀起。

一位面目黝黑，身形不高的男子自裡頭走出。他身披紫裘，遠遠看去雖沒什麼奇特之處，但從一行人對他畢恭畢敬的態度來看，應該是位極有身份的人物。他見日已西斜，且前方道路已不堪行駛，就讓原來駕馬的車伕，從拉車的六匹馬中，牽出一匹毛色純白，尾部帶有一撮黑毛的逸駿，俐落地設了馬鞍及韁繩，再交由這名矮壯結實的紫衣男子騎乘。

沒有多久，長長車隊後頭那一行四五十名的騎兵，與那位紫衣男子一起策馬縱身入一條小徑。仔細來看，會發現紫衣男子身旁，還有一名同樣駕著馬，像是在為他引路的灰衣男子。若再更近一些，將不難發現這名灰衣男子，便是昔日陶淵明的酒友殷參軍。

原來老鄰居殷景仁接獲家書，得知陶淵明有意謀職，即帶此人來了。

夜半，尊客親臨陶家。

宅院零落的衡門，即使是晚上，也敞而不閉。

驍騎帶來的燭火照亮陶家門庭，在上京的陶宅除了一座傾頹的主屋外，矗立著三四間草廬，士兵立即闖入陶家佈署站崗。尊客見庭院空蕩，也不讓人通報，就直接走入陶淵明家的廳堂親自扣門，但是廳堂都沒人出來，倒是旁邊的草廬走出一名少年，告知廳堂側廂已傾頹，如今整棟建築是作為倉房使用，不能住人了。

「你是陶參軍的兒子？」問話者目光如炬。

少年聽了對方的來意後，為他找來父親。

其實淵明這晚並沒有睡，他正與翟氏商量家裡的米糧到底該從何處著落。家中不乏蔬果，可是米缸已見底多日，一家子餓得飢腸轆轆，咕嚕咕嚕鬧得厲害，讓人想睡也睡不著。而年紀小的孩子，雖然沒有大人的煩惱，再餓也睡得著，但往往令人擔心會這麼一睡不起了。

「爹，宋公找您。」陶佟敲著父母的房門。

「這位宋公是？怎以前沒聽說。」翟氏問道。

「在朝廷當今內外無憂的日子裡，還能稱公拜相，封爵至此的，恐怕也只有劉裕了。」陶淵明披衣起身。

事情一如淵明所料，一進草廬就見過去的長官劉裕坐在桌前。

「別來無恙，陶參軍。」劉裕一見他便開口。

「怎麼到尋陽來了？」

陶淵明見了劉裕，沒有任何行禮，就直接問話。引來劉裕身邊侍衛的咆哮：「大膽！還不快晉見宋公大人。」

「你們先退下。」劉裕說。

「宋公！」侍衛不敢大意。

「不礙事。」劉裕注意到陶淵明左腳略跛，又道：「一個瘸子能對我怎樣嗎？」

侍衛這才退到草廬外頭，為了以防萬一，同時俐落地將門板拆去，才立於門外。

「軍人做事就是不夠細膩，晚點我再讓他們把門裝上。」

「多年不見，將軍已經官拜公卿。」陶淵明接道。

「現在是宋公。」劉裕輕拍著自己身上的配飾，緩緩地說道。

「稱呼您宋公，真是不習慣。」

「就按過去的習慣稱呼吧。」

「我知道了。」

「嗯。」

「裕公，近來可好？」

「好雖好，但還能更好。」

「裕公何出此言？」

「先坐著吧，你當兵時，也沒看你傷得那麼重過。這是怎麼一回事，打仗腿沒斷，當個隱士腿卻斷了。」劉裕反客為主，給陶淵明指了一個位置，示意他坐下：「今晚我們好好敘敘。」

「謝裕公。」陶淵明道。

「從前以為陶家是高門大戶，才讓你對官場毫無眷戀。祖上陶侃就沒留下間像樣的房子嗎？曾聽聞他請庾亮吃白飯配薤頭，真是吝嗇鬼啊！沒想到庾亮還偷藏了幾個薤頭，說要拿回去種，真笑死我了。」

「原本那間方宅，幾年前遇上大火，至今都沒修好。」

「總不能只住草廬吧，朝不保夕似的。我讓人幫你把大宅子修好。」

「不用了裕公。」陶淵明道：「現在住慣了草廬，大宅反而住不安心。」

夜更深了，草廬內外因為人多的關係，十分悶塞。

陶淵明起身到窗邊透氣，才發現今日是個沒有月光的夜晚。

也許是陶家裡裡外外，被劉裕帶來的火炬、燈籠，照得熠熠生輝，看來也不似平日那麼寒傖了。然而，四周卻瀰漫著一股詭譎且緊迫的氣氛，這種異常的感覺讓陶淵明熟悉，當他知道自己這種感覺由何而來的時候，劉裕也開口了：

「你知道我今日前來，是為什麼？」

「淵明不懂。」

「你又何必裝傻。」

「猜測別人的意思太難了，這不是我所擅長的。」

「那麼，你又擅長什麼？種田？」

「種田亦不是我擅長的事。」陶淵明坦率回答。

「我聽景仁說，你想出仕了。」劉裕拿起桌上自己帶來的桃子，一口咬下。
「確實有這樣的念頭。」
「你的年紀太大了。」
「淵明知道。」
「不過我還是可以給你適合的職位。」
轉眼間，手裡的桃子只剩桃核。他看陶淵明不答話，又道：
「你可願意如同以往，在我劉裕門下做事？」
「再當參軍一職嗎？」陶淵明問。
「不不不，那官太小了。就從著作郎開始如何，在中央的秘書監編修國史。你離開官場久了，總得先從簡單的文職熟悉起。」
他看陶淵明沉默不語，又繼續道：
「你可舉家搬到建康，殷參軍會幫忙安置。或者先同我回建康，你的家人自然有地方官為你照看。」
「裕公身邊，豈會沒有勝過我百倍的人才。」
「不乏人才，但信得過的卻沒幾個。」
「過去我唯一佩服裕公的，便是識人用人的眼光。」

「可惜我賞識的人才，不是死了，就是不為我所用。」

「裕公多慮了。」

「我希望你出來幫我。」

「正如裕公所言，淵明老了。」

劉裕聽完，看了陶淵明一眼，雖然還是一樣高大，但面黃肌瘦，不再像以前那樣孔武有力。顯然這種最親近田園的生活，明明稻穀就在眼前，卻反而吃得最不好、最不飽。他從年輕時，早看透恨透這道理。他說：「我知道你有位好友顏延之，如果你不願意在我身邊，那去我長子義符那邊如何？顏之在輔佐他。」

「淵明老了，就連眼力都不行了。」

「如果你真的太老，那我便不會來了。」

劉裕起身，也隨陶淵明走到窗邊，他看著與陶淵明相同的方向，問道：

「在看什麼？」

「裕公既與我看向同個地方，便知道我看見什麼，可是知道我在想什麼嗎？」

「我不猜，你直說吧。」劉裕一向不喜好在這種事上花時間。

「裕公既不懂淵明的心思，又何來信任？」

「我不用懂別人的心思。我靠的是直覺，而我的直覺從沒錯過。」

「淵明知道，裕公方能於戰場百戰百勝。」然而他話鋒一轉：「我站在這裡，看著裕公浩浩蕩蕩的車隊，心裡卻想起了過去戰場上嗜殺的那種惶恐不安，這些年來，裕公睡得可安穩。」

「我不在乎。」劉裕不以為然。

「可是淵明在乎。」

「哼，你到底是士族之後啊，嬌生慣養。」劉裕慍道。

「您看我像嗎？」陶淵明笑了。

「你的脾氣，便是他們那種脾氣。」

「淵明久不與世家大族來往，已對那些人沒有記憶。」

「我不跟你囉唆，這室內教人待得不舒服。」

「裕公帶兵，向來忍人所不能忍，苦人所不能苦。今日竟然也在意起草廬舒不舒服？」陶淵明語調平緩。

「隨我出來。」劉裕也不理會，下了命令便走出去。

兩人一前一後走出草廬，陶淵明高大消瘦的身形，映櫬出劉裕的短小精實。劉裕仰視他一眼，便問道：「現在家裡有幾口人？」

「上下三十幾口。」

劉裕走了幾步路，看了陶家的幾間草廬後，說道：「就這幾間草廬，怎夠？」

「對我們陶家算是充裕了。」

「我不愛聽空話。」

「心小了，房子就大了。」

「心是小了，人又不會小。你不實際。」

劉裕不想再聽，換了一個話題：「你的田在哪裡，帶我過去。」

「這夜路不好走。」陶淵明本想拒絕，卻聽劉裕道：

「我行軍多年，走的夜路還會少嗎。」

「那請裕公隨我來吧。」陶淵明語畢，領劉裕走向自己的一處田畦。

其實這些年來，貧窮的陶家為了嫁女兒，陶淵明按當年出嫁程氏妹的那種禮數，賣田嫁女，幾次下來，陶家的田業已所剩無幾。長子陶儼，為此曾與父親起過幾回衝突，現在舉家居住在南村的陶儼早已自立門戶，但是他與兩位一起搬出去的弟弟，已鮮少同父親往來。一年之中，這幾個兄弟見到父親的次數，還不如一年吃肉的次數。如今陶淵明就只能靠著自己與四子陶佚、么子陶佟的耕種，在幾塊陶家祖產僅剩的貧瘠田疇上耕作自給。

這戶搬回上京里的陶家，全靠陶淵明支撐。

然而一家老弱，收成最差的時候，窮苦到連女兒都丟了性命，莫怪今日會引來劉裕的關切。

兩人並肩而行，途中又問：「你小時候可住這？」

「不曾離開。」陶淵明道。

「這五十個年頭來，可有變化？」

「山水無異，人事已非。」陶淵明說道。劉裕聽了以後，十分同意地點頭：「這世間又有哪處，不是這樣呢？」

「有處桃花源便不是。」

「那我可要帶兵去找找那個地方。」

「那裡未必是裕公能找到的。」陶淵明不自覺地露出了狂傲的神情，這模樣被劉裕見著了，於是劉裕說道：

「你依然有這樣的眼神啊！」

「喔？」陶淵明不解。

「你的眼神像鷹，你都不知道嗎？」

「淵明沒有攬鏡的習慣。」

「我看你是窮到連銅鏡都買不起吧。」劉裕不等陶淵明開口，他又說道：「你現在幾乎窮得一無所有了，就跟我小時候一樣。」

「淵明並不窮。」

「不窮？那是你自己說的。」劉裕哼道：「以前我看你腹有詩書，一副士族之後的模樣，但做事跟說話，卻實際又有效率，毫無半點矯揉造作。可是如今落魄至此，說話倒是越來越清高了啊。」

「是嗎。」陶淵明聽到劉裕對自己的看法，不禁笑了。

「別跟我來士族那一套，這官豈是你想做便做，你不想做便不做的事情？人生在世，要學會踏實。」

「淵明腳下踩的，便是實實在在的土地。」

「所以呢？只有種田的村夫才踏實嗎？那這世上最會種田的人便是最賢能的人了。」劉裕道。

「我一直希望能見到這樣一位隱於鄉間的賢士。」

「我可從沒見過什麼鄉間的賢士，只知道隱於鄉間卻當不了官的騙子。」

「哦？」

「當年我曾在家鄉彭城遇過一位相士，大家都說他在山中結廬，那位便是我最早認識的隱士吧。兒時，我學人編草鞋到市場賣，每次換得幾個銅板就去賭，那個相士的攤子，就擺在一間我天天去的賭場旁。他每回見我，就數落我的面目不討喜，勸我不要賭，甚至說我眉目生得極醜，能預見我往後落魄的模樣。從那時候開始，我就更愛賭，我把身上所有的錢，家中所有的物品都賭光了。就再向朋友借，沒多久我身邊就連個知心的人也沒了。但我還是要賭，只好拿我的性命去賭。」

「如今又當如何呢？」

「拿命換來的一切，我還算滿意。」

「裕公既然從身無分文到出將入相，難道還有什麼不滿足嗎？」

「什麼是足，什麼是不足？」

「您生來好賭，難道這樣的性子到現在都沒改變？」

「那你陶淵明的性子可曾改變了。」

「您現在還賭嗎？」

「當然！」

「那你現在是用什麼去賭，你的性命？你一家人的性命？還是全天下人的性命？」陶淵明正氣凜然地看著劉裕。

「我從來都是以我的性命，護衛大家周全。莫非你忘記我當年領兵數百人，剿平孫恩十萬軍隊。又與二十七名死士於京口起義，集結百人，將桓玄數十萬大軍毀於一旦，既收回建康，更光復晉室。我北伐時，手中只有兩千多名拉著牛車的步兵，卻要對付鮮卑人的三萬猛騎。我既遠征外侮，又平息內亂，這裡有哪一仗不是賭來的？你說我何錯之有，好賭又有何不是！」劉裕一口氣將話說完。

「裕公領兵神奇，但是俗話亦說，賭是以小博大。如今天下之大，一分一毫你可都顧得周全？」

「我有何不周全？」

「天下事豈可大意。」

「我有何次大意？」

陶淵明默不出聲。

「當今天下，沒有統領才幹更勝於我的人了。如果連我都做不來的事，那便是不可能的事了。」劉裕有十足把握。

陶淵明嘆道：「裕公今日所擁有的，確實在天下人之上。」

「當然。」

「但往後，您就只能以大博小了。」

劉裕沉默。

「值得嗎？」陶淵明道：「或是說，這樣還可稱為賭嗎？」

兩人不自覺地走到了陶家不遠處的一塊菜園，那裡有處凜冽溪泉。夜裡四下無人，蟬與蛙盡情聒噪。劉裕聽了煩心，下令隨侍遣百人舉燭火往四周照去。頓時，周遭的蟬與蛙都噤聲了。

劉裕才又出聲，問陶淵明道：「現在還喝酒嗎？」

「喝。」

「可還有酒得喝？」

「有的。」陶淵明點頭回答道。

「你這樣算是貪杯嗎？我記得『貧』與『貪』兩字特別像。」

「淵明不多飲，既醉則歸。」

「為何求醉？是因為貪，還是因為不得志。」

「淵明不貪，亦不為得志。」

「那麼我現在給你一個得志的機會可好？」

「淵明老了。」陶淵明再次搖頭拒絕。

「你就沒有別句話能說嗎？遍覽古今，難道不知『老驥伏櫪，志在千里』？」劉裕瞇著眼道。

「淵明知道。」

「難道你就甘心這樣去死？」

「死不過是自然之事，沒有什麼好不甘心。」

「你死了，你的志氣就後繼無人了。」劉裕想起方才見到的元亮的孩子，眉宇間雖像父親，可是形貌神采，卻不及元亮的萬分之一。

劉裕知道陶淵明心中不喜歡他，想想自己的到來，反而使陶淵明打消出仕的念頭了。但他不願意就這樣放過人才，便再道：「我今夜之所以親臨柴桑，就是想請你出仕。如今在我身邊的臣子，雖有傅亮、徐羨之、謝晦等，但是個個恃才傲物，皆是急躁而無定性的人。」他拍著陶淵明的肩膀：「需要你來幫我安定江山。你既是一位有學問的人，又是一位可以信任的人。有你在身邊，我便放心。」

「元亮可以仕晉，但不仕他姓。」

「哦？」劉裕似乎很在意這句話：「你在我身邊為官，難道就不是仕晉？」

「裕公既已為宋公，仍持續招兵買馬，蒐羅天下人才，所為何事？」

他知道陶淵明從以前在他幕府內當參軍，就常猜中他的心思，也就不避諱的直說：「人的一生只有一次，你教我如何不好好把握。男兒當志在四方，隱居不是你陶淵明該做的事！你我都是不信神鬼之人，既然如此，今生今世，該做什麼，就做什麼。瞻前顧後，成不了大事的。」

「淵明自知性剛才拙，與物多忤，無法成就大事，只願能與自然冥化。」

這什麼自然、田園、萬物的渾話，劉裕已經不想再聽下去。他領兵作戰多年，深知戰場上除了敵軍外，另一個取人性命的敵人，就是自然。這些風水火獸，還有疫病，從古自今奪去多少軍人的性命，說什麼與萬物冥化，在他劉裕看來，就是死路一條的意思。於是他直接與陶淵明說：

「在我心中，只有江山，沒有自然。」劉裕說道：「不久之後，我將即大位。你為我做事，便是為朝廷做事。」

「淵明效忠晉室，不為亂臣賊子作倀。」

「這些年你隱居，又算什麼效忠晉室？」

兩人都停下了腳步。劉裕見陶淵明無話，又繼續說道：「司馬家的位置不也是篡來的！之前，先是魏室篡了漢室，再有晉室篡了魏室，如今晉室昏庸無道，我劉裕取而代之，有何不可！」

「鼎革之際，天下將再次陷入生靈塗炭之中。」

「一直讓昏庸愚昧的人當政，才是生靈塗炭。」

「那是因為臣子心中只有自己，既沒有皇帝，也沒有天下百姓。」

「皇帝昏庸，自然管不住門閥。待我登上大位，政體當隨運改，晉氏封爵理應廢除，那些雜七雜八的世襲爵位正好可以拔除得一乾二淨。」他看向陶淵明，繼續道：「你若入我朝為官，往後自當由你繼承陶侃爵位。」

「今日你劉裕篡晉，他日天下人也將篡你劉裕。就像王敦之後有蘇峻，蘇峻之後則有桓溫、桓玄，而桓家之後則有你劉裕。當年桓玄不是也稱帝了嗎？討伐他的人，正是你我。」陶淵明嚴肅地道，更直言劉裕名諱。他不希望這位老長官步上桓玄的後塵，使天下蒼生，因他個人的野望重新捲入戰火之中。

「桓玄那庸輩，豈能與我相提並論。他刻薄浮誇，能力亦無法號召天下，所以他出頭，不過是讓天下更亂。可我劉裕跟他不一樣。我功績甚大，取代晉室也是順乎天意，如今的天下雖是由司馬氏繼承，但這些全是靠我劉裕守住的。」

「裕公，你是最知道桓玄下場的人。今日謀篡，換來的榮華富貴，傳不了幾代，又將陷入殺戮的循環當中。」

「你這就錯了！若是我來做，斷不會再落入這樣的循環。」

「又如何能與蘇峻、桓玄不同？」

「我要徹底消滅晉室和那些世家大族。」

「你不過是一介莽夫！這麼做只會搞得天下大亂，民不聊生！」

陶淵明怒斥，雖然劉裕為了不讓侍衛聽到他們對話，刻意要侍衛離遠一些，但還是驚動後方侍衛上前，迅速將陶淵明拿下並壓制在地，然而陶淵明的蠻力，也讓這幾名御前侍衛嚇到，幾乎壓制不了這頭猛獸。

未料劉裕不但沒有震怒，反而揮袖道：

「放開他吧。他年輕時可勇猛了，你們擋也擋不住。」並要侍衛再次退下。即使如此，陶淵明還是停下了腳步，倔強地站在這條村徑上。劉裕感覺到，如果不好好說明，陶淵明是不會再跟他走完這一段路的。

「元亮，正因我出身寒門，所以希望能創立新的制度，讓天下人不再分擁門第，而是讓有能者出來任官。」他看向陶淵明道：「正是如此，今夜才會親自過來，只要你能為我所用，往後你要什麼官職，我都給得起。」

陶淵明聽了不禁嘆息：「裕公可還記得當年與桓玄決戰之前，眾人宣誓江邊，為了鼓舞士氣，我所寫下的那首詩。」

「雖然事隔多年，但我記得是一首歌詠荊軻的詩？」

「燕丹善養士，志在報強嬴。」

「好！既然你仍不忘當年的豪情壯志，那就離開這裡，隨我回京，協助我治理邦國吧！」

只見陶淵明彎下腰，撿了一塊卵石，於路上畫出一條界線，隨後向劉裕道：「假如裕公稱帝，你我見面就只有一途。」

「願聞其詳。」劉裕說道。

「元亮自當為荊軻，廟堂之上見你一次，便行刺一次。」

劉裕聽了笑道：「你這跛子，還敢自詡為荊軻，也對，荊軻的確劍術不佳！」

「人在志在。」陶淵明處之泰然。

「在我眼裡那個死士，就是個劍術不佳的失敗者。」

劉裕許久沒笑得這麼開懷了，每天處理朝政，不管是自己還是身邊的人，連所謂的弄臣，感覺都只是虛應一招。像陶淵明這麼認真說大話的人，他還真是好久沒遇過了。

「你這小子真是沒變。這腳傷先不說，就說你那間破廬，我剛看裡邊，也只見幾枝禿筆跟一把古琴，與其自比為荊軻，還不如做個高漸離實際些。哈哈哈。」

反而陶淵明的拳握得有點僵了，像是惱羞成怒，把手掌心的卵石丟進水潭。噗通一聲，他和劉裕都望了過去，只見潭面上露出一彎新月。

「你難道沒想過，你不為我所用的話，我會如何處置你。」劉裕突然開口。

「我又豈會忘了詹天勉一家。」陶淵明道：「淵明既不想役使他人，亦不願受他人役使。寧可世代務農，受役於天地自然，不願作為官奴，為利欲所驅使。」

「你可知道除了天下，你要什麼，我都可以給你。」

「裕公何必執著於我？」

「你可還記得平定桓玄之役？」劉裕問。

「淵明記得。」陶淵明看著潭水回答。

「我雖然沒讀過什麼書，也不懂什麼斯文道理。但當年桓玄稱帝，最初隨我在京口起義的二十七人，還有之後響應的義士，我一個也沒忘記，我全都護著你們，只是如今死得多生得少了。你也曾是我的參軍，當年你一人自尋陽日夜兼程趕赴百里外的京口，只為響應我等起義。你的忠義和勇猛，我依然記得。如果沒有你們百人，就沒有今日的宋公。」劉裕望著潭中的新月道：「長年征戰，夜裡行軍我總會看著月亮。新月將來肯定會滿月，而滿月後肯定又會是新月。元亮啊，元亮，你我之間即使有過陰晴圓缺，但如同此月，那最根本的情誼，那份初衷，不都還在嗎？」

陶淵明聽了不禁慨然想起，元興三年，桓玄篡奪大位，改國號大楚，將晉室的廢帝囚禁在尋陽。在那個沒有天災的一年，掀起了長江沿岸一連串的人禍戰亂。隔年二月，劉裕集結眾人起義，不出一個月，桓玄兵敗如山倒，一路南撤至尋陽一帶。為謀出路，桓玄領著殘餘的部隊，再趕至江陵避難。

桓玄至江陵之際，已是四月入夏時分，未料會在此地遭受劉裕部下何無忌的強烈進擊。十天之內，桓玄在何無忌的攻勢之下，失去江陵這個軍事要地，狼狽地逃至桓氏家族重兵駐紮的要地夏口。此時劉敬宣受封江州刺史，本欲北上與桓玄決一生死，最終劉裕決定親自出兵。而桓玄接獲消息後，不敢正面與劉裕交戰，再次南下竄逃至郢州。直到五月，何無忌從尋陽出發，先與劉毅會合，大敗桓玄於崢嶸洲，使得桓玄逃往蜀地途中為亂兵所殺。

本以為戰事已告結束。隨後，何無忌收復江陵，但後來卻被桓玄餘黨的桓振所奪，尋陽亦被攻下。陶淵明得知消息後，請示劉裕改投劉敬宣帳下任參軍，急從建康奔回江州，集結眾人造艦，力抗桓振。直至三月，劉懷肅攻下江陵斬殺了桓振，為時一年多的桓氏之亂始告平定。陶淵明這才結束軍旅，向劉敬宣將軍要來了一份彭澤縣令的文職，怎知自己不適應官場逢迎，最終辭官歸隱。

就在陶淵明陷入回憶的時候，只聽劉裕說道：「當年我們一起出生入死，豈不快哉！我與何無忌、檀憑之、孟昶、王叡等二十餘人，起兵討伐桓氏，為天下多少人訕笑，怎知有你這等烈士，自尋陽投奔我帳下。可是當戰火波及尋陽，你隨即向我報備，希望要入劉敬宣幕府前往江州。我當時念尋陽是你故里，讓你去敬宣那也好，可是怎麼就這麼一去不回了呢？又如今為何不願意再出來為我做事了呢？」

陶淵明聽了默不作聲。劉裕見狀又開口道：

「我再問你最後一個問題。」

「裕公請說。」陶淵明應道。

「你看我劉寄奴和曹阿瞞相比如何？」

「論功勞，裕公無異大過曹操，但培植人才，你不如曹操，甚至不及劉毅。」

劉裕一聽到過去政敵劉毅的名字後，大怒說：「劉毅後來反我，他和我比什麼！不過是在文人面前故作風雅，賣弄禮教之學，欺騙你們罷了。你可知道他每覽史籍，讀到藺相如讓大將廉頗屈服一事，都訕笑說這絕對不可能。這樣的人，心裡又是怎麼看待文士？還不夠清楚嗎。」

「可見淵明長年勤於農事，早已怠忽史籍。著作郎一職，還請裕公收回。」

「你就別謙虛了。在我心中，你的才幹不下於劉穆之。當年我北伐姚秦，讓穆之留守建康。在我攻下長安後，本欲繼續北伐，一統中原。豈料穆之突然病逝，我悲痛之餘，亦擔心京邑遭有心人趁虛而入，屆時成了北方孤軍，南北皆無處可去。最後我只能留下十一歲的次子義真代我留守關中，倉皇南還。實則義真只是用以安撫長安諸將的人質，以示我不會把他們丟棄在長安。然而，諸將還是於長安內訌，關起門來愚蠢地自相殘殺，胡人便又乘時攻下長安了。貽禍至今，竟重又與我朝南北對峙，此乃我人生當中最大挫敗！」

劉裕抬頭再次望著新月，嘆道：「如果那時你能和穆之一起留守建康，我又豈會如此狼狽。定已掃蕩中原，廓清這個天下分裂的局面了。」劉裕又道：「如今天下人都說我是晉之曹操，但我就是不懂為何曹操不篡漢？」

此刻萬籟俱寂，即使是陶淵明，也從未在如此深的夜裡來到他的田園。蔬菜的葉子都收斂起來，剛插的秧苗像站立於水中睡著，水潭也平靜無波，連草堆裡的蟲子也未發出聲音。田園的一切，都沉睡在這個時間點。

「元亮，你能否回答我這個問題？」

陶淵明恭敬地說：「曹氏親歷東漢末年的動盪，若未能有絕對的把握，篡位只是讓國家重新回到當初戰亂的局面。以我之見，曹氏並非沒有稱帝野心，只是他少壯時期，歷經多次失敗，雖都逃過一劫，但他越來越謹慎。及至晚年，只要不是勝券在握的事情，他便不會輕易出手，更何況最後一步要謀求的，是這天下江山。」

劉裕聽完不作聲，陶淵明也不知道裕公是否能聽進一言。在陶淵明心中，眼前這個人不是曹操，而是他過去的長官，亦是他曾欽佩的一個人。他不願意這個劉裕，晚節不保。卻聽劉裕道：「魏晉皆以不仁不義而得天下，只是司馬家之狠毒，更甚曹家百倍。至今你們卻還擁護這家人？今日我親自前來，你仍不願出仕，我雖不逼你，但是你要知道，你陶淵明當不當官，是取決在我，而不在你。」

「淵明已徹底斷了出仕的念頭。」

「為何？」

「我如今膽怯。」

「什麼意思？」

「還是在家好。」

劉裕不由得笑道：「罷了。我也不勉強你。就像這劍。當你揮舞它時，他就是你身體的一部份。這人才，你只要用他，他也就是你身體的一部份。」劉裕語畢，突然從腰間抽出一把配戴的寶劍，劍於黑暗中亮出青光。

陶淵明看著青劍，瞳孔放大，身後的狗剎時竄出，瘋狂地撲向劉裕。

劉裕藉鋒芒使力，下一秒白狗即身首異處。

「莫非這隻狗，認得這把劍的主人？」原本看不出情緒的劉裕神情叵變，接著表情陰狠地道：「幾年前，有人打算用這把寶劍行刺，卻連我的面都還沒見到，就被我的愛將檀道濟殺死，比這隻狗還不如。聽說還是個南北遊歷的劍客，當荊軻的，總是劍術不佳啊。」

陶淵明見劉裕，每說一句便擦拭一次滴著鮮血的劍。

「你猜刺客是誰？驗屍才知道，竟是楊笙這小子。」

劉裕對上陶淵明的眼睛，意有所指地說道：

「這輩子離我最近的刺客，出現在二十年前。那晚我能感覺命懸一線，當刺客用刀抵住我脖子的時候，我還來不及拔劍。萬分危急時，竟有人出手救了我。黑暗中出現了兩個人，一個來殺我的，一個卻救了我。」劉裕回憶那晚，深信闖入的兩個人肯定都是共同起義抗擊桓玄的伙伴，可是，到底是誰！無論如何，多年來，那百人起義的兄弟，他一一過濾，一個都不相信。劉裕繼續道：「我總覺得你知道什麼。因為一直有這種感覺，派人打聽了你許多事，你的氣息、你的味道、你說話的方式。」

那一個晚上在長江岸邊紮營，陶淵明回憶起大河滔滔。義軍與桓玄諸將決戰於江乘，檀憑之與劉裕約定各領一隊出戰，及至羅落橋，劉裕為保存實力始終按兵不動，竟對檀憑之見死不救。時任參軍的陶淵明多次請求出兵，都遭拒絕。等檀憑之戰死，劉裕才出兵得勝，回營後偽裝哀戚，宣慰照顧檀氏遺族。當夜淵明即入劉裕帳中行刺，將劍抵在劉裕頸邊。黑暗中，卻有另一個人出手，陶淵明當時不知是楊笙，以為是劉裕護衛。兩人纏鬥至營外，方知對方是同路人，但已錯失刺殺劉裕的最佳時機。

劉裕沒有收回劍，看向高大的陶淵明說道：「你先祖陶侃，最初也是參軍，原本我亦想留用你，待桓玄平定後按軍功授予你將軍之職領兵統帥，這才是讓你發揮長才的位子，再同我北伐，匡復神州，馬踏胡虜，掃平燕洛！但你偏偏堅持離去，棄武從文，枉費我一片苦心，猶如大晉冉次頓失陶侃，才弄得北伐如此辛苦，拼了命也僅搏得差強人意的成績。如今我繞了一大圈，終於得到朝廷授予九錫，而你竟不為我所用。」劉裕劍指陶淵明。他最後再一次看向陶淵明道：「我頂多就不拔劍。又或者，就將這身體的一部份，給切斷吧。」他收劍時，順手斬下了一旁的桃枝。

「我有侍衛，你無須送我。」

「可是這？」陶淵明覺得不妥道。

「我不是說了嗎，我早習慣在夜裡工作，陶參軍不也曾和我一起於這樣的夜裡快速行軍。」停頓了一會道：「不過你瘸了，我就先走吧。」

劉裕說完，便拂袖而去。留下陶淵明獨立於田壟。

此時新月再次為浮雲遮蔽。他一人走在田壟，走在一條漆黑的路上。陶淵明覺得，自己就像是在完全的黑暗之中奔跑，既沒有上下四方之分，亦感覺幾乎沒有道路，只是恍惚之間，覺得似乎有那麼一點重心是在自己腳上，正是這種些微的差異，他才能走在於這股黑暗裡。深巷中傳來其他犬吠聲，白狗已經死了，但是還有犬吠迴盪耳際的感覺。

等陶淵明走回草廬，劉裕的大批人馬果然早已撤走，不見任何蹤影。他捧著一罈酒，走到了院前的五棵大柳樹下，反覆低聲地吟道：「荊軻人雖已沒，千載有餘情……」

夜愈深，愈靜，他一口又一口地暢飲著美酒，心情逐漸沸騰。京口寬廣的江面，雄渾的浪濤聲重新在耳際迴響，憑藉著微弱的月光與感覺，重新寫下當年的那篇〈詠荊軻〉。即便是多年之後，他還深深記得那晚，一群弟兄們聚在江邊，曾經他以為早已忘記的豪情與殺戮，再次躍然於眼前：

燕丹善養士，志在報強嬴。
招集百夫良，歲暮得荊卿。
君子死知己，提劍出燕京。
素驥鳴廣陌，慷慨送我行。
雄髮指危冠，猛氣衝長纓。
飲餞易水上，四座列群英。
漸離擊悲筑，宋意唱高聲。
蕭蕭哀風逝，淡淡寒波生。
商音更流涕，羽奏壯士驚。
公知去不歸，且有後世名。
登車何時顧，飛蓋入秦庭。
淩厲越萬里，逶迤過千城。

圖窮事自至，豪主正怔營。
惜哉劍術疏，奇功遂不成。
其人雖已沒，千載有餘情。

翌日醒來，與劉裕見面的記憶，已在腦中淡薄。晨間，淵明照舊荷著鋤頭出門，午後再摘了園裡的瓜果回來。那些氣派雕琢的馬車，華麗剽悍的騎兵，終究與他的田園格格不入。

這年六月，晉帝讓位於宋公劉裕。大赦，改元，原本的元熙二年，改為大宋永初元年，頒佈天下。

新令傳到尋陽柴桑，已是半個月之後。

陶淵明得知晉室滅亡的那個下午，他正在院子劈柴。新朝差役告知後，又轉向下一個鄰里去通報了。

只見他仍舊若無其事地劈柴，想盡量不去提起那心中曾有過的千頭萬緒。他明白這一切是晉室咎由自取，在那樣混亂糟糕的國體下，門閥壟斷仕途，各地諸侯擁兵自重，使得晉室自開國以來就國本不固。這百年來的問題，如果不從制度上徹底改變，終究有一天，會有一個取而代之的家族。他不是不懂這樣的道理，只是如今這個大位是被一個他認識的人取走，心中反而增添更多感觸。陶淵明知道劉裕雖有大志，亦有無比兇殘的一面，由他得天下，不過是以暴易暴，往後必將為世間帶來更多廝殺，全無益於天下百姓。

陶淵明一邊思索著，一邊由身旁的柴堆中，拾起最大的那塊木柴。卻未料這塊大木柴的右側躲了一條大蜈蚣，幸虧他即時回神，在千鈞一髮之際，將木塊甩開，才見那條蜈蚣，從一旁的泥地上爬走。他嘆了一口氣，定下心神之後，再次把大木塊拾回來劈，怎知這一劈下去，卻又鑽出了成千上萬隻正在蠕動的白色幼蟲。於是他將木柴棄置一旁，提著斧子走回倉房內。

等到一切事情忙完後，陶淵明回到草廬裡，撫弄了幾聲無弦琴，伏坐於几上，寫下一首擬古詩：

種桑長江邊，三年望當採。
枝條始欲茂，忽值山河改。
柯葉自摧折，根株浮滄海。
春蠶既無食，寒衣欲誰待。
本不植高原，今日復何悔。

【卷十】

道濟天下

丈夫志四海　我願不知老

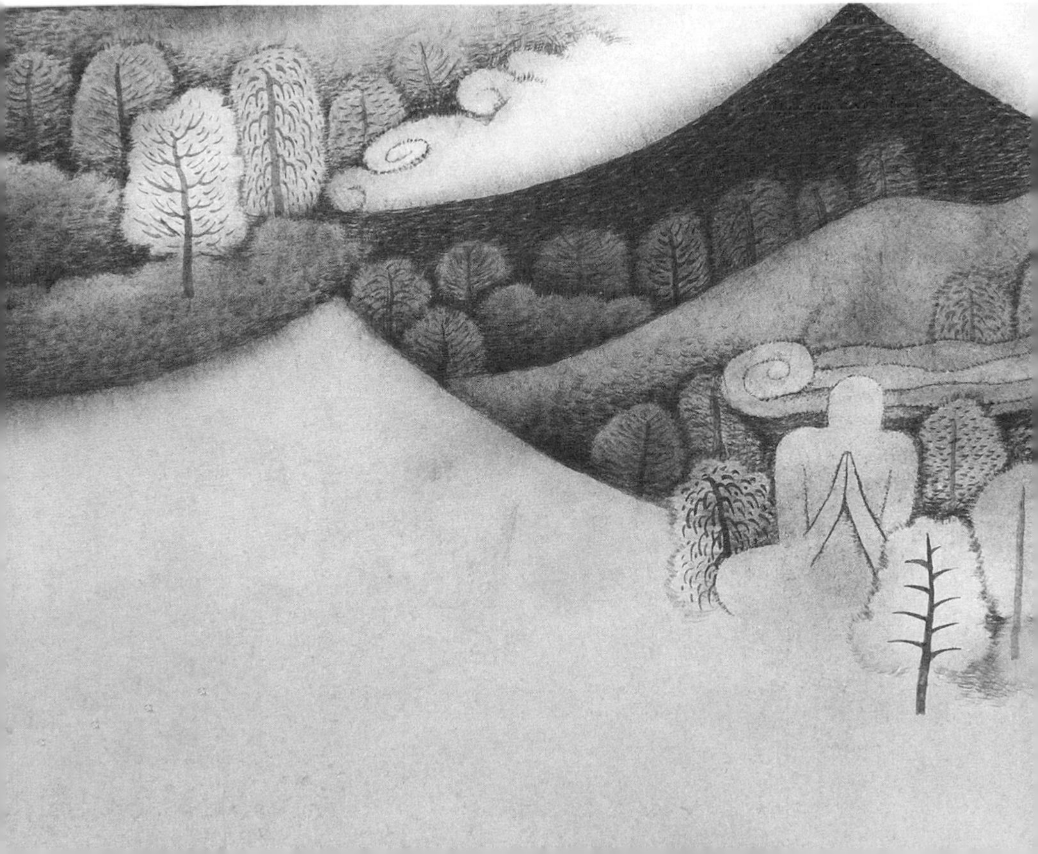

「爺爺，我好餓。」

「再忍耐些吧，晚點就有人帶東西回來給咱們吃啦。」

「爺爺為什麼你沒法下廚，也沒法種田？」小孫子不能明白。

「因為我老了。」陶潛看著柳樹，若有所思。

「要是奶奶還在，咱們就不會餓肚子了。」

大宋元嘉三年的秋天，起蝗，天下大旱。

一日晌午，四匹高大挺立的駿馬，拉著新任江州刺史專用的乘車，來到位於江州北陲的尋陽城。這輛馬車氣質不凡，儘管沒有富麗繁華的雕刻與掛飾，可是車體寬敞，整個黑帳在陽光的照射下，散發著刺眼的光芒。它的到來，引來無數鎮民的目光，只是這難得一見的馬車不過途經此處，便一刻也不停留地往柴桑的方向趕去。大車離開人潮擁擠的城區，開始全速奔馳於道上，而這條平坦道路的盡頭，便是位於廬山腳下的柴桑了。

柴桑鎮上，一名相貌不凡的男子騎著一匹前額五塊雪點的棕馬，在人來人往的大道上恭候這輛遠道而來的黑馬車。待車一到，男子領銜走向西南邊的一條土道。這些華車所羈之馬，雄渾有力地踩踏在地上，最初的那條土道還有一尺的空間，可容四匹馬通行，只是越走越狹，終究縮至馬車無法通行的寬度，而車輪卡在泥濘的爛沼。

這時一名身材魁梧，圓目高鼻的男子走下車，他的腮幫蓄了濃密硬刺的鬚髯，顧盼之間滿溢狂傲的神態。

「確實如先帝所言，大路走了十里後，就得騎馬了。」

他招來兩名隨侍，協助為他趕車的馬夫解下一匹銀尾的黑馬。黑馬仰天嘶鳴一聲，跑至魁梧男子身旁，隨侍呈上酒紅色的鞍座，由男子親自為黑馬套上。

一切就緒，他便與雪點馬的主人一前一後騎向遠方。

二人二馬抵達門前種有五棵柳樹的陶家。雪點馬的主人先下馬，再伺候黑馬主人，並用轡繩將二駿拴在宅前的大柳樹下。

院前的衡門已經破舊不堪，魁梧男子索性一手就把衡門扯開，摧枯拉朽一般，衡門連同圍籬整牆向院外坍塌去。

顧盼威儀的魁梧的男子踩過地上的門板，逕自往深處走去。道旁的院落，兩側淨是乾枯的草莖。

一名面黃肌瘦的老漢打著赤膊，箕坐在草廬前，手邊還放了一個缽。

「陶淵明！」魁梧的男子大聲喊道。

「陶伯！」雪點馬的主人也於其後，喊了一聲。

陶潛見到有人喊他過去的名字，並不理會，倒是對雪點馬的主人問道：「哎啊，殷默，你家可還有點餘米嗎？」

「有的，待會我讓人給您取來。」

「謝謝了。」陶潛說完便起身，轉回廬舍裡去。

「陶伯，請留步。刺史大人有事找您。」

「誰啊？這又是找誰呢？」陶潛頭也不回地走回了屋內。

於是殷默稍微撥理一旁的草堆，領著身邊這位大人坐在草廬外頭的石椅上。

其實這位殷默的父親，即是陶淵明昔日的好鄰居殷景仁，而他身邊高大魁梧的壯漢是征南大將軍、爵封永脩縣公的新任江州刺史檀道濟。

兩人在石桌前坐了好一會兒，殷默見陶淵明不再出來，鑽進陶家草廬裡，找來一名陶家的孩子，給了他五十貫錢，要他盡快去鎮上買一些好酒與下酒的配菜。等到酒菜買來之後，殷默就對草廬內喊道：「陶伯，給您買好酒囉！快來喫酒喔！」

果然不一會兒，就見陶淵明蹣跚到外頭，見著東西就開始吃，看到酒就整罈捧著喝，也不管一旁有無客人。

「淵明兄可還記得我？」檀道濟問。同時他也打量起眼前的陶潛，花白的鬍鬚與頭髮，垂下來的眼尾有三道深刻的紋路，兩唇深陷嘴中，幾乎抿成了一條線。於是在心底感慨：「歲月無情，竟催人至此。」

陶潛沒有應答，恍若未聞一般，繼續吃喝食物。

「陶伯，你可還記得檀大人。」

陶潛聽見殷默説話後，停下了咀嚼，抬起頭來看了一眼檀道濟。雖然他什麼都沒説，但是檀道濟認得陶淵明的這雙眼睛，他從陶淵明看自己的眼神裡，感覺得出他還記得自己。

檀道濟雖然看陶淵明有些不悦，但還是先等他喝足了一罈酒，有些微醺時，才開口道：

「陶兄，別來無恙。咱們過去一別，可就是二十年了。」

「今日是什麼風，把你吹來了？」陶潛幽幽道。

「我是新到任的江州刺史。」

「知道了。」陶潛漫不經心地回應。

「為何如此冷淡？莫非不想再見到我？」檀道濟沒有想過，至今還有人敢予他這樣的白眼。

殷默見場面有些緊張，連忙緩頰説：「刺史大人，陶伯母翟氏年初病逝，陶家人心情自然低落。」

「見與不見都好，不過是順其自然。死了的也是。」陶潛又開口。

檀道濟又問：

「這麼多年來，都是這麼過生活嗎？住在這破草廬內。」

「可以算是。」陶潛順著檀道濟的話，隨意應著。

「殷默，你可知道他辭官多久了。」檀道濟見陶淵明這個樣子，心中有股說不出的氣，索性不再看他，轉而與身邊的殷默問話。

「肯定有二十年了，其餘的也不清楚。」殷默掐指回答。

「這些年，陶家都經歷了什麼事？」

「下官十歲時，殷家始與陶家比鄰。往前的事知道的不多，只聽長輩提過陶伯辭去彭澤縣令，還有陶家大火的事。往後的大事，則是陶伯在盧循之亂重傷了腳，以及陶伯分家。至於先帝夜裡來訪的事，若非檀大人告知，不曾知曉。」

「平日陶家是怎麼過活的？」

「陶伯耕作兩塊薄田，就在附近的溪水邊。」

「收成可好？」檀道濟對此感到興趣。

「如刺史眼前所見。」殷默避重就輕，不好意思說出實際境況。

「陶家後代可有人在官府做事？」

「據我所知，是沒有的。」

「喔？」檀道濟不敢置信。

殷默見檀道濟有意深究，便仔細回答：「陶伯有五子，長子識字，但性格刻薄不好拘束。二子亦識字，但學問略淺，所以陶伯都不願意他人為兩個兒子引薦。」殷默說到這，就像是說完了。

「那麼其他的呢？」檀道濟示意殷默繼續說。

「陶伯孿生的三子與四子，傻鈍愚魯，只能倚靠父兄為生。而么子則是五子當中，對讀書最有興趣的，只可惜身體孱弱，自小便是個藥罐子。欸，即便瘦弱倒也孜孜矻矻地學習，只是陶伯仍不願意他出仕。」

「這就是堅持理想的下場嗎？」檀道濟聽完，對著陶潛諷刺道。

突然，一名男童跑入室內，喊著陶潛叫爺爺，嚷著要吃桌上的東西。陶淵明這才正經了起來，捏捏孫兒的面皮，安撫他離開。

只是待孫兒一離開，陶潛就彷彿酒醒了一般，突然目光銳利地問檀道濟道：「可都打聽得滿意了？要走了嗎？」

「這些經歷，若由淵明兄自己來說更好。」檀道濟刻意這麼說。

「你是在說誰呢？」陶淵明看似恍惚。

「喔？」檀道濟有些訝異。

「陶伯的名字已改為沉潛的『潛』字了。」殷默插話。

「何時改的，又為何而改？」檀道濟說。

「義熙十四年，晉室滅亡的時候改的。」陶淵明先殷默回答，說完甚至補充：「你已經不是當年那個檀道濟，而我也已經不是當年那個陶淵明了。如今你是新朝的顧命大臣，亦是永脩縣公，我不過是柴桑的一名鄉間野夫。」

「像你現在這副落魄喪志的樣子，確實與當年有很大的差異。我十幾年前，就聽聞你隱居的事。可是隱士難道就沒有隱士的志氣，難道就沒有隱士該有的神采風姿嗎？」檀道濟非常不滿。

「潛，不過順其自然而已。」

「人生在世，不就應該要及時勉勵，力爭上游。可是你把你自己搞成這什麼樣子？」檀道濟越說越氣，心中浮現昔日的陶淵明，腦海也想起更多往事。他發自內心地說：「古來賢能的人，是因為天下無道，所以才隱居。若天下有道，則自然出仕任官。如今你生處文治清明的盛世，為何還要自苦如此？」

「你看我像盛世的百姓嗎？」再道：「連年大蝗，百姓饑饉。」

檀道濟聽了，又道：「那麼你改名字，是什麼意思？」

「逆賊謀篡天下，我不改名，還能做什麼呢？」

「你說誰是逆賊？武皇帝嗎？」

「當年你口中的劉大將軍，今日都已成武皇帝了啊。」陶淵明諷刺道。

「這有何不可？」

「劉裕這人，心狠手辣。朝廷如此倚重他，他為了登上大位，竟然連殺安、恭二帝，過去即使是桓玄，也未曾想要晉帝的性命。再說前朝，曹丕、司馬炎，雖然逼迫漢、魏禪讓，但反而對前朝末帝禮遇有加，至少維持禪讓之制該有的良善，以為百姓表率。」淵明說到這裡，舉起手杖指著檀道濟罵：「所以我說，沒有見過比劉裕更忤逆的人了。徹底破壞禪讓之制，往後要改朝換代，便只有不斷屠殺了。」

檀道濟身為新朝重臣，自然很不服氣地反駁：「晉室一干朝臣，比武皇帝心邪的人太多了。我曾聽聞你寫過〈晉故征西大將軍長史孟府君傳〉，你所言的外祖父，那種值得稱揚的好官，不就是不事生產的清官嗎？終日佔著官職不做事的，便是孟嘉之流了。當年孟嘉盡日出巡，卻只是做做樣子。這樣不實際做事的官，卻仍能受到庾亮之輩的稱賞。你眼中的大曾，不過就是個『只問家世，不問百姓』的天下！」

「即便如此，看似革新，但其實也只是從司馬家養的一批世族，換成劉家養的另一批世族罷了。」陶潛再駁道。

面對激烈的言辯，殷默在一旁悶坑不敢言，他雖有想法，可是自己竟非大將軍，又非高隱之士，實在人微言輕。

「晉祚百年，虛弱不振，篡位者何其多，又豈只武皇帝一個。」檀道濟道。
「別再武皇帝來，武皇帝去了，老夫聽得刺耳。」陶潛道。
「光是這句，就夠我砍你十顆腦袋了。」檀道濟說完，舉起手中的一鐔酒一飲而盡。
「會砍頭的事，我從來就不害怕。」
「你口口聲聲提到的晉室，已在先帝劉裕手中多苟延殘喘了二十年，難道這樣還不夠嗎？」
「他早有異心，不過利用司馬氏最後一口氣，好讓他更鞏固自己的實力。」
「這樣難道不好嗎，有能者取而代之，總好過尸位素餐的昏庸皇帝。」
「這天下不該是他的。」
「檀某看不出不應該的理由。」
「他心狠手辣，就連昔日的同袍劉毅，也下得了手。」
檀道濟氣得拍桌突然站了起來，陶潛看他體格魁梧，還有一身高領鐵胄的戎裝，真像年輕時候的自己。不，或許更像曾祖開國公陶侃。
「你只道劉裕殺了劉毅，但是你可知曉先帝為何要殺他？當他站在那個位置，他不殺人，人便要來殺他。那日他要是心軟放過劉毅，劉毅下次會放過他嗎？那日他不殺晉帝，即便晉帝真心退位，但打著擁護晉帝復辟聲討的人，你想會少過嗎？桓玄的失敗不就是活生生的例子？我不知道晉帝是否該殺，但我相信先帝有他不得不這麼做的思慮。」檀道濟說道。

「檀將軍如果不這麼想，你還能擁戴他、跟隨他嗎？」陶淵明笑道：「劉裕百戰百勝，不完全是因為他謀略過人，而是他這人絕不會做百密一疏的事。他不會留任何一點機會給他的敵人。」

陶潛的話，讓檀道濟想到義熙五年春天，他的兄長檀韶，帶他跟隨裕公一同北伐南燕。敵軍最後退守南燕國都廣固城，到隔年正月還攻不下，加上國內盧循作亂，裕公氣得説道，要將廣固城的百姓，男的全部坑殺，以妻女則賞將士。當時他和兄長檀韶都在本陣的營帳中，他覺得不妥，私下低語向兄長説，而兄長卻要他閉嘴退下。

等陣前會議開完，兄長檀韶回到營帳，便對他說：「屠城之事，燕國降將韓范說：『中原百姓苦等晉室光復，怎麼晉軍北伐，卻是來坑殺百姓的？』裕公才大悟，打消了念頭。」轉而指著么弟的腦袋道：「等你有這等口才跟膽識，再來勸大將軍也不遲！」

不過最後劉裕仍將燕國王公以下三千人全砍了，並拆毀了廣固城。想到此處，檀道濟的思緒又再回到與陶淵明的對話上，他說：

「晉帝死後，一幫人罵先帝，恨他恨死了。但是你可有看到，這天下之大，一個起兵反抗的人都沒有。這又是為什麼呢？因為朝中已經沒有人比他更有能力、更有資格治理天下了。」他繼續說道，覺得有必要說明：「先帝怎麼想，我並不想管。但是我知道他自登基以來，勵精圖治，讓百姓這些年休養生息。也因為先帝兩次北伐，因此北朝始終不敢來犯，就是有這樣的先帝，才有天下現在的安定。而不是在司馬氏和那群門閥手中虛耗國力，繼續搞得民不聊生。」

陶潛聽完後，摸了花白的鬍子道：

「天下安定之後，難道你就不擔心自己嗎？」他想起了檀憑之事。

「我有什麼好擔心的，這一生從誓死追隨先帝開始，便置生死於度外了。更何況我檀氏一門忠烈，個個為大宋征戰沙場從未計較過性命得失，難道還擔心宋帝不善待我檀氏？」

「你確實是該擔心呀。」嚐口酒道：「兔死狗烹，走為上計。」

陶潛開始欣賞這位後輩了。當年檀道濟還非常年輕，就不怕死地追隨劉裕，同大家一起討伐桓玄。後來檀韶擔任江州刺史，他也見過幾次年輕氣盛的檀道濟，那時他已經是位少年軍官，膽識過人。兩人更曾在一次尋陽鎮上的慶典，因久未見面了，一時間未相認出來，等到酒拼數輪，才知道這一邊是刺史檀韶之弟，另一邊則是尋陽三隱之一。

檀道濟一連喝了幾口酒，說道：「你為何就是不能接受先帝？你可知道當年他登基，晉室的封爵當中，唯一保留的便是長沙、始興、廬陵、始安、康樂等五公，雖說是降爵為縣公和縣侯，但也是讓陶侃、王導、謝安、溫嶠、謝玄等五公的後人，可以安穩奉祀他們。」檀道濟提了一罈酒灌下去，吼道：

「我就老實說吧，陶侃後裔的貢獻，與其他四位又豈能等同言之呢！而武皇帝之所以破例保留，就是念在與你陶淵明之間的情誼！」檀道濟說得激動，摩拳擦掌再道：「這些門閥，正是迂腐無能的晉室，之所以苟延殘喘的根源！就是這樣才使得那些有能力的人，彼此相互殘殺，王敦、蘇峻、桓玄、孫恩、盧循，看似都要篡奪晉室，實則讓他們互鬥，這便是晉室的生存之道，而百姓也被無情地捲入。積年累月下來，國窮民弱自然無力北伐，亡國是早晚的，可是正因為武皇帝即位，所以扭轉了。」

「自然是殘酷的，誰也扭轉不了。」陶潛再提起一罈酒給自己灌下。

「我相信武皇帝可以，他從以前就比誰都認真，比誰都有謀略。就算是稱帝之後，凡事也都以身作則，不出半個月，就使朝中風氣一新。所以他禪讓即位，朝臣之中，沒有一個上書覺得不合理的人。」

「你說他稱帝，並不殺人，又改革制度，使朝廷風氣為之一變。這是因為你身為黨羽，看待事物已分不清遠近。我見劉裕自義熙五年開始，就矯擬詔書以殺政敵，這十年來，他殺人的總數，才是真正鼎革所付出的血命代價啊。人生於自然，各屬天地之間，怎能他劉裕說殺就殺呢？」

「難道你當參軍的那些年，在戰場上什麼人也沒殺過嗎？」

這個問題，換來一陣靜默。

天上的雲也如同流水般，快速地流動、變化過去了。

陶淵明不吭聲地喝起第二罈酒，檀道濟見狀，也開了另一罈酒來喝。當年陶潛及家兄檀韶還有他，同為裕公底下的部屬，分開前大家還是把酒言歡的弟兄。可是往後自己隨裕公南征北討，如今地位已不能同日而語。現在的他終於是來到當年裕公的那個位置了，而以往裕公親歷的那些血腥的爭鬥，也就逐一地以新的事件轉移到他身上。

就彷佛是先帝在向他說，該是換你面對了，檀道濟。

劉裕在位兩年便過世，太子劉義符甫登基不久，就被顧命大臣徐羨之、傅亮、謝晦，以遊樂無度的理由廢黜。當時他雖為顧命大臣之一，但人在兗州為刺史，和江州刺史王弘，一起突然被傳喚入朝，到了朝中才見徐羨之等人，倚靠皇太后的權勢，向他們二人說明廢掉新帝的原因，並要兩位封疆大吏，支持中央的決定。檀道濟見王弘笑著，說聲「知道了」。接著眾人就把目光從王弘身上，轉到他身上。其實傅亮三人會做出這等事情，他並不意外。只是他想，新帝雖然昏庸貪玩，但真的可以說廢就廢嗎？他身上穿著密實的甲冑，背部流下大量的汗水，終於他應諾支持廢黜新帝的決議。

然而，被廢的劉義符，以及先帝的二子劉義真，不久都遭到徐羨之殺害。當時他曾屢諫不可殺義真，卻不被接納，而王弘也不插手，一副局外人的樣子。他深覺得自己沒有保護好先帝的兒子，卻也只能接受這樣的結果。最後徐羨之等人，找了遠在江陵的劉義隆登基為新帝，認為比較好控制。經過這次廢立，檀道濟才懂為了皇位，眾人究竟可以彼此殺戮到什麼程度。

然而，就在來江州之前的幾個月，新帝劉義隆突然下詔，將徐羨之、傅亮、謝晦的罪行昭告天下，很快地，徐羨之自殺、傅亮被抓後伏誅，但是謝晦則在荊州擁兵自重，劉義隆就派他統領兵馬聲討荊州。由於謝晦並不善戰，最後更不戰自潰。一直到事情大致底定，他才知道一切是王弘在背後運籌帷幄，翦除權臣，才使得劉氏的天下能夠穩固。而他檀道濟因為平定有功，被封為征南大將軍、開府儀同三司，並任江州刺史，帶著極大的榮耀來到江州上任。

但是像他一樣活下來，並且一路加官進爵的軍人何其少，往往每一出戰，就有三五個回不來，又隨著年歲增長，久而久之，故舊便全都凋零了。

就連眼前的陶潛，能再活幾年，都是個問題。檀道濟思及此處心有所感，想再多飲一罈酒，問陶潛道：「你的酒會苦嗎？」

陶淵明酣笑而不答話，因為他已經醉了。

檀道濟見之又問：「淵明兄，可還寫詩？」

陶潛點頭，並隨意朗誦一首〈詠貧士〉：

萬族各有托，孤雲獨無依。
曖曖空中滅，何時見餘暉？
朝霞開宿霧，眾鳥相與飛。
遲遲出林翮，未夕復來歸。
量力守故轍，豈不寒與飢？
知音苟不存，已矣何所悲。

檀道濟聽了有些羨慕，說道：「淵明兄，還是淵明兄啊。」

語畢，才見一旁的陶潛早已蜷臥而睡。其實，此時的檀道濟也醉了，只是他的醉法既不是笑，也不是睡，而是端坐在位置上，閉眼直直挺立著。

在旁的殷默，看著眼前的兩位長輩，感嘆道：

「陶伯生活得再辛苦，內心依然如此愉悅。又刺史大人行軍多年，即使醉後，還能有此意志挺立不阿。如今世間改朝換代，但看著兩人對坐，就像是看到當年晉室的開國公陶侃，與四世之後的孫子陶淵明對坐一樣。」

待兩人酒醒之時，已是夜間，檀道濟見陶家所有的人都回來了。只是個個面黃肌瘦，好不可憐。

這副慘況讓檀道濟見了，心中非常不快，他對陶潛道：「你我同是將門之後，為何將自己搞得落魄至此！你的行為真是羞辱了我們武人！」

「我既沒有才幹，又已經老了。」陶潛回答。

「大丈夫無法養家活口，真是羞恥。」

檀道濟話一說完，也就離開了陶宅。幾天後，殷默為陶家送來許多的粱肉美食，說是檀刺史有感陶家過得辛勞，因此餽贈的。未料陶潛卻將所有的菜餚都退回去給檀道濟，代家人說道：「我們陶家寒酸慣了，吃不慣腥肉。」另一句他像是為自己說的：「我只求親近田園，在田園裡安貧樂道地過生活。」

過了一年，陶潛於家中逝世。

那一年不僅旱象解除了，田園也再次豐饒。九月將盡，他走進院落外一片盛開的菊花田，倒在田裡，面對無垠的青空，死於陽光之下。

有別於陶氏一族的落魄，九年之後，檀家成為天下最有權勢的家族。

檀道濟因治軍謹嚴，長期鎮守北方，父子數人屢屢因為戰功而封將拜相。就在檀氏得到朝廷禮遇與百姓景仰的同時，災禍也已經悄然降臨。

元嘉十三年的某日，南朝皇帝劉義隆突然下旨召檀道濟入宮。檀夫人向氏知道之後，不願意檀道濟出門。她告訴夫君，以往皇帝召見你，是有重要的事情要處理，可是現在天下太平，什麼事情也沒有，為什麼還要召你入宮呢？這肯定有什麼問題。然而檀道濟不以為然，自負地說我檀家三代效力於劉氏，不是死在戰場，就是死於任上。像我們這樣忠心不二，為劉氏鞠躬盡瘁的臣子，又有什麼好猜疑的，今日也不過是面聖而已。

當日，坦坦蕩蕩入宮的檀道濟馬上就被抓了起來，隨後他十一名驍勇善戰的兒子也都被囚禁。不過數日，檀家上上下下就全數論斬。大牢裡，他一直在想到底是誰陷害了他。行刑之前，他目光如炬，憤恨氣盛，一口氣喝下了一斛酒，然後把頭巾扯了下來，狠很地丟到地上，對皇帝劉義隆大吼道：

「荒唐啊！你這是在自毀長城！」

果不其然，檀道濟一死，北魏的兵將們歡騰數日，直呼道：「往後南下的鐵蹄，再也沒有阻礙了。」

隔年魏軍果然直驅南方，長江北岸皆為魏軍所占據。宋文帝劉義隆登上石頭城見兩軍南北對峙，長江北岸滿滿都是魏軍，這才痛苦地悔悟道：「如果檀道濟還在，又怎麼會這樣。」

再說檀道濟死後，徒留下一本《三十六計》，雖說是歷代知名的兵書，蘊含深奧的奇招妙用，卻怎麼也挽救不回他那些枉死於刀下的子孫。

#【卷末】山水方滋

縱浪大化中　不喜亦不懼

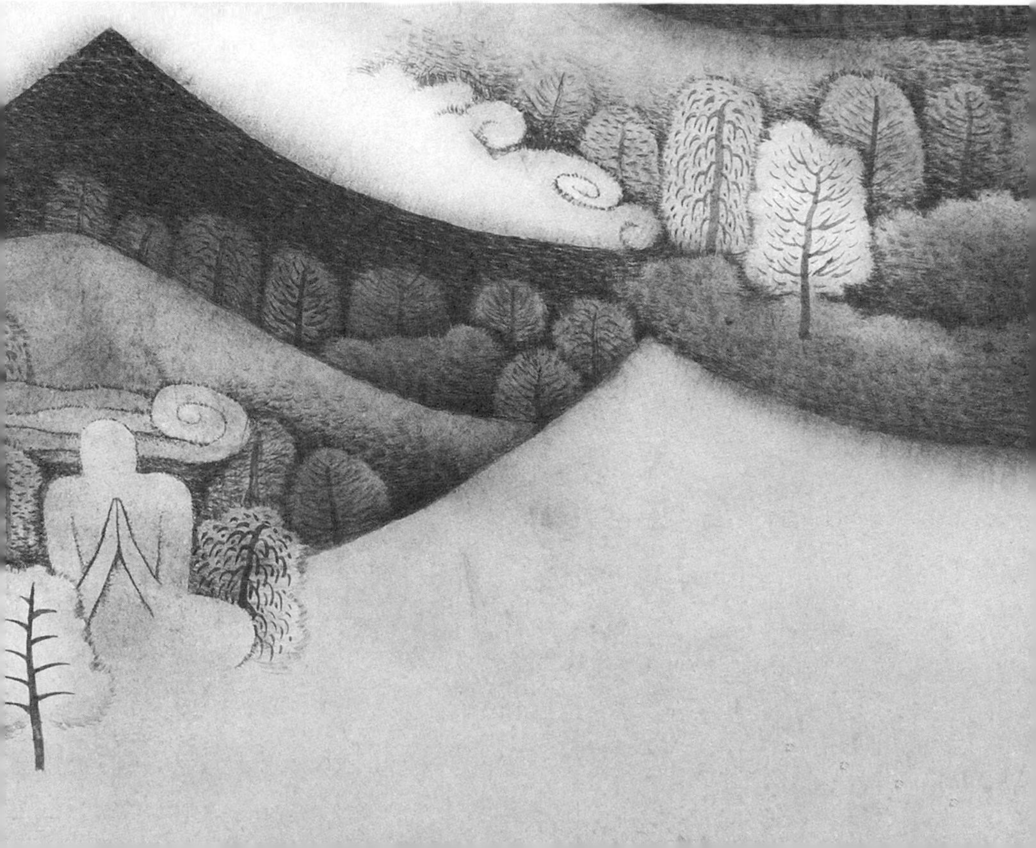

雨過天晴，一片黃澄澄的麥金在田園中閃耀。

「田父，敢問顏功曹的家在哪個方向？」

「該怎麼說，有點距離吶。」

「不在附近？」

「這一帶雖說是鄰曲，但每戶其實離得很遠，何況宅子外觀都差不多。」田夫想了一下回答。

「不過田父的家，倒是特別破舊。門前的五棵大柳樹，也看了礙眼。」

「顏功曹啊。」田夫喃喃自語。

「功曹現在已升中書侍郎了，但我想附近村夫應該都不知道，只知稱呼他顏功曹吧。」這名衣著華貴、容貌白皙俊秀的男子說道。他看眼前坐在柳樹下的田父，戴著當地農民常戴的曲柄笠，歲數約當耳順之年，身子清瘦勁挺、精神抖擻，才選擇向他問路。

「延之早已不住柴桑了，你找他有何事？」

田父見來者頭戴籠冠，大袖翩翩，氣質高貴與村人格格不入，身上的華麗服飾更與時制不同，異常豪奢，怎會獨自在此？再說，來者似乎與好友顏延之相當熟悉，讓田父對他十分好奇。

「田父果然識得顏子！他的舊宅在何處？」

「我帶你過去吧。」田父起身，拄了枴杖。

男子這才發現田父左腳略跛，但動作還算俐落，一下子就竄進路旁的芒草堆。

「走這條小徑較快。」田父要男子快跟上他。

男子看著乾枯的草叢心想，要不是迷路跟隨從分開，就能馬上命人開道，免得野草弄髒了衣服。但見田父身形高大，稍一思索人就走遠了。

「田父！」男子雖猶豫，倒也沒落下腳步，硬著頭皮跟上田父。

此刻是元嘉四年九月。

兩人身影，轉瞬間掩沒在凌亂的芒花裡。

天空微雨，年邁的陶潛領著謝靈運前行，口中若有似無地哼著〈桃花源詩〉。後方謝靈運只當是柴桑當地歌謠，也不妨聽聽：

嬴氏亂天紀，賢者避其世。

黃綺之商山，伊人亦云逝。

往跡浸復湮，來徑遂蕪廢。

相命肆農耕，日入從所憩。

桑竹垂餘蔭，菽稷隨時藝；
春蠶收長絲，秋熟靡王稅。
荒路曖交通，雞犬互鳴吠。
俎豆猶古法，衣裳無新制。
童孺縱行歌，班白歡遊詣。
草榮識節和，木衰知風厲。
雖無紀曆誌，四時自成歲。
怡然有餘樂，于何勞智慧？
奇蹤隱五百，一朝敞神界。
淳薄既異源，旋復還幽蔽。
借問遊方士，焉測塵囂外。
願言躡清風，高舉尋吾契。

「田父吟詠的，是何方山水？」謝靈運跟在其後，隨著詩境不免想像起來，好奇問道。

「以前也有人問過我。」

陶潛一下撥開草叢，道路豁然開朗，二人已來到顏氏故宅。雖然陶潛和顏延之仍偶有聯絡，但也久沒來探訪這間舊宅了。他回頭對身後的新面孔說：「人也不住這了，只剩個空宅子。」

「無妨，我來只是想給他一份驚喜。」

謝靈運身上的整套華服，不僅沾滿重重露水，昂貴的絳紗朱衣也被鋒利的芒草凌亂劃開，腳上的黑鞋更包覆一層黃泥垢。

「什麼驚喜？」

「今日要寫詩贈他。」

靈運先是站在宅子外頭仔細端詳，隨後沿著宅子繞了一圈，再眺望附近一帶的景色道：「就寫宅邸附近的山水吧。」

「寫詩呀，可想好詩題了？」

「就叫『九月柴桑自五柳宅前經芒花徑尋得顏侍郎故宅』。」

「這題目太長了。」陶潛皺起眉頭。

「詩題要長，下得才精確。」

「前頭加序說明，不更好？」陶潛感到興趣，又說：「不妨聽老夫一言，改為『尋顏侍郎舊居』如何？」

「田父亦能解詩?」男子有些詫異。

「略懂。」

「可有作品?」

「手邊有一首今天清晨寫的。」

「讓晚生瞧瞧。」

「此類作品,還是不給少壯子弟看才好。」陶潛突然笑了。

謝靈運心想,大概不會是什麼佳作,也不堅持,重新回到自己的創作,專心推敲合適的字句。

陶潛同樣好奇,這麼長的詩題會是一首怎樣的詩?雖然現在這個時辰,他該到廬山東林寺後方的田地摘拾果菜了,否則日上三竿,菜葉就會乾皺下來,又得等待明日。可是他選擇留下來為顏延之打掃門庭,時而看向打著腹稿的謝靈運。只見對方整飭儀容,拿出一把精雕細琢極為少見的折扇,以扇柄非常有教養地清除鞋上的泥濘,過了好一會兒,才有點投入思索的樣子。

不久謝靈運完成贈與顏延之的詩作,將白帛折好。

「何不讀來聽聽。」陶潛靠過來。

「田父方才不也私藏？」他拿起信封對陶潛道：「而且，泥封了。」
「怎麼不謄一份？」
「我寫的，謄什麼。一會僕從若跟上我，到時只消複誦一遍，他們自然會為我抄錄作品。」
「何不現在，讓老夫幫你謄一份。」謝靈運沒想到陶潛竟會如此纏人。
「也行。」靈運沒有拒絕，莞爾地說：「田父聽好，」
他開始吟詠，聲音清朗，自信縱橫，其詩音節綿密，富麗精工。開篇自陶潛宅前的五棵柳樹說起，沿途穿越大片芒花的景象，到乍見延年舊居，不只寫宅邸外觀，更把遠處高大而朦朧的廬山如實描繪。
「此詩真有左思『非必絲與竹，山水有清音。』之感。」
「所言甚是，晚生性愛山水，為此遍遊各地，往往旬月不歸。」謝靈運再瞧眼前老漢：「田父尚能記否？」
陶潛蘸筆後，索性將紙鋪在石階，俯身寫了起來。而謝靈運注意到老邁的田父握筆微顫，然而字跡大巧若拙，顯示其內涵深厚，這樣的字體肯定不是一位鄉間野夫所有。只是他不懂，這樣一位極富文才的人，又怎會落魄至此？
「款識要提什麼？」陶潛抬頭問道。

「直抒晚生名諱即可。」靈運想到尚未告訴田父姓名，即說：
「晚生謝靈運。」
「靈運？當是字，名呢？」
「以字行於世，何問虛名？」
陶潛點頭，想起似乎曾透過顏子聽聞這位謝玄嫡孫的事蹟，以往只知道謝靈運與東林寺關係友好，當初慧遠結白蓮社，就是由這位謝家子弟出資，在道場前挖掘水池遍植白蓮而得名。今日方得見其人啊！
「老夫陶潛。」
「哦，陶老父。」謝靈運彷彿也有印象，應該是曾由顏延年那兒，聽過一位陶姓隱士的事蹟。只是當時並不放在心上，現在要再回想，也挺困難的。
「陶老父覺得靈運的詩如何？」
「取象化工，草樹不遺，這些優點你自然知曉，老夫只說缺點。」
謝靈運乍聽有些不悅，不過還是故作寬容地說：「且等陶老父說服靈運，這禮失如何求諸於野？」
「整首詩，每一聯都是一景，正因為這樣，不免堆砌辭藻，對仗也過於工整，整篇讀來，給人有句無篇的印象。且既已刻畫山水，又何必於詩末留下一條玄言尾巴。

不過君當少壯，有如此高的天分，將來必臻成熟之境。」

「放肆！」謝靈運作詩從來只見人恭維，未曾被人如此實際批評過，憤怒之餘，不由得為自己辯駁起來：「你不懂這些詞藻的華麗美好，這全是我刻意為之。陶老父，你看那廬山跌宕的山勢，不都是一層一景堆疊而上嗎？層層疊加的詩句，是不是酷似山水之姿？還有這對仗，是我同烏衣巷的慧叡法師請益梵語，晚輩深覺中土詩歌也當如梵語注意聲調，就可在齊言音節上增添錯落之美。」

謝靈運亟言再辯：「『有句無篇』才是真正山水精髓！陶老父，你看眼前雲霧繚繞的廬山，是不是偶得一佳景，卻無法窺得廬山全貌！這便是我詩作所要呈現的。以玄言做結，正是山水與我個人性靈的交匯。」

他看陶潛不再說話，以為辯論勝過對手，突然想起自己的僕從，他們應該也正在找他了。當謝靈運躊躇滿志，準備離去的時候，陶潛卻開口了：

「或許你說的都對。只是這首詩最大的問題，卻不是這些。」

「你說什麼？」謝靈運轉頭。

「你的詩裡沒有人。」

「哈哈，這當然。」靈運笑道：「我不喜歡人情世故。」謝靈運望著廬山上頭的雲霧，自個兒暗忖：「像這樣的陌生人，反而沒什麼不能說的。」

「本公乃獨子，家裡怕獨子難養，從小將我寄養在別人家，真正的家人反而喚我為『謝客』，我從來不覺得何處是我的依歸。對我而言，流沫不足險，石林豈為艱，生平只求一覽天下勝景。」靈運回想，或許是這樣，才養成自己的狂狷，就像今日一早來找顏氏舊宅，只知道是在柴桑一帶，根本不知其所在。於是帶眾人轉了幾圈，便生了氣胡罵，把僕從都全斥責回鎮上。

「原來你就是謝客啊。我曾聽聞，有位謝家子弟率衆登臨山水，卻伐盡山中樹木，又讓奴僕馬畜踐踏農田，是你嗎？」

「確實是我。」

「為何如此？」

「哈哈哈！謝家奴僕眾多，開山闢路尤其有效率，且伐木聲音美妙，砍下的林木可建構棧道、修築別墅。至於穿越田野，貪圖捷徑是最初念想，但若能因此開闢一條直抵城內的大道，未來對每個人都方便。」

「把自然生長的扼殺，彎曲的扳直，這樣可好？」

「陶老父太小看自然了，山林裡該是樹的地方，自然會有樹；城郊該是田的地方，自然也會是田。今天你看我謝客率眾破壞的地方，新闢蹊徑完成後，如果有人覺得好，自然能永續經營，若無人繼續使用，自然而然能恢復原先的樣貌，相較於自然，我的力量何其渺小。人的存在又何其短暫、何其卑微！」

「這就是你的想法？」陶潛道：「不怕招來非議？」

「為何獨獨非議於我呢。將軍帶兵殺人，又曾顧及什麼？農人刈草殺蟲，成就自己的田地，又豈會惦記渺小的生命。這些都是自然的教導嗎？謾罵我者，在世上又做了多少開拓的貢獻？那些教萬民安貧樂道，使百姓蒙昧無知如螻蟻般過完一生的人，卻被封為聖賢，真是可笑極了！儘管議論我的不是吧，我也只不過剛好有這樣的需求與能力，又有意願這麼做罷了。」

「任性的人，往往恣意妄為。」陶潛看著靈運。

其實謝靈運之所以有這樣的性格，與他的成長有密切關係。從小寄人籬下，雖被杜家長輩奉為上賓，但是同齡的孩子都不與他往來。在沒有朋友的情況下，他發憤學習，手不釋卷，也養成遊山玩水的興趣。對他而言，旅遊實勝於交友。

年紀稍大後，面對杜家孩子的戲弄，靈運越來越講究自己衣著的華美與文彩，他要那些孩子知道，自己與眾人是如此不同，如此高高在上，他的父親是大將謝玄之子，母親劉淑珍是大書法家王羲之的外孫女。優越而尊貴的他，還不會說完整的句子，就已經學會使喚別人，日積月累，性格越趨跋扈囂張。他要每個人知道，是謝客不屑與俗人來往，而不是被排擠，不被選擇。

「我的性情體現在生活與創作上，言行就是如此一致。」

「這倒是，你的情志發揮於創作，自有一種美妙。」陶潛說道。

「哦，好在哪兒？」謝靈運沒想到陶老父轉為稱讚他。

「古往今來的詩人，不是看什麼都憤懣不平，便是看什麼都傷心。而不傷心的時候，詠歎則又言過其實，一味地繁華富麗。如果謝兄弟的詩，能將自然山水的美好，單純地用文字留影在人間。光憑這點，便足以欣賞了。」

陶潛說完笑道。此刻他揮動手杖邀請謝靈運跟著他：「到我的田裡走走。」又說，「再晚，這青菜就真的不好吃了。」

謝靈運再次勉為其難地跟在這名野老身後，不過心情已比方才過來的時候，舒坦許多。更讓他意外的是，這菜田，就在東林寺旁。

陶潛的田園，堆土耙梳得非常整齊。吊棚下瓜果扶疏，田裡翠綠的蔬菜和陰黑肥沃的土壤形成強烈對比。

「去年大旱，緊接著又蝗災。好不容易今年旱象解除了，有得食了。」陶潛體態微僂地說：「來，幫我摘些棚子下的絲瓜。我的腰伸不太直了。」

謝靈運想，自己貴為名門望族，從未幹過摘瓜這等粗活，因此撇過臉不甩陶潛。

陶潛也覺得沒關係，但見這條絲瓜再不摘就太老了，勉強自己仰頭，伸手向上，右手再微顫拿著鐮刀，想要將絲瓜取下。

謝靈運看得不忍，一手接過鐮刀輕鬆俐落地將絲瓜摘下。

「你看，這不是做得很好嗎。」陶淵明呵笑。

「陶老父難道沒有晚輩照顧？」

「有五個兒子，十幾名孫子。」

「既然如此，這農活你還親力親為？豈能無自知之明，你的身子已經不適合再耕作了，又何必勉強自己。」

「就像你喜歡一覽山水。潛，亦獨樂田園。」

謝靈運見陶潛不聽勸，也就不再管別人的家務事了。

就這樣兩人待在田裡，謝靈運自有一塊清靜之地，而陶潛只管忙著。謝靈運雖不想管，但偶爾陶潛喚他幫忙，或者他看陶潛的樣子實在不行時，也會不甘情願地插手幫忙，暫離自己的一方淨土。

慢慢地接近午時，兩人汗水淋漓。

謝靈運熱得受不了。雖說現在已轉入秋序，但太陽可一點也沒有要變換季節的意思。他想像之前在山林裡多麼清涼，遠離了塵囂，有流泉可濯足，有高大的喬木、翠綠的山蕨、白胖的鮮菇，更有許多珍禽異獸可觀賞，登高遠眺下方的大地山川，頓時心曠神怡。總之山林的一切是那麼美好。他惦起自己在始寧，花了十年所經營的山中別墅，想起自撰的那篇〈山居賦〉。現下的他，巴不得能成為故事中人，幻化進自己的〈山居賦〉中，享受這人生的快意清涼。

然而鄉間田壟，既無遮蔭之處，景色又單調乏味，唯見田間老父，草間摩娑，偶爾更有雞畜的腥臭飄來。他真搞不懂自己為何要逗留此地，陪伴一位田父，做著弄髒手腳、自滅性靈的粗活。

「謝公！」突然一陣謝公喊得震天價響，一幫徒眾龐然駕到，只見數百人自遠處翻越山岡而來。紛紛齊聲高喊，步伐壯盛，撼動地表。

謝靈運看向前方，正是自家的奴僕、門生、丁匠浩浩蕩蕩行進的隊伍。他突然有感，難道別人從遠處也是這麼看著自己嗎？更讓人感慨的是，謝靈運覺得眾人即使主人不在，還是這麼有排場，井然有序，衣著光鮮賁然，少了自己對這群人而言似乎一點差別也沒有。

一位走在前頭似乎最具身份，同時也最機靈的生徒，趨步趕至他們所喚的謝公面前。未待謝公開口，就見那人彎下身為謝公擦鞋，其間沒有水，索性抹了身上的香汗，好用來擦拭謝公鞋上的泥濘。

「得了，你們方才跑去哪？」謝靈運直覺不舒服，縮回腳。

「謝公，一個時辰前，眾人按您的吩咐，四處解散，各自尋找顏大人的舊廂居。怎知屋子找不著，回頭連您也不見了。好不容易我才把大夥又集合起來。」

「大膽，是誰說我不見了？」

「謝公息怒，小人失言。」說完自行掌嘴。

陶潛在旁觀察，此人看似僕從，身上的裝束卻比一般百姓浮誇許多。

「顏宅找得如何？」

「謝公息怒，此地無人識得顏大人故居。」

「愚庸！顏子舊宅我已經去過了，且賦詩一首，去把我的詩帶給他。」

「來人！給中書侍郎顏大人發信！」那名帶頭者高喊道。

「今晨帶我到顏子宅邸的，是這位陶老父，理應答謝。」靈運話甫落定，只見帶頭數人齊喊道：「賞陶某！」

就在數百位僕從、門生，彼此交頭接耳，討論能給該名老父什麼賞賜的時候，謝靈運步伐顛簸了一下。陶潛並不在意自己能有什麼獎賞，反而注意到靈運上轎時，重心不穩，更險些跌跤，一時之間竟需人攙扶。

「潛無功不受祿。倒是您一早隨老夫巡視農忙，恐怕還未用膳吧。」

「嗯。」謝靈運已無力多想。

「此地離老夫住處不遠，或隨我回去吃些蔬食。」

一行徒眾要填飽自家肚子並非難事，但要應付「食不厭精，膾不厭細」的謝公，飲膳向來就不好打點。現在有人要負責午膳，何樂而不為？於是個個大喜，後方並傳來：「起轎！」找回謝公後，一行人重振氣勢，較之前更加喧譁地行進，一同來到宅邊有著五棵柳樹的陶家。

謝靈運或許是熱得發暈，也不知怎了，未及百人眾排好陣勢，就急急忙忙趕著下轎，他跟著陶潛先到一旁的溝渠清洗手腳，接著就走進陶宅。

陶潛的孫兒見爺爺帶客人回來，依然故我地嬉鬧，只是偶爾覷眼這名衣著華麗的客人。兒媳則以茶泡飯，佐以翁老今早摘回來的蔬食。謝靈運自然對菜色很不滿意，一開始舉箸懸空，猶疑難下，但見一旁孩童連竹箸都不太會拿，就搶著夾肉，在這種地方吃食還挑什麼呢？於是也趕上眾人用餐步調，沒想到食慾甚佳，很快將菜餚享用完畢。反觀一旁的陶潛，卻只吃了幾口，身抱一罈酒，卻也未開罈。靈運見他臉頰削瘦，看似健康又若有病容，即問道：

「陶老父為何不喫飯？」

「不急。」

「也不喝酒嗎？」

「不不，陶某豈能無酒？只是過去嗜酒如命，可惜長年飢病，將腸胃摧毀。如今若再沾酒，酒便是腹中的穿腸之毒了。」

「靈運亦同。」

「咦？」

「酒過於俗氣，亦為佛法誡律。我不飲酒，詩亦不寫酒。無酒，我照樣可得佳句，山水能給酒不能給我的體驗。這種唾手可得的東西，真是無趣極了。」

「酒能祛百慮，使人任真體認自然之境。」

「若百慮能以酒祛除，若任真必須以酒催生，此『真』又與上癮何異？且怎麼可能有酒就無慮呢？難道沒有酒就沒有自然了嗎？」

陶潛聽了，反而大笑道：「所言不無道理，但陶某對酒一往情深。」於是端了酒罈，向謝靈運介紹道：「這罈酒放很久了，是某日早晨一位老友特地揹來送我的，他私下告訴我，喝了即能成仙，至今我還未嚐過。」

「想必那位故人，已不在人世了吧？」

「我們今天喝了它如何？」未等謝靈運答覆，陶潛打開甕蓋，一陣濃烈的酒香撲鼻而來，房間內的孩童瞬間停止了嬉戲，婦人也停下了針黹，都被這股香味所吸引，瞧了過來。

「得酒莫苟辭啊。」陶潛抱著酒罈道，並為靈運舀起一碗。

「也是，激涕當歌，對酒當酌。」靈運看著陶潛為兩人斟滿酒碗，突然問道：「多少酒，能銷田父的愁？」

「有酒，就不愁了。」陶潛舉杯，一飲而盡。

「說是仙釀，味道卻如此一般。」謝靈運難得喝了幾口，卻忍不住抱怨連連。

「看來應該先熱過才對。」陶潛笑道。

陶謝二人帶著醉意，一同步出院外。陶潛原本想散掉酒氣，卻見謝家那幫徒眾大興土木，許多人正攀爬上樹，木葉狼藉在地，這時五棵大柳樹已經被謝家僕眾砍斫許多枝椏。更讓陶潛驚訝的是，兩人用餐不到一個時晨，門前的坡上竟然完成了一個觀景臺的基座。

負責籌劃的幾位門生見謝公出來，各各迎上前，拱手彎腰報備：「報告大人，小人幾個方才於屋外商議，一致認為陶家前院風景甚好，立即吩咐工匠就地開挖。」又另一位道：「西面的視線尤其遠闊，只要稍加整理，築一雅亭，可盡日坐看田園景致，飽覽廬山壯美。」下一位善於擘析的門人道：「只是部分景觀被柳樹遮擋，加上道路至此大幅縮減，成為窮巷，原因就在於盡頭有五棵柳樹橫阻在中央。」門生再道：「當然這點事不必謝公煩心，我們已著手鋸除，一來為鄉里開路，二來卸下的木材，也足夠建造一座氣派的亭子賞給陶家。」

陶佟已屆三十，此時已承擔起當家的責任，看見陶家高祖親手種植的柳樹，今日就要被這批奇裝異服的貴冑，強加莫名奇妙的理由砍去，不禁僭越阻擋：「伐木豈能如此隨意，古人禁伐山木，違者以竊盜林產論罪，至於自家樹木也不得隨意，若是婚喪喜慶需要，也得選擇良辰吉日才能砍伐。」

「無稽之談，擔憂什麼。此處造亭甚好，有亭才有景，有景才有詩。建成之後，我親自為你們陶家題字。」

謝靈運不以為意，眼見一亭即將落成，不免稱讚眾人群策群力的效率。回憶當年，他曾率眾從始寧翻越南山直達臨海，一行百人威風凜凜，沿途鑿山開路創設多少景點，卻被當地野民誤作山賊，甚至驚動臨海太守王琇。

基於禮儀，靈運派人邀請王琇上山同遊，卻被對方嚴厲拒絕，視為怪人。這種拒絕和側目，正是謝靈運喜歡的。

如今陶潛，這獎賞是要，還是不要？陶家這樹，是留，還是不留？

謝靈運期待著陶潛下一步的動作。

「既然如此，眾人且自便。」陶潛吩咐五子陶佟與家人鋪設酒席，笑道：「闔家同賞，為吾家柳樹送行。」

陶潛的意思，陶家人不敢違背，陶佟讓家人搬出蓆席，以及方才那罈未喝完的神仙酒，命媳婦重新燒柴起灶，溫酒給予眾人共享。遠親近鄰不知怎麼獲得消息，陸續趕來看熱鬧。陶家早已分家的兒子們，也攜家帶眷趕回主厝，都說是要送自小看大的五棵柳樹最後一程。

逐漸地，陶家親舊不斷增加，與謝靈運率領的徒眾人數不再那麼懸殊，田父村夫吆喝的氣勢更勝謝家子弟。

童僕紛紛端出菜餚，見著賓客一一行禮如儀。一邊宴席熱絡地傳遞酒碗，一邊伐木工事不斷進行，修剪了樹枝之後，接著就要砍樹了。

陶潛見眾人聚集，命長子遞來無弦琴，大方彈撥一番，興盡輒止。鄰人看了嘻笑叫好，謝靈運及其子弟卻看了一頭霧水。

「陶公，擊劍！」鄰人鼓譟。

陶潛起身，從地上散落的柳枝中拾起一柄，拿在手上，隨即揮舞。動作雖不如以往俐落，但甩出去的柳條，依舊筆直如劍，縮手時卻又彷彿纏人腰際的柔軟絲帛，收束自如。他當著柳樹，朗朗吟頌：

遂盡介然分，終死歸田里。
冉冉星氣流，亭亭復一紀。
世路廓悠悠，楊朱所以止。
雖無揮金事，濁酒聊可恃。

在借代楊朱送別楊柳之後，陶潛轉向謝靈運陣前，舞劍之姿似乎更為費力，歌喉也愈轉蒼涼：

聞有田子春，節義為士雄。
斯人久已死，鄉里習其風。
生有高世名，既沒傳無窮。
不學狂馳子，直在百年中。

謝靈運沒想到，陶潛此時此刻竟不願向他低頭。幾名謝靈運的門人一聽聞「狂馳子」，即罵「大膽！」欲制止田父影射謝公狂妄。

「狂醉使劍，甚好。」謝靈運倒是十分讚賞道：「陶老父，這次要本公賞你什麼？」

「不如賞老夫這五棵柳樹吧。」

謝靈運瞇了眼，下一秒他舉起手揮了揮道：「賞！」，眾人停止手邊工作紛紛撤下，幸好經過修剪的柳樹，基本上並未傷及主幹。

「這五棵柳樹，擋住陶家視野，擋住天下人的道路，即便如此也要留嗎？」

「不妨隨我來。」陶潛回答。

靈運跟在陶潛身後，向日步上平緩的山岡，就像一步一步踏上無盡的未來。陶潛領他走回清晨兩人相遇的坡上，俯視這一帶，平野遼闊，一塊又一塊黃綠交織的農田。

「剛剛我說你詩中無人。可知道為什麼？」

「你說。」

「你不親近人，但喜親近山水，這與年輕的我很像。我少年時常登廬山，最喜歡到高處俯視山間大壑，常想縱身一躍，到那自由的空間中遨翔。可是在經歷許多事情之後，現在我更喜雙腳踩在地上，下田耕種，與鄰友結交。」

「為何有這樣的轉變？」

「因為我想看到自己努力的成果。」

「什麼成果？」

「田園，你一旦不去維持，它很快便荒蕪了。」陶淵明道，接著伸手指向南方的廬山：「我望著這座山，六十幾年了。對於山，你什麼也不用做，也不能做。山跟你的關係，永遠不會改變。」

「對我而言，山林如此令人著迷，是一種不得不去追求的美。但是田園並沒有給我這樣的感覺。」謝靈運看向廬山。

「山林裡的生命，對人來說，都已長成。你只有在田園，才能徹頭徹尾看到生命的生長，進而知道這一切，不是無中生有。」

他聽陶潛說完，沒有辯駁，倒是突然很想看看陶潛的詩。

「陶老父，清晨寫的詩給我。」

陶潛從囊袋拿出卷軸遞給謝靈運。不知道為什麼，那一刻謝靈運覺得眼前的陶潛，煥發出不同於一般人的光彩。讓他更驚訝的是，打開卷軸竟是一首自擬的〈挽辭〉：

荒草何茫茫，白楊亦蕭蕭。
嚴霜九月中，送我出遠郊。
四面無人居，高墳正崔嶢。
馬為仰天鳴，風為自蕭條。

幽室一已閉，千年不復朝。
千年不復朝，賢達無奈何。
向來相送人，各自還其家。
親戚或餘悲，他人亦已歌。
死去何所道，托體同山阿。

「陶老父呀，」謝靈運有感而發：「謬襲、陸機二人自寫挽歌，只是泛言概覽，如寫他人事，唯有陶老父所作，毫無矯飾，是真正的自挽。」謝靈運一向驕傲，可是驕傲這種脾氣，在面對他人的生死時，都將轉為謙虛和悲憐。

遠處謝家的百名隨從再次找到了他們的主人，無一不跑向前來勸說主子回府。原來謝靈運在朝中雖擔任秘書監，近期更升為侍中，卻因當年極力擁護武皇帝的次子劉義真，而遭到當今聖上劉義隆的猜疑，始終虛其位而不用。又傳言皇帝早看透他的本質了，日夕引見，奉他詩書二寶就已足矣，這種文人能堪什麼大任？謝靈運也因此心中有怨，稱病不上朝，日夜縱情於山水之中，數十天不歸，有時一日獨行百六七十里，將眾人遠遠拋在後面，誰也跟不上他。

為維持謝家高門大戶的風範，平日居處要四個人為他挈提衣裙，三個人幫他捉好坐席。他一直想證明自己並非世人所說的那樣嬌生慣養，雖然排場很大，他卻是可以像田野的孩子一樣，很能走、很能跑，尋山涉嶺，開棧修路，到人所不能到之處，見人所不能見之險。山高使得他忘遠，奇景使得他忘憂。

他面對夕陽心想，此次出遊也該結束了。

「晚生得回始寧了。改日，再來與陶老父切磋詩藝。」

「我們就共寫自然吧。」陶潛酣笑道。

謝靈運在回始寧別墅前，提前去了建康拜訪顏延之。顏延之見到他非常高興，因為已先一步收到他過柴桑舊宅所寫的贈詩。顏府內擺了宴席，酒過數巡之後，顏延之開懷道：「當今已沒有任何人的文采能與你匹配了。」

謝靈運沾了一口酒，回覆顏延之道：

「天下人的才華若總結為一石，那麼曹子建獨得八斗，我得一斗，自古至今的人物去分剩下的一斗。以前我這麼認為，現在還是這麼認為。」語畢謝靈運卻默不作聲，眼波流轉又道：「不過肯定有個人會是那個米杓，正因為有了他這個容器，大家才能爭相去分你一斗、我一斗什麼的。」

顏延之一時不能領會謝靈運的意思，他不太明白靈運是自傲，又或者自謙，而這個用來斗量的米杓，所指的又是誰呢？

「什麼時候戴起農家的草笠？」顏延之瞧斗笠上還有一柄，狀貌特殊。

「從匡廬帶回來的習慣。」

元嘉四年，陶潛過世的消息傳到顏家。由於顏延之曾是陶潛的鄰家舊識，陶家人除了通報顏家外，也請顏延之代為寫一篇誄文。

「寫得不像呀。」謝靈運不以為然。

「謝客也認得陶公？」顏延之問道。

「聽聞過陶公一些事，也讀過他的詩。」靈運沒有明白告訴顏延之，自己見過陶潛，還在陶宅鬧過一回。他看向顏延之為陶潛所寫的〈陶徵士誄〉，無論再怎麼文情並茂，終究不及那一篇窮困潦倒卻又堂而皇之的自傳來得質樸。

在顏氏筆下，那些學、貧、隱、節，對陶淵明而言，都顯得太沉重了。相對地在〈五柳先生傳〉裡，有樹、有酒、有詩、有志，反而沒有官場的是是非非，也沒有人世間的汲汲營營，實在為陶淵明淡泊以明志的一生，留下了一個最真的紀錄：

先生不知何許人也，亦不詳其姓字。宅邊有五柳樹，因以為號焉。閑靜少言，不慕榮利。好讀書，不求甚解，每有會意，便欣然忘食。性嗜酒，家貧不能常得。親舊知其如此，或置酒而招之。造飲輒盡，期在必醉，既醉而退，曾不吝情去留。環堵蕭然，不蔽風日。短褐穿結，簞瓢屢空，晏如也。常著文章自娛，頗示己志。忘懷得失，以此自終。

贊曰：黔婁之妻有言：「不戚戚於貧賤，不汲汲於富貴。」極其言，茲若人之儔乎？酣觴賦詩，以樂其志。無懷氏之民歟！葛天氏之民歟！

後記

最後田園——及時當勉勵　歲月不待人

〈桃花源記〉是陶淵明影響後世最深遠的作品。一派認為是詩人早年所作，另一派則認為是晚年之作，始終無法定論。然而不管如何，有兩件事可以確定：故事發生在「晉太元中」，為陶淵明二十歲左右的事；其次這是個虛構作品。梁啟超是第一位將〈桃花源記〉與西方理想國連結起來的學者，讚揚這篇「小說」為東方版的「烏托邦」故事。日本漢學家一海知義，則指出陶淵明喜歡以虛構的手法創作，〈五柳先生傳〉、〈擬古〉、〈挽歌詩〉、〈自祭文〉等篇，都帶有強烈的虛構性質，尤其以〈桃花源記〉為最。喜好虛構的陶淵明更撰寫了《搜神後記》，學者徐志平認為此書：「瑣碎之雜錄減少，曲折之故事增多，奠定後來唐傳奇產生之基礎。」沒想到中國最早成熟成體的小說唐傳奇，竟源自陶淵明之手，以往的小說史都忽略了這條脈絡。

陶淵明既是寫小說的詩人，也是寫詩的小說家。今年恰逢新詩百年，陶淵明則更老了，詩歌或許已發展到他所無法想像的地步了吧。他的詩用字遣詞很簡單，卻能喚醒內在的力量，我也把這次寫作，當成一個自我對話與沉澱的機會。小說盡可能還原陶淵明的本來面目，包括武士的剛猛形象，參與百人起義推翻桓玄，和宋武帝劉裕的糾葛，以及務農失敗，饑荒行乞，到最後撰寫自己的祭文，不單純只是士大夫所嚮往的飲酒採菊、悠然自得的形象。他在隱居前做了很多事，隱居後也做了很多事，故事的每一位訪客都在探問他的隱居之謎。

曾在一個冬天下雨的夜裡，陶淵明讀了董仲舒的〈士不遇賦〉，以及司馬遷的〈悲士不遇賦〉，使得他不勝感慨；也曾與從弟敬遠，兩人躲在簡陋的屋舍裡，一起熬過一場又一場的大雪，為固窮守節的信念而努力。這些情景，如今也只能留存於詩文裡了。撰寫《五柳待訪錄》的這段日子，我像經歷了一場時光旅行，旅途中帶領我前進的，即是陶淵明以及與他同時代為堅持理想而努力的人們，每一位都告訴了我時間的珍貴。

十年前我住在澄清湖附近。有天下午，獨自開車途經仁武、鳥松、大樹一帶的產業道路，在那三不管地帶，經過曲折的山路之後，轉彎來到一個開闊的谷地。我下車，站在路邊一棵孤立的樹旁，眼前光線和樹給我一種奇特的感覺，彷彿這種景色不應該出現在這裡，比較像在花東縱谷，雲朵投影在翠綠的山坡上，令人心曠神怡。回來後，無論我如何回想路線，或按圖索驥，跟著導航多次開車尋找，卻始終無法重回那座山谷。只剩記憶中依稀記得有一顆樹，而我站立在樹下，俯瞰大地。

後來就有了這部小說。

國家圖書館出版品預行編目資料

五柳待訪錄：陶淵明別傳 / 林秀赫著 .-- 初版 . --
臺北市：聯合文學，2017.12
320 面；14.8 x 21 公分 . --（文叢；700）

ISBN 978-986-323-239-1（平裝）

857.7 106022453

聯合文叢 700

五柳待訪錄：陶淵明別傳

作 者／林秀赫
發 行 人／張寶琴

總 編 輯／李進文
主 編／張召儀
資深美編／戴榮芝
校 對／林秀赫 張召儀 周育慶
業務部總經理／李文吉
行銷企畫／許家瑋
發行助理／簡聖峰
財 務 部／趙玉瑩 韋秀英
人事行政組／李懷瑩
版權管理／張召儀

法律顧問／理律法律事務所
陳長文律師、蔣大中律師

出 版 者／聯合文學出版社股份有限公司
地 址／（110）臺北市基隆路一段 178 號 10 樓
電 話／（02）27666759 轉 5107
傳 真／（02）27567914
郵撥帳號／ 17623526 聯合文學出版社股份有限公司
登 記 證／行政院新聞局局版臺業字第 6109 號
網 址／http://unitas.udngroup.com.tw
E-mail:unitas@udngroup.com.tw

印 刷 廠／禾耕彩色印刷事業股份有限公司
總 經 銷／聯合發行股份有限公司
地 址／（231）新北市新店區寶橋路235巷 6 弄 6 號 2 樓
電 話／（02）29178022

出版日期／ 2017 年 12 月 初版
定 價／ 340 元

ISBN 978-986-323-239-1（平裝）